em
Hauptkurs

Deutsch als Fremdsprache
für die Mittelstufe

Michaela Perlmann-Balme
Susanne Schwalb

Max Hueber Verlag

Dieses Werk folgt der seit dem 1. August 1998 gültigen Rechtschreibreform.
Ausnahmen bilden Texte, bei denen künstlerische, philologische
oder lizenzrechtliche Gründe einer Änderung entgegenstehen.

€   5.   4.   3. | Die letzten Ziffern
2006 05 04 03 02 | bezeichnen Zahl und Jahr des Druckes.
Alle Drucke dieser Auflage können, da unverändert,
nebeneinander benutzt werden.
2. Auflage 2000
© 1997 Max Hueber Verlag, D-85737 Ismaning
Verlagsredaktion: Dörte Weers, Weßling; Maria Koettgen, München
Umschlaggestaltung, Layout: Marlene Kern, München
Zeichnungen: Martin Guhl, Cartoon-Caricature-Contor, München
Druck und Bindung: Schoder Druck, Gersthofen
Printed in Germany
ISBN 3-19-001600-3

INHALT

KURSPROGRAMM

KURSPROGRAMM

VORWORT

Liebe Leserinnen und Leser,

em Hauptkurs ist ein flexibles Lehrwerk für Mittelstufenkurse in deutschsprachigen Ländern oder in Ihrem Heimatland. Flexibel wird das Lehrbuch dadurch, dass es als Baukastensystem angelegt ist. Die Bausteine *Lesen*, *Hören*, *Schreiben*, *Sprechen*, *Wortschatz*, *Grammatik*, *Lerntechnik* sind in sich geschlossen und können unabhängig voneinander bearbeitet werden, je nachdem, welche Schwerpunkte Sie in Ihrem Kurs setzen wollen. Ihr Kurs kann sich ein Lernprogramm zusammenstellen, das auf Ihre individuellen Bedürfnisse abgestimmt ist. In der ersten Lektion finden Sie Aufgaben, die Ihnen helfen, Ihre Lerninteressen zu analysieren und sie mit denen der anderen Kursteilnehmerinnen und -teilnehmer zu vergleichen. Gemeinsam mit Ihrer Lehrerin/Ihrem Lehrer können Sie dann gezielt aus dem Angebot des Buches das Kursprogramm zusammenstellen, sei es von Woche zu Woche oder sei es für die gesamte Dauer. Das gegliederte Inhaltsverzeichnis auf den vorhergehenden Seiten hilft Ihnen dabei. Selbstverständlich können Sie aber auch das Buch von der ersten bis zur letzten Seite durcharbeiten.

In *em* werden die vier Fertigkeiten *Lesen*, *Hören*, *Schreiben* und *Sprechen* systematisch trainiert. Dabei gehen wir von der lebendigen Sprache aus. Das breite Spektrum an Textsorten, die Sie im Inhaltsverzeichnis aufgelistet finden, spiegelt die Vielfalt der sprachlichen Realität außerhalb des Klassenzimmers wider, für die wir Sie fit machen wollen. Sie begegnen in den Rubriken *Lesen* und *Hören* Werken der deutschsprachigen Literatur ebenso wie verschiedenen Textsorten aus der Presse und dem Rundfunk oder fachsprachlichen Texten. Auch bei den produktiven Fertigkeiten *Sprechen* und *Schreiben* haben wir darauf geachtet, dass Sie eine Vielzahl von Textsorten kennen lernen. So können Sie Strategien bei einem Beratungsgespräch ebenso üben wie ein geschäftliches Telefongespräch. Und das Schreibtraining basiert auf Textsorten, die Sie in der Praxis brauchen.

Das Grammatikprogramm ist systematisch aufgebaut und stellt Bekanntes und Neues integriert dar. So können Sie Ihr bereits vorhandenes sprachliches Wissen ausbauen. Sie erarbeiten den Grammatikstoff zunächst an Hand der Lesetexte. Auf den letzten Seiten jeder Lektion ist er übersichtlich zusammengefasst.

Am Ende jeder Lektion finden Sie außerdem den Baustein *Lerntechnik*, ein spezielles Trainingsprogramm, das Ihnen hilft, Ihren persönlichen Lernprozess effektiver zu gestalten.

Ein Baukastensystem kann nur funktionieren, wenn die einzelnen Bausteine klar abgegrenzt sind. Deshalb haben wir besonderen Wert auf die Übersichtlichkeit des Buches gelegt. Die Kopfzeile sowie die jeweilige Signalfarbe jeder Seite zeigen an, welcher der sieben Bausteine - *Lesen* ■, *Hören* ■, *Sprechen* ■, *Schreiben* ■, *Wortschatz* ■, *Lerntechnik* ■, *Grammatik* ■ - gerade bearbeitet wird.

Viel Spaß beim Lesen, Lernen und Durcharbeiten wünschen Ihnen

Michaela Perlmann-Balme
Susanne Schwalb

1   **Bilden Sie aus Ihren Vornamen eine Kette:**

1 (Maria): *Maria.*
2 (Kevin): *Maria, Kevin.*
3 (Lisa): *Maria, Kevin, Lisa.*

Nachdem der Letzte alle Namen aufgesagt hat, wiederholt die Kursleiterin/der Kursleiter die Reihe noch einmal und hängt ihren/seinen Namen dran.

2   **Gehen Sie in der Klasse herum. Sprechen Sie mit jedem und finden Sie bei diesen Gesprächen jeweils zwei Gemeinsamkeiten heraus, zum Beispiel**

a Herkunftsland
b Beruf
c Geburtsjahr
d Lieblingsfarbe
e Hobbys

Sie haben zehn Minuten Zeit. Danach berichten Sie in der Klasse, welche Gemeinsamkeiten Sie gefunden haben.

Fragebogen

Ihr Lieblingsfilm?	☐ *Der blaue Engel.*
Was essen Sie gern?	☐ *Alles, was dick macht.*
Was fasziniert Sie?	☐ *Intelligenz mit Charme.*
Ihre Lieblingsmusik?	☐ *Bach.*
Was macht Sie wütend?	☐ *Kaum etwas.*
Wo möchten Sie leben?	☐ *In einer interessanten Stadt.*
Wie möchten Sie sterben?	☐ *Ohne Angst.*
Wie alt möchten Sie werden?	☐ *So alt wie meine Wünsche.*
Wie viel Geld möchten Sie besitzen?	☐ *So viel, dass ich nicht ständig daran denken muss.*
Worüber können Sie (Tränen) lachen?	☐ *Über den englischen Komiker Rowan Atkinson.*
Wer sind die klügsten Köpfe unserer Zeit?	☐ *Die Erfinder dieses Fragebogens.*
Welchen Traum möchten Sie sich unbedingt erfüllen?	☐ *Das Matterhorn zu besteigen.*
Ein Jahr auf einer einsamen Insel – welche drei Bücher nehmen Sie mit?	☐ *Die Bibel, die Gedichte Europas seit Homer, ein leeres Buch zum Selbstschreiben.*

1 **Lesen Sie den Fragebogen.**
Markieren Sie sechs Fragen, die Ihnen gut gefallen. Schreiben Sie diese auf ein separates Blatt. Lassen Sie nach jeder Frage etwas Platz für eine Antwort.

2 **Machen Sie zu zweit ein Interview.**
Stellen Sie einer Lernpartnerin / einem Lernpartner die ausgewählten sechs Fragen. Notieren Sie sich die Antworten. Anschließend stellen Sie Ihre Partnerin / Ihren Partner der Klasse vor.

AB

1 Sehen Sie sich das Foto unten an.

  a Möchten Sie diese Person gerne kennen lernen?
Warum? Warum nicht?

  b Handelt es sich um einen Mann oder eine Frau?
Woran erkennen Sie das?

  c Wie alt ist die Person?

  d Wofür könnte dieses Foto Werbung machen?

2 **Wie geht die Überschrift wohl weiter?**
Ergänzen Sie zu zweit den Text. Vergleichen Sie Ihre
Vorschläge in der Klasse.

Können Sie ...

3 Lesen Sie die Überschrift auf der folgenden Seite.
Worum geht es in dieser Werbeanzeige wohl?

  ☐ um das Leben der Indianer
  ☐ um die Einsamkeit alter Leute
  ☐ um Reisen
  ☐ um keines dieser Themen

Begründen Sie Ihre Wahl.

4 Überfliegen Sie den Text auf der folgenden Seite, d.h. lesen Sie
ihn einmal durch, ohne auf jedes einzelne Wort zu achten.
Sie sollen nach dem Lesen nur zwei Fragen beantworten:

  a Was hat das Thema *Freunde kennen lernen* mit Geldanlagen zu tun?

  b Was hat der Staat (also die Bundesrepublik Deutschland) damit zu tun?

Können Sie mit 65 noch neue Freunde kennen lernen?

Immer mehr Ruheständler erfüllen sich Jugendträume. So besuchten allein im letzten Jahr rund 100 000 über 65-Jährige Winnetous* Heimat. Genauso viele Kreuzfahrer in reifem Alter steuern unbekannte Häfen an.

Und die Zahl der Reiselustigen im Rentenalter wächst ständig. Doch damit auch die Ansprüche an die Reisekasse. Höchste Zeit, schon jetzt für den Unruhestand zu sparen. Am besten mit Bundeswertpapieren, weil die ordentlich Zinsen bringen (aktuelle Konditionen: 069/ 1 97 18).

Egal, ob Sie Bundesschatzbriefe, Finanzierungs-Schätze, Bundesobligationen oder Bundesanleihen wählen. Auch die Laufzeit (ein bis zehn Jahre) bestimmen Sie. Bundeswertpapiere gibt's gebührenfrei bei Banken, Sparkassen und Landeszentralbanken. Mit dem Coupon erfahren Sie mehr über den richtigen Weg zur prall gefüllten Reisekasse.

> Bitte schicken Sie mir kostenlos Informationen. Informationdienst für Bundeswertpapiere, Postfach 101250, 60012 Frankfurt/Main.
>
> Name
>
> Straße/ Nr.
>
> Ort/ PLZ

Solide Geldanlagen von Vater Staat. Bundeswertpapiere.

* Held in dem Jugendroman des deutschen Schriftstellers Karl May

`AB`

GR S. 27/1,2

__GR__ **5**   Unterstreichen Sie alle Adjektive im Text.

a Wie viele haben Sie gefunden?
b Warum haben *ständig*, *gebührenfrei* und *prall* keine Endung?
c Warum ist die Endung bei *unbekannte Häfen* ein *-e* und bei *in reifem* Alter *-em*?

`AB`

__GR__ **6**   Wiederholen Sie die Deklination der Adjektive.
Ergänzen Sie die fehlenden Beispiele im Kasten unten. Nennen Sie jeweils eine maskuline (m), eine feminine (f) und eine neutrale (n) Form. Finden Sie zum Plural andere Beispiele.

	Singular mit bestimmtem Artikel	Singular mit unbestimmtem Artikel	Singular ohne Artikel	Plural mit Artikel	Plural ohne Artikel
Beispiel (Nominativ)	m *der richtige Weg*	m	m	m/f/n	m/f/n
	f	f *eine gefüllte Kasse*	f		*neue Freunde*
	n	n	n *reifes Alter*		

	m	f	n	m	f	n	m	f	n	m	f	n	m	f	n
Nominativ	e	e	e	er	e	es	er	e	es	en			e		
Akkusativ	en	e	e	en	e	es	en	e	es	en			e		
Dativ	en	en	en	en	en	en	em	er	em	en			en		
Genitiv	en	en	en	en	en	en	en	er	en	en			er		

`AB`

SPRECHEN 2

__1__   **Wählen Sie eine der Personen auf den Fotos aus.**
Geben Sie ihr einen Namen und denken Sie sich eine Biographie
aus. Notieren Sie Stichpunkte zu:

- **ⓐ** Geburtsdatum
- **ⓑ** Geburtsort
- **ⓒ** Schulbildung
- **ⓓ** Berufsweg
- **ⓔ** entscheidende Erlebnisse
- **ⓕ** Familie

__2__   Stellen Sie „Ihre" Person in der Klasse vor.

13

__1__ Haben die folgenden Sätze eine positive (+)
oder eine negative (–) Bedeutung?

a Sie arbeitet wie ein Pferd.
b Ihr muss man alles dreimal sagen.
c Er lässt dich nicht im Stich.
d Sie lässt ihren Verlobten nicht aus den Augen.
e Er nimmt wenig Rücksicht auf andere.
f Sie gibt mit vollen Händen.
g Er hat eine sehr hohe Meinung von sich.
h Sie sagt, was sie denkt.

+	–
	X

__2__ Ordnen Sie die Sätze **a**–**h** den Nomen zu.

Laster	Tugend
Eifersucht	Zuverlässigkeit
Stolz	Großzügigkeit
Egoismus	Fleiß
Trägheit	Offenheit

Wie heißen die entsprechenden Adjektive?   `AB`

__3__ **Kreuzen Sie an, welche Charaktereigenschaften
auf Sie selbst zutreffen.**

5   Sie sind sehr geduldig.
4   Sie sind ziemlich geduldig.
3   Sie sind weder besonders geduldig noch ungeduldig.
2   Sie sind ziemlich ungeduldig.
1   Sie sind sehr ungeduldig.

geduldig	5	4	3	2	1	ungeduldig
fleißig						faul
höflich						unhöflich
ordentlich						unordentlich
praktisch						unpraktisch
verantwortungs-bewusst						verantwortungs-los

Tauschen Sie nun den Raster mit
Ihrer Partnerin/Ihrem Partner aus. Jetzt
beschreibt jeder den anderen anhand des Rasters.

`AB`

__4__ **Gefühle lassen sich oft im Gesicht ablesen.**
Welche Gefühle sind auf den Bildern oben dargestellt? Begründen Sie Ihre Meinung.

a Der ältere Mann ist
☐ eifersüchtig auf jemanden
☐ erschrocken über etwas
☐ böse auf jemanden
☐ keins davon, sondern ...

b Die Frau ist
☐ zufrieden mit etwas
☐ erstaunt über etwas
☐ enttäuscht von etwas
☐ keins davon, sondern ...

c Der junge Mann ist
☐ dankbar für etwas
☐ beunruhigt über etwas
☐ interessiert an etwas
☐ keins davon, sondern ...

GR S. 28/3

__GR 5__ **Unterstreichen Sie die Präpositionen in Aufgabe 4 a–c.**
Ordnen Sie die Adjektive mit festen Präpositionen in den Kasten ein.
Suchen Sie passende Ergänzungen.

WORTSCHATZ - *Charakter/Personenbeschreibung*

Adjektiv + Präposition + Dativ	Adjektiv + Präposition + Akkusativ
enttäuscht von einem Mann	*eifersüchtig auf einen anderen Mann*

AB

_6_ **Lesen Sie die folgenden vier Personenbeschreibungen.**
Klären Sie unbekannte Wörter.

MEINE FREUNDIN

Ich kenne sie schon seit meinem ersten Schuljahr. Heute sehen wir uns nur noch selten, aber wenn wir uns treffen, ist es immer total lustig. Meistens gehen wir dann zusammen ins Kino und hinterher noch ein Glas Wein trinken. Sie hat ein sehr lebendiges und offenes Wesen und kann sich gut in andere hineindenken. Das macht sie zu einer angenehmen Gesprächspartnerin. Da sie außerdem auch sehr hübsch ist, laufen ihr die Männer hinterher.

MEINE TANTE

Tante Mathilde ist die Schwester meiner Mutter. Sie ist Mitte fünfzig und für ihr Alter sieht sie noch sehr jugendlich aus. Sie hat zwei Söhne, die schon erwachsen sind. Sie ist eine sehr aktive Frau. Für Hausarbeit interessiert sie sich überhaupt nicht. Trotz ihres Alters legt sie sehr viel Wert auf ihr Aussehen. Sie hat schon einige Falten, doch ich finde, sie ist immer noch recht attraktiv. Sie ist ausgesprochen gesellig und geht gerne mal in die Kneipe einen trinken. Abends wird sie erst richtig munter.

MEIN FREUND

Neben ihm habe ich die letzten Jahre bis zum Abitur in der Schule gesessen. Er ist ein eher verschlossener Typ. Das Einzige, wofür er sich wirklich begeistern kann, sind Tiere. Seit ich ihn kenne, hält er sich irgendein Haustier. Wir gehen oft zusammen im Wald spazieren. Da taut er dann regelrecht auf und erklärt mir allerhand, was es zu sehen gibt. Bei Menschen, die er nicht kennt, ist er meistens furchtbar schüchtern.

MEIN ONKEL

Von all meinen Verwandten ist mir Onkel Rudolf der Liebste. Er ist der jüngste Bruder meiner Mutter. Er hat nie geheiratet und lebt ziemlich zurückgezogen in einem kleinen Dorf. Er ist ein enorm belesener Mensch. In jeder freien Minute hat er ein Buch vor der Nase. Deshalb kennt er sich auch in vielen Wissensgebieten äußerst gut aus. Zudem ist er ausgesprochen hilfsbereit. Das ist für mich sehr angenehm, denn er hat auf alle Fragen eine Antwort. Leider ist er nur manchmal etwas unpraktisch, wenn es z.B. darum geht, einen Nagel in die Wand zu schlagen.

_7_ **Ergänzen Sie die Informationen aus dem Text.**
Jeweils eine Gruppe übernimmt eine der beschriebenen Personen.

Informationen über	Beispiel
Gesicht und Körper	*sehr hübsch*
Charaktereigenschaften	
Vorlieben und Schwächen	

AB

_8_ **Einige Adjektive im Text sind graduiert.**
Beispiel: *sehr hübsch*. Ergänzen Sie weitere Beispiele.

Graduierendes Adverb	Adjektiv
sehr	*hübsch*

_9_ **Ordnen Sie die folgenden graduierenden Adverbien auf der Skala ein.**
absolut - ausgesprochen - besonders - gar nicht - höchst - etwas – sehr - ziemlich – ganz

+ total

absolut höchst

+/- recht

überhaupt
nicht
-

AB

SCHREIBEN 1

1 Formulieren Sie folgenden Text so um, dass nicht jeder Satz mit *Sie* anfängt.
Beginnen Sie die Sätze mit dem jeweils **schwarz** gedruckten Wort.

> ## Eine Freundin meiner Mutter

Sie mag gern Tiere. Sie mag **allerdings** nur kleine Tiere.
Sie freut sich **außerdem** über Besuch.
Sie kocht **aber** nicht gern.
Sie lädt ihre Freunde **nachmittags** oft zu Kaffee und Kuchen ein.
Sie interessiert sich **trotz ihres Alters** noch für viele Dinge.
Sie ist **deshalb** eine unterhaltsame Gesprächspartnerin.

Sie mag gern Tiere, allerdings nur kleine. Außerdem freut sie sich über Besuch.

2 Graduieren Sie die Aussagen mit folgenden Adverbien:
äußerst – besonders – ganz – recht – unglaublich – ziemlich
Beispiel: *Sie mag unglaublich gern Tiere.*

3 Beschreiben Sie eine Person, die Sie gut kennen.
Schreiben Sie fünf bis sechs Sätze auf eine Karte. Sagen Sie etwas über:

- (a) Aussehen
- (c) Vorlieben und Schwächen
- (b) Charakter
- (d) Ihre Meinung zu der Person

Denken Sie bitte daran, dass die Sätze gut aneinander anschließen. Verwenden Sie auch Wörter wie *aber – allerdings – doch – außerdem – deshalb – leider*.

4 Lesen Sie Ihre Personenkarten in Gruppen zu viert vor.
Klären Sie alle unbekannten Wörter.

5 Spiel: Bücher verschenken

Ziel des Spieles ist es, gute Gründe zu nennen, warum sich ein bestimmter Buchtitel besonders gut als Geschenk für eine bestimmte Person eignet. Dazu sind Phantasie und Überzeugungskraft nötig, denn der Würfel führt einen Spieler ganz zufällig auf ein bestimmtes Buch. Sie spielen zu viert. Sie brauchen das Spielfeld rechts, 4 Spielfiguren, 1 Würfel, 8 Personenkarten (Verwenden Sie die in Aufgabe 3 geschriebenen Texte und die Texte aus Aufgabe 7, Seite 15)

Spielregeln

Mischen Sie die Personenkarten.
Jeder Spieler erhält eine Spielfigur und zwei Personenkarten.
Das jüngste Gruppenmitglied würfelt zuerst. Würfelt es zum Beispiel eine 6, dann darf sie/er mit der Spielfigur sechs Felder auf dem Spielfeld vorgehen. Jetzt wählt der Spieler aus seinen Personenkarten die Person aus, von der er glaubt, dass sie sich für das getroffene Buch interessieren könnte. Er liest den Mitspielern die Personenbeschreibung vor und erklärt, warum gerade dieses Buch das richtige Geschenk für diese Person ist. Sind die Mitspieler überzeugt, darf die Karte abgelegt werden. Sind die Mitspieler nicht überzeugt, gilt das Buch als nicht verschenkt. Der Spieler zur Rechten würfelt und versucht, eine seiner Personen zu beschenken.
Sieger ist, wer zuerst für seine beiden Personen ein Geschenk gefunden hat.

Das Buch wird ihr/ihm sicher gefallen, weil …
Sie/Er hat ganz bestimmt Freude an diesem Buch, denn …
Mit Sicherheit mag sie/er dieses Buch, weil …
Ich bin ganz sicher, dass ihr/ihm dieses Buch gefallen wird, weil …

__1__ Was gehört in Ihrem Heimatland zu hohem Lebensstandard?

hoher Lebensstandard bei uns	gutes Leben im Gedicht
ein Haus mit swimmingpool	*Villa im Grünen*

AB

__2__ Lesen Sie das Gedicht und ergänzen Sie die Stichworte im Kasten oben.

Das Ideal

        Ja, das möchste:
Eine Villa im Grünen mit großer Terrasse,
vorn die Ostsee, hinten die Friedrichstraße;
mit schöner Aussicht, ländlich-mondän,
5 vom Badezimmer ist die Zugspitze zu sehn –
aber abends zum Kino hast du's nicht weit.
Das Ganze schlicht, voller Bescheidenheit:

Neun Zimmer, – nein, doch lieber zehn!
Ein Dachgarten, wo die Eichen drauf stehn,
10 Radio, Zentralheizung, Vakuum,
eine Dienerschaft, gut gezogen und stumm,
eine süße Frau voller Rasse und Verve –
(und eine fürs Wochenend, zur Reserve) –,
eine Bibliothek und drumherum
15 Einsamkeit und Hummelgesumm.

Im Stall: Zwei Ponys, vier Vollbluthengste,
acht Autos, Motorrad – alles lenkste
natürlich selber – das wär' ja gelacht!
Und zwischendurch gehst du auf Hochwildjagd.

20 Ja, und das hab' ich ganz vergessen:
Prima Küche – bestes Essen –
alte Weine aus schönem Pokal –
und egalweg bleibst du dünn wie ein Aal.
Und Geld. Und an Schmuck eine richtige Portion.
25 Und noch 'ne Million und noch 'ne Million.
Und Reisen. Und fröhliche Lebensbuntheit.
Und famose Kinder. Und ewige Gesundheit.

        Ja, das möchste!
Aber wie das so ist hienieden:
30 manchmal scheint's so, als sei es beschieden
nur pöapö, das irdische Glück,
Immer fehlt dir irgendein Stück.
Hast du Geld, dann hast du nicht Käten;
Hast du die Frau, dann fehl'n dir Moneten –
35 hast du die Geisha, dann stört dich der Fächer:
bald fehlt uns der Wein, bald fehlt uns der Becher.
Etwas ist immer.

        Tröste dich.
Jedes Glück hat einen kleinen Stich.
Kurt Tucholsky 40 Wir möchten so viel: Haben. Sein. Und gelten.
(1927) Dass einer alles hat: das ist selten.

Friedrichstraße: Straße im Zentrum Berlins
mondän: elegant, weltstädtisch
die Zugspitze: höchster Berg in den Bayerischen Alpen

das Vakuum: hier: Staubsauger (veraltet)
die Dienerschaft: Hauspersonal, z.B. Putzfrau, Köchin
gut gezogen: gehorsam, treu
die Verve (französisch): Begeisterung, Schwung
die Hummel: Insekt, fliegt im Sommer summend zu Blüten
der Hengst: männliches Pferd
das Vollblut: Pferd aus reiner Zucht

das Hochwild: Tiere des Waldes, z.B. Elch, Hirsch

der Pokal: kostbares Glas, Trinkgefäß
der Aal: langer, schlangenförmiger Fisch
egalweg: trotzdem

famos: gut, prima

hienieden: hier auf der Erde
beschieden: zugeteilt
pöapö (französisch: peu à peu): in kleinen Schritten
Käten: Käthe (Frauenname)
die Moneten: Geld
die Geisha: japanische Gesellschafterin
der Fächer: benutzt von Frauen zum Windmachen

__3__ Aufgaben zum Gedicht

  a Welche Begriffe passen zu einem Gedicht?

☐ der Absatz   ☐ die Linie   ☐ der Reim   ☐ die Strophe   ☐ der Vers   ☐ der Vorspann

  b Geben Sie Beispiele für diese Begriffe aus dem Tucholsky-Gedicht.
  c Das Gedicht spricht über Wunsch und Wirklichkeit. Markieren Sie die Grenze im Gedicht.
  d Im Gedicht kommt die Perspektive eines Mannes zum Ausdruck. Woran erkennt man das?

LESEN 3

1   Sehen Sie sich den Text unten kurz an.

a Kreuzen Sie vor dem genauen Lesen an, welche Elemente auf den Inhalt vorbereiten.

b Schreiben Sie daneben, welche Erwartungen Sie daraus ableiten.

Elemente des Textes	meine Erwartung
☒ Bildmaterial, z.B. Fotos	*es geht um einen Mann, circa 40 Jahre alt*
☐ Bildunterschriften, soge-nannte Bildlegenden	
☐ Überschrift	
☐ Angaben zur Textquelle, z.B. Zeitschrift, Sachbuch	
☐ Layout, d.h. wie sieht der Text aus	

2   **Ziele eines Lesetextes**

Kreuzen Sie vor dem Lesen an, welche Ziele der Lesetext unten wahrscheinlich verfolgt.

☐ neutrale Information
☐ humoristische Unterhaltung
☐ Ausdruck einer Meinung
☐ Formulierung eines Ratschlags

Woraus schließen Sie das?

3   **Genaues Lesen**

Lesen Sie den Text Wort für Wort durch ohne das Wörterbuch zu benutzen. Unterstreichen Sie beim Lesen Wörter, die Sie nicht kennen.

Kurt Tucholsky (1890-1935), Journalist, Schriftsteller, Demokrat

Tucholsky, Kurt (Pseud. Peter Panter, Theobald Tiger, Ignaz Wrobel, Kaspar Hauser), *9. 1. 1890 Berlin, † 21. 12. 1935 Hindås (Schweden) (Freitod). T., Sohn eines Kaufmanns, studierte Jura in Berlin, Genf und Jena (Promotion 1914). Im 1. Weltkrieg war er 3 Jahre eingezogen. 1918-24 lebte er in Berlin, dann für 5 Jahre in Paris, ab 1929 in Schweden, von wo aus er bis 1934 noch ausgedehnte Reisen unternahm. Da er aber als Emigrant nur einen auf 6 Monate befristeten Ausländerpass hatte, konnte der von den Nazis Ausgebürgerte[1] ab 1934 seinen Wohnsitz kaum noch verlassen, materielle Probleme und ein chronisches Leiden machten ihn zunehmend depressiver. 1935 nahm er sich das Leben.

aus: Manfred Brauneck (Hg): Autorenlexikon deutschsprachiger Literatur des 20. Jahrhunderts, Hamburg, rororo 1991, S. 712 f.

[1]Ausbürgerung: Verlust der Staatsbürgerschaft, der Ausgebürgerte darf nicht mehr in seinem Heimatland bleiben.

<u>4</u> **Erschließen Sie die Bedeutung unbekannter Wörter.**

Versuchen Sie, das unbekannte Wort aus einem anderen Teil im Text - aus dem so genannten Kontext - zu verstehen.
Sehen Sie sich die Beispiele im Kasten unten an.
Suchen Sie im Text ein weiteres Beispiel.

unbekanntes Wort	Kontext
Freitod	*1935 nahm er sich das Leben*
eingezogen	*im 1. Weltkrieg*
depressiv	*konnte Wohnsitz nicht verlassen, hatte materielle Probleme, war krank, deshalb wurde er depressiv*

<u>5</u> **Lesen Sie den Text unten.**

Verfahren Sie wie beim Lexikonartikel.

a Erste Orientierung vor dem Lesen: Was erwarten Sie aufgrund der Überschrift und des Untertitels vom Inhalt?

b Lesen Sie Wort für Wort ohne Wörterbuch, unterstreichen Sie unbekannte Wörter.

c Erschließen Sie diese Wörter aus dem Kontext.

Eigenhändige Vita Kurt Tucholskys

für den Einbürgerungsantrag zur Erlangung der schwedischen Staatsbürgerschaft

Kurt Tucholsky wurde am 9. Januar 1890 als Sohn des Kaufmanns Alex Tucholsky und seiner Ehefrau, Doris, geborene Tucholski [1], in Berlin geboren. Er besuchte Gymnasien in Stettin und in Berlin und
5 bestand im Jahre 1909 die Reifeprüfung. Er studierte in Berlin und in Genf Jura und promovierte im Jahre 1914 in Jena *cum laude* [2] mit einer Arbeit über Hypothekenrecht.

Im April 1915 wurde T. zum Heeresdienst eingezogen;
10 er war dreieinhalb Jahre Soldat (die Papiere über seine Militärzeit liegen bei). Zuletzt ist T. Feldpolizeikommissar bei der Politischen Polizei in Rumänien gewesen.

Nach dem Kriege war T. unter Theodor Wolff, dem
15 Chefredakteur des *Berliner Tageblatt*, Leiter der humoristischen Beilage dieses Blattes, des *Ulk*, vom Dezember 1918 bis zum April 1920. Während der Inflation, als ein schriftstellerischer Verdienst in Deutschland nicht möglich gewesen ist, nahm T. eine
20 Anstellung als Privatsekretär des früheren Finanzministers Hugo Simon an (in der Bank Bett, Simon und Co.).

Im Jahre 1924 ging T. als fester Mitarbeiter der Berliner Wochenschrift *Die Weltbühne* und der *Vossischen*
25 *Zeitung* nach Paris, wo er sich bis zum Jahre 1929 aufhielt.

Nachdem T. bereits als Tourist längere Sommeraufenthalte in Schweden genommen hatte (1928 in Kivik, Skane, und fünf Monate im Jahre 1929 bei Mariefred), mietete er im Sommer 1929 eine Villa in
30 Hindås, um sich ständig in Schweden niederzulassen. Er bezog das Haus, das er ab 1. Oktober 1929 gemietet hat, im Januar 1930 und wohnt dort ununterbrochen bis heute. Er hat sich in Schweden schriftstellerisch oder politisch niemals betätigt. Zahlreiche
35 Reisen, die zu seiner Information und zur Behebung eines hartnäckigen Halsleidens dienten, führten ihn nach Frankreich, nach England, nach Österreich und in die Schweiz. Sein fester Wohnsitz ist seit Januar 1930 Hindås gewesen, wo er seinen gesamten Haus-
40 stand und seine Bibliothek hat.

T. hat im Jahre 1920 in Berlin Fräulein Dr. med. Else Weil geheiratet; die Ehe ist am 14. Februar 1924 rechtskräftig geschieden. Am 30. August 1924 hat T. Fräulein Mary Gerold geheiratet; die Ehe ist am 21.
45 August 1933 rechtskräftig geschieden. T. hat keine Kinder sowie keine unterstützungsberechtigten Verwandten, die seinen Aufenthalt in Schweden gesetzlich teilen könnten.

[1] Tucholskys Mutter hieß zufällig vor ihrer Heirat auch schon Tucholski.

[2] zweitbeste Note bei einer Promotion

6   **Erschließen Sie unbekannte Wörter aus der Wortbildung.**
Ergänzen Sie die unbekannten Wörter unten ohne Wörterbuch.
Zerlegen Sie dazu jedes Wort in seine Teile.
Suchen Sie im Text weitere Beispiele.

Zeile	unbekanntes Wort	Bedeutung aus der Wort-bildung erschlossen
Z. 7/8 Z. 9	eigenhändige Hypothekenrecht Heeresdienst Chefredakteur humoristischen Beilage niederzulassen ununterbrochen zahlreiche unterstützungsberechtigten	mit eigener Hand

7   **Vergleichen Sie Tucholskys *Eigenhändige Vita* und den Lexikonartikel über ihn.**
Welche Informationen aus dem Lexikonartikel sind in der *Vita* nicht enthalten?
a Status in Schweden: _Emigrant_
b Grund für den Aufenthalt in Schweden: _____
c finanzielle Situation: _____
d Todesursache: _____

8   **Suchen Sie fünf Informationen der *Vita*, die im Lexikonartikel fehlen.**

`AB`

GR S. 27/1, 28/4

GR 9   **Unterstreichen Sie in der *Eigenhändigen Vita* alle Adjektive und ergänzen Sie sie unten.**

Adjektiv beim Nomen	Adjektiv beim Verb
humoristischen Beilage	ständig niederzulassen

`AB`

GR 10   **Wie beeinflusst die Stellung des Adjektivs (beim Nomen oder beim Verb) seine grammatische Form?**

GR 11   **Suchen Sie im Text die Adjektive mit einer Nachsilbe und erklären Sie die Wortbildung.**

Beispiel	Grundwort	Nachsilbe
humoristisch	der Humor	(ist)isch

`AB`

GR 12   **Wie kann man das Wort *Verwandten* in Zeile 47/48 des Lese-textes grammatisch erklären?**

`AB`

SCHREIBEN 2

1 Was ist typisch für die Textsorte *ausführlicher Lebenslauf*?
Kreuzen Sie jeweils das Richtige an.

Merkmal	richtig	falsch
(a) Er beginnt mit einer Anrede.		X
(b) Er beginnt mit der Überschrift „Lebenslauf".	X	
(c) Er ist ein bis zwei Seiten lang.		
(d) Er wird in der Ich-Form geschrieben.		
(e) Er nennt Namen der Eltern sowie den Geburts- und den Wohnort.		
(f) Er beschreibt die berufliche Entwicklung.		
(g) Er wird häufig mit der Hand geschrieben.		
(h) Er soll sauber und fehlerfrei geschrieben sein.		
(i) Er beschreibt den Charakter einer Person.		
(j) Er beschreibt das Aussehen einer Person.		
(k) Er nennt den Grund für eine Ehescheidung.		
(l) Er gibt Auskunft über Schulbildung und Ausbildung.		
(m) Er nennt die Namen von Freunden und Bekannten.		
(n) Er gibt Auskunft über die finanziellen Verhältnisse.		
(o) Er gibt Auskunft über Mitgliedschaften, Tätigkeiten und Interessen außerhalb des Berufes.		
(p) Er informiert über Urlaubsreisen.		
(q) Er informiert über Auslandsaufenthalte, wie z.B. Sprachkurs, Studium usw.		
(r) Er nennt am Ende die aktuelle familiäre und berufliche Situation.		
(s) Er endet mit Datum und Unterschrift.		
(t) Er endet mit einer Grußformel.		

2 Schreiben Sie Ihren ausführlichen Lebenslauf.
Schreiben Sie in der *ich*-Form. Informieren Sie darüber,

(a) wo und wann Sie geboren sind,
(b) an welchen Orten Sie gelebt haben,
(c) wo Sie zur Schule gegangen sind,
(d) wann und mit welchem Abschluss Sie die Schule beendet haben,
(e) wie Ihr Familienstand ist.

Falls das für Sie zutrifft, schreiben Sie auch,

(f) welche Ausbildung Sie nach der Schule gemacht haben,
(g) welchen Beruf Sie ausüben,
(h) wo Sie beschäftigt waren bzw. sind.

> *Ich, ..., wurde am ...*
> *in ... geboren.*
> *besuchte die Schule*
> *bestand/machte die Prüfung*
> *begann eine Ausbildung als*
> *schloss meine Ausbildung ab*
> *habe eine Stelle als*
> *arbeite als*
> *bin tätig als*

3 Lesen Sie Ihren Text nach dem Schreiben durch.
Kontrollieren Sie:

(a) Haben Sie alle relevanten Punkte behandelt?
(b) Haben Sie einige der angegebenen Redemittel verwendet?

AB

HÖREN

1 Überlegen Sie zu zweit und notieren Sie Stichworte.

Was ich bereits über Kurt Tucholsky weiß	Was mich noch interessiert
deutscher schriftsteller	

2 Sie hören mehrere kurze Interviews.
Beantworten Sie nach dem ersten Hören die Fragen:

ⓐ Um was geht es?
ⓑ Wer spricht?

3 Lesen Sie die Aussagen unten.
Kreuzen Sie während des zweiten Hörens an: Wer sagt was über Tucholsky?

	Er war politisch engagiert.	Er starb im vergangenen Jahrhundert.	Seine Texte spielen heute noch eine Rolle.	Seine Texte sind humorvoll.
Person 1				
Person 2				
Person 3				
Person 4				

4 Welche Aussagen sind richtig?
Welche falsch?

5 Die Radiosendung, die Sie gleich hören, trägt den Titel:
Große Journalisten - Kurt Tucholsky.
Welche Informationen erwarten Sie?

6 Lesen Sie das Titelblatt.
Hören Sie danach die ganze
Radiosendung.
Unterstreichen Sie dabei
auf dem Titelblatt
alle Namen, die Sie hören.

7 Erklären Sie nach dem Hören
in Stichworten, worum es bei
den unterstrichenen
Namen geht.

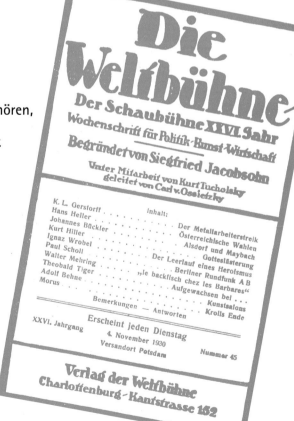

Namen	Erklärung
Die Weltbühne	*zweiter Name der Zeitschrift*

HÖREN

8   Lesen Sie die Fragen **a** – **i**.
Klären Sie unbekannte Wörter.
Hören Sie danach den Text in Abschnitten noch einmal.
Kreuzen Sie die richtige Lösung an bzw. antworten Sie in Stichworten.

Abschnitt 1   **a** Was ist im Text mit *Rheinsberg* gemeint?
☐ ein Vorort von Berlin
☐ ein Roman
☐ ein Kurort

b Wie viele Exemplare von Tucholskys erstem Roman wurden verkauft?
☐ 10 000
☐ 50 000
☐ 90 000

Abschnitt 2   **c** Wie war Tucholskys Verhältnis zu Siegfried Jacobsohn?
☐ ausgezeichnet
☐ gleichgültig
☐ gespannt

d Warum legte Tucholsky sich Pseudonyme wie *Theobald Tiger* zu?
☐ Weil er anonym bleiben wollte.
☐ Weil er Angst vor Verfolgung hatte.
☐ Weil er so viele verschiedene Artikel in derselben Zeitschrift schrieb.

Abschnitt 3   **e** Welche Einstellung hatte er zum Militärdienst?
☐ Der Militärdienst bedeutete ihm wenig.
☐ Er hasste es, Soldat zu sein.
☐ Er war mit Begeisterung Soldat.

f Was machte Tucholsky im Jahr 1923?

g Was machte Tucholsky beim Bankhaus Bett,
Simon und Co.?
☐ Eine Banklehre.
☐ Er arbeitete als Privatsekretär.
☐ Er arbeitete als Portier.

Abschnitt 4   **h** Wie reagierte Tucholsky auf seine Ausbürgerung?
☐ Er schrieb in schwedischer Sprache.
☐ Er schrieb weiterhin kritische Texte gegen die Nazis.
☐ Er hörte auf zu schreiben.

i Auf welche Weise nahm er sich das Leben?

9   **Was würden Sie Ihren Freunden
über Tucholsky berichten?**

LERNTECHNIK 1 – *Lernertypen*

_1_ **Unterhalten Sie sich zu zweit und diskutieren Sie anschließend in der Klasse.**

- **a** Fällt Ihnen das Deutschlernen leicht? Warum? Warum nicht?
- **b** Welches ist für Sie die beste Methode, Deutsch zu lernen?
- **c** Was sollte Teil eines guten Deutschkurses sein?

_2_ **Sehen Sie sich die Zeichnungen an und ordnen Sie jedem Bild einen dieser Titel zu.**

- **a** der haptische Lerner ■ *Deutsch zum Anfassen*
- **b** der audio-visuelle Lerner ■ *Deutsch Stereo*
- **c** der kommunikative Lerner ■ *Deutsch für Gesprächige*
- **d** der kognitive Lerner ■ *Deutsch lernen mit Köpfchen*

1	2	3	4

1	3
2	4

_3_ **Stimmen Sie den folgenden Aussagen zu?**
Kreuzen Sie an und diskutieren Sie anschließend Ihre
Ergebnisse in der Klasse.

	Ja	Nein
a Übung macht den Meister, d.h. wer lernen will, muss viel üben.	☐	☐
b Ich spreche nicht gerne vor der Klasse, weil ich Angst habe, Fehler zu machen.	☐	☐
c Ich möchte immer korrigiert werden, wenn ich einen Fehler mache.	☐	☐
d Die Grammatik lernt man von selbst, wenn man viel Deutsch hört und spricht.	☐	☐
e Um eine Fremdsprache zu lernen, muss man vor allem die Grammatik studieren.	☐	☐
f Beim Lesen und Hören ist es wichtig, jedes Wort zu verstehen.	☐	☐
g Immer wenn mir ein neues Wort begegnet, schlage ich es im Wörterbuch nach.	☐	☐
h Ich spreche mehr Deutsch, wenn ich mit einer Partnerin/ einem Partner lerne.	☐	☐
i Bei Gruppenarbeit spreche ich mehr, weil ich da nicht so schüchtern bin.	☐	☐
j Gruppenarbeit mag ich nicht, weil ich dabei so viel falsches Deutsch höre.	☐	☐

1

Wozu lernen Sie Deutsch?

Kreuzen Sie an, was auf Sie am meisten zutrifft.

Ich lerne Deutsch, weil
- ☐ es mir Spaß macht. In Ausbildung oder Beruf brauche ich es eigentlich nicht.
- ☐ ich es in meinem Beruf brauche.
- ☐ ich oft mit Menschen, die Deutsch sprechen, zu tun habe.
- ☐ ich es in der Schule oder fürs Studium brauche.
- ☐ ....

2

Welche Fertigkeiten benötigt Juan? Kreuzen Sie an.

Juan arbeitet an der Rezeption eines großen Hotels auf Mallorca und hat viel mit deutschen Gästen zu tun.

Handlungen	Hörverstehen	Sprechen	Lesen	Schreiben
Gäste begrüßen	✗	✗		
Auskünfte geben				
Fragen beantworten				
telefonieren				
Reisepapiere lesen				
Mitteilungen schreiben				

3

Wofür benötigen Sie Ihre Deutschkenntnisse?

Schreiben Sie Ihre Antworten ins Arbeitsbuch. Tragen Sie anschließend alle Ergebnisse in der Klasse zusammen.

`AB`

4

Was hat für Sie in diesem Kurs Priorität?

Vergeben Sie Nummern von 1 bis 7, die Nummer 1 für das, was Sie besonders brauchen, 7 für das, was Ihnen am wenigsten wichtig ist.
- ☐ grammatische Strukturen lernen
- ☐ Wortschatz erweitern
- ☐ sprechen, dabei korrigiert werden
- ☐ sprechen, ohne ständig korrigiert zu werden
- ☐ gesprochenes Deutsch hören
- ☐ lesen
- ☐ schreiben

`AB`

5

Vergleichen Sie Ihre Ergebnisse zu zweit und begründen Sie Ihre Reihenfolge.

Diskutieren Sie anschließend in der Klasse und einigen Sie sich auf eine Prioritätenliste für die ganze Klasse.

6

Rätsel: Was tut man in seiner Muttersprache am meisten?

Lesen? Hören? Schreiben? Sprechen?
Was steht auf Platz 2 und Platz 3? Was steht an letzter Stelle?
Vergleichen Sie Ihre Lösungen.

1   Stellung der Adjektive im Satz

ⓐ Das Adjektiv wird verändert: vor einem Nomen
Adjektive können vor einem Nomen stehen; dann haben
sie eine Endung.
Beispiel: *ein erfolgreicher Schriftsteller*

ⓑ Das Adjektiv bleibt unverändert: als Teil eines Prädikats
Adjektive können Teil eines Prädikats sein; dann stehen sie am
Satzende und haben keine Endung.
Beispiel: *Der Schriftsteller war erfolgreich.*

ⓒ Aus Adjektiven werden häufig Adverbien abgeleitet.
Sie stehen beim Verb, Adjektiv oder Adverb und sind endungslos.
Beispiele: *Die Zahl wächst ständig,*
die prall gefüllte Reisekasse

2   Adjektivendungen

Deklinations-typ	1 Singular mit bestimmtem Artikel	2 Singular mit unbestimm-tem Artikel	3 Singular ohne Artikel	4 Plural mit Artikel	5 Plural ohne Artikel
Artikelwort + Adjektiv + Endung + Nomen	*der späte Erfolg* *die große Reise* *das alte Buch*	*ein später Erfolg* *eine große Reise* *ein altes Buch*	*– später Erfolg* *– große Reise* *– altes Buch*	*die späten Erfolge* *die großen Reisen* *die alten Bücher*	*– späte Erfolge* *– große Reisen* *– alte Bücher*
weitere Artikelwörter	dieser/diese/dieses jener/jene/jenes der-/die-/dasjenige der-/die-/dasselbe mancher jeder	kein/e mein/e dein/e sein/e unser/e euer/eure ihr/e	ein bisschen etwas	alle keine meine deine seine unsere eure ihre (manche)	andere einige viele wenige mehrere einzelne folgende verschiedene (manche)

	Singular			Singular			Singular			Plural			Plural		
	m	f	n	m	f	n	m	f	n	m	f	n	m	f	n
Nominativ	e	e	e	er	e	es	er	e	es	en			e		
Akkusativ	en	e	e	en	e	es	en	e	es	en			e		
Dativ	en	en	en	en	en	en	em	er	em	en			en		
Genitiv	en	en	en	en	en	en	en	er	en	en			er		

m = maskulin; f = feminin; n = neutral

Regeln:
1. Sind **Genus und Kasus** eines Nomens schon **durch den Artikel
eindeutig**, endet das Adjektiv auf -en (Beispiel: *mit dem alten Buch*).
Im Singular mit bestimmtem Artikel, Nominativ maskulin,
Nominativ und Akkusativ feminin und neutral endet es auf -e.
2. Sind **Genus und Kasus** im Artikelwort **nicht eindeutig**, muss die
Adjektivendung Genus und Kasus eindeutig erkennbar machen
(Beispiel: *ein später Erfolg*).
3. Fehlt der Artikel (siehe Typ 3), orientiert sich das Adjektiv in der
Endung an der Deklination des bestimmten Artikels (Beispiel:
mit großer Mühe).
Ausnahme: Genitiv maskulin und neutral. Diese Genitivformen
sind jedoch selten.

3   Adjektive mit festen Präpositionen

ⓐ Präpositionen mit Dativ

an	bei	in	mit	von	zu
arm	angesehen	gut	befreundet	(un)abhängig	bereit
beteiligt	(un)beliebt	(un)erfahren	beschäftigt	entfernt	entschlossen
interessiert			einverstanden	enttäuscht	(un)fähig
reich			fertig	frei	(un)freundlich
schuld			verheiratet	überzeugt	gut
unschuldig			verwandt		nett
			(un)zufrieden		

ⓑ Präpositionen mit Akkusativ

an	auf	für	in	über
adressiert	angewiesen	bekannt	unterteilt	ärgerlich
gewöhnt	böse	charakteristisch	verliebt	(verärgert)
	eifersüchtig	dankbar		besorgt
	gespannt	entscheidend		beunruhigt
	neidisch	(un)geeignet		erfreut
	neugierig	notwendig/nötig		erstaunt
	stolz	nützlich		froh
	wütend	offen		(un)glücklich
		(un)schädlich		traurig
		verantwortlich		wütend

4   Wortbildung des Adjektivs

ⓐ Nachsilben

Nachsilbe	Beispiel
-bar	erklärbar
-haft	zauberhaft
-ig	eifersüchtig
-isch	japanisch, chronisch
-(ist)isch	sozialistisch
-lich	bedauerlich
-sam	sparsam

ⓑ Vorsilben: verstärkende Bedeutung

Vorsilbe	Beispiel
erz-	erzkonservativ
hoch-	hochmodern
hyper-	hypersensibel
über-	überkorrekt
super-	superreich
ur-	uralt

ⓒ Zusammensetzungen –
Adjektiv oder Nomen als Grundwort

Nachsilbe	Beispiel
-artig	bösartig
-bedürftig	ruhebedürftig
-berechtigt	unterstützungsberechtigt
-bereit	hilfsbereit
-bewusst	verantwortungsbewusst
-fähig	anpassungsfähig
-kräftig	rechtskräftig
-los	arbeitslos
-mäßig	regelmäßig
-reich	zahlreich
-voll	reizvoll
-wert	wissenswert

ⓓ aus Fremdwörtern gebildete Adjektive

Nachsilbe	Beispiel
-abel	akzeptabel
-al	regional
-an/-än	spontan, souverän
-ant	arrogant
-är	ordinär
-ell	aktuell
-ent	effizient
-ibel	flexibel
-iv	depressiv

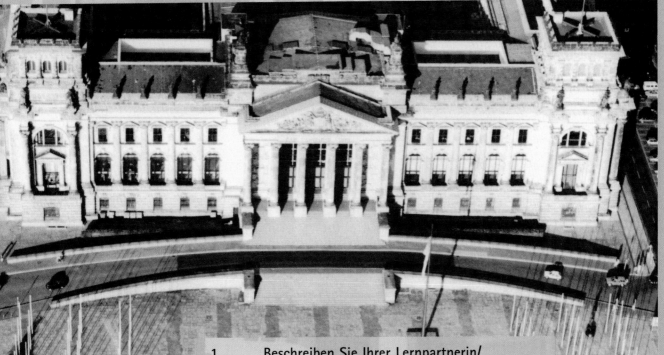

1 Beschreiben Sie Ihrer Lernpartnerin/
Ihrem Lernpartner das Foto möglichst genau.
Sie/Er hält dabei das Lehrbuch geschlossen und
betrachtet das Foto im Arbeitsbuch (Übung 1).

der Platz, ¨e
der Rasen, -
der Turm, ¨e
die Auffahrt
die Architektur
die Grünanlage, -n
die Säule, -n
das Dach, ¨er
das Gebäude, -
das Pflaster, -

Im Vordergrund sieht man ...
Im Hintergrund befindet sich ...
In der Mitte des Bildes erkennt man ...
vorne/hinten/links/rechts

2 Ihre Partnerin/Ihr Partner beschreibt Ihnen ein
Foto aus dem Arbeitsbuch in allen Einzelheiten.
Sie halten dabei das Arbeitsbuch geschlossen und
betrachten das Foto oben.

AB

3 Stellen Sie Gemeinsamkeiten und Unterschiede
der beiden Bilder fest.

Befindet sich auf deinem Bild auch ...?
Hast du auch ...?
Gibt es bei dir ...?

__1__ Berlin – Sammeln Sie Assoziationen.

__2__ **Erste Orientierung vor dem Lesen**
Aus welcher Quelle stammt der Text wohl?
Was erwarten Sie nach dem Lesen der Überschrift?

__3__ **Lesen Sie den ganzen Text ohne Wörterbuch.**
Unterstreichen Sie beim Lesen Wörter, die Sie nicht kennen.

Der erste oder der einzige Tag

Da sind Sie nun in dieser unübersichtlichen Riesenstadt und wissen vielleicht nicht, wie sie anzupacken ist. Deshalb habe ich als Überblick ein Programm ausgearbeitet, das vergnüglicher, informativer und billiger ist als eine der üblichen Stadtrundfahrten.

Brechen Sie so früh wie möglich in Ihren bequemsten Schuhen auf und begeben Sie sich mit der Verkehrsverbund-Tageskarte „Berlin Ticket" (die es in größeren Bahnhöfen am Schalter, sonst in Automaten gibt) als Erstes zur *Kaiser-Wilhelm-Gedächtniskirche* am Breitscheidplatz. In den Jahren der Teilung galt die Turmruine im Herzen Westberlins als Freiheitssymbol. Schauen Sie unbedingt in die Gedenkhalle unten im Turm, dort bekommen Sie ein Gespür für Berlins Schicksal in der jüngeren Vergangenheit. Draußen hält der Bus 129. Vielleicht ergattern Sie sogar einen Platz in der vordersten Reihe seines Oberdecks.

Weiter geht es in die – eine Generation lang abgetrennte – historische Stadtmitte. Nach wenigen Minuten sind Sie bereits am Großen Stern, wo die Statue der Viktoria hoch auf einer Säule über dem Tiergarten schwebt: Hier sollten Sie unbedingt aussteigen. Betrachten Sie die Platzanlage und lassen Sie sich nicht abschrecken von den 285 Stufen, die im Inneren der *Siegessäule* hinauf zur Aussichtsbalustrade führen. Der Blick lohnt jede Mühe. Die Säule verherrlicht den Sieg von 1871 über die Franzosen.

Bis zum nahen *Reichstag* durchquert der Bus den sogenannten Spreebogen, das Regierungsviertel der Hauptstadt. Solange die Mauer stand, fanden fast alle westlichen Mammutveranstaltungen auf dem Riesenareal vor dem Reichstag statt. Hier beschwor Oberbürgermeister Ernst Reuter 1948 vor 350 000 Menschen die Völker der Welt: „Schaut auf diese Stadt und erkennt, dass ihr diese Stadt und dieses Volk nicht preisgeben dürft und preisgeben könnt!" Hier röhrte die Rocklady Nina Hagen ihr „Dirty Deutschland" bis über die nahe Mauer. Drüben, jenseits der Spree legten sich die Ostberliner Fans mit der Stasi[1] an, um vom unerreichbaren Spektakel etwas mitzukriegen. Sie können sich in der Cafeteria des Reichstags erfrischen oder um 14 Uhr an der Führung teilnehmen. Wandern Sie aber auch ein bisschen draußen herum. 97 Gedenktafeln erinnern an jeden Einzelnen der von den Nazis ermordeten Reichstagsabgeordneten.

Mit ein paar Schritten Richtung Süden sind Sie bereits am *Brandenburger Tor*. Etwas weiter erhebt sich martialisch das *Sowjetische Ehrenmal*, von der Roten Armee 1945 für die etwa 70 000 russischen Soldaten errichtet, die im Kampf um Berlin gefallen waren. Als Material dienten Marmorblöcke aus Hitlers zerstörter Reichskanzlei. 28 Jahre war hier vor dem Brandenburger Tor die West-Inselwelt zu Ende. Durchschreiten Sie in Erinnerung jener Zeiten das Tor. Gleich rechts, am Beginn des hier noch gar nicht prächtigen Boulevards *Unter den Linden*, hält Bus Nr. 100, mit dem Sie bis zur Oper fahren.

Hier gilt es eine Entscheidung zu treffen: weiter mit dem Bus oder zu Fuß? Ziel ist in jedem Fall der Bahnhof *Alexanderplatz*. Das Herzstück des alten Berlin, einst überquellend vor Leben, wurde im Krieg stark zerstört und später zum Kernstück der Hauptstadt der DDR, wo nun der Fernsehturm in den Himmel schießt.

Es geht weiter mit der U-Bahn bis zur Kochstraße. Schauen Sie sich unbedingt das Mauer-Museum an. Beklemmend und dramatisch wird hier in Dokumenten, Filmen und Videoshows über die Mauer informiert, über Flüchtende, Fluchtfahrzeuge und Tunnels. Dazu gibt es die Schau „Künstler interpretieren die Mauer".

Und wer nach all den Sehenswürdigkeiten noch Unternehmungsgeist verspürt, ist fast schon ein Berliner. Zu nächtlichen Vergnügungen mit ganz besonderer Note sind es nur wenige Schritte die Meineckestraße entlang Richtung Süden. Sie stoßen direkt auf das *Musical-Theater*, wo es vielleicht noch Karten gibt. Oder auf die berühmte *Bar jeder Vernunft*, wo sich anschließend ab 23 Uhr Nachtsalon oder Pianobar öffnen.

1) Abkürzung für *Staatssicherheit*, die Geheimpolizei der ehemaligen DDR

__4__ **Erschließen Sie die Bedeutung unbekannter Wörter.**

Sie haben dabei zwei Möglichkeiten:

Zeile	unbekanntes Wort	ableiten aus bekannten Wörtern	verstehen aus einem anderen Teil des Textes
Z. 1/2	unübersichtlichen	*Sicht - sehen - übersichtlichen = man kann etwas leicht sehen, sich darin orientieren, un- = man kann sich nicht leicht darin orientieren*	
	der Überblick	*blicken über etwas - alles sehen*	
	vergnüglich		
	üblich		
	aufbrechen		
	sich begeben		
	die Turmruine		
	die Gedenkhalle		
	das Gespür		
Z. 18	ergattern		*Es geht um einen Platz im Bus – einen besonders guten Platz – was tut man damit? ihn bekommen/nehmen*

AB

__5__ **Sind folgende Aussagen richtig (r) oder falsch (f)?**

- ☐ Die Autorin macht Vorschläge, was man sich am ersten Tag in Berlin ansehen soll.
- ☐ Sie will ein Alternativprogramm zu den normalen Stadtrundfahrten anbieten.
- ☐ Die Stadtführung wird hauptsächlich zu Fuß gemacht.
- ☐ Die Autorin zeigt nur die schönen Seiten Berlins.
- ☐ Die Autorin erklärt, welche Bedeutung bestimmte Orte für die Berliner haben.
- ☐ Sie führt auch an Orte im ehemaligen Ostteil der Stadt.
- ☐ Sie will den Touristen auch mit dem typischen Berliner zusammenbringen.
- ☐ Sie führt an Orte, an denen die Geschichte Berlins deutlich wird.
- ☐ Sie denkt auch daran, wo der Tourist mal eine Kleinigkeit essen kann.
- ☐ Sie gibt Tipps in Bezug auf Ausgehen und Abendprogramm.
- ☐ Sie hat Alternativvorschläge für schlechtes Wetter.

__6__ **Welche Sehenswürdigkeiten und Orte erinnern an welche Phasen der Geschichte Berlins?**

Geschichte Berlins	Sehenswürdigkeit/Ort
Berlin im 19. Jahrhundert	Siegessäule
Berlin in der Zeit des Nationalsozialismus	
Berlin nach dem 2. Weltkrieg	
Berlin während der Teilung Deutschlands	

GR S. 46/1, 47/2

__GR__ **7**   Ergänzen Sie die fehlenden Wörter aus dem Lesetext.

a Hauptsätze

Position 1	Position 2	Position 3, 4 ...	Endposition
Da	*sind*	Sie nun in dieser unübersichtlichen Riesenstadt.	
In den Jahren der Teilung		die Turmruine im Herzen Berlins als Freiheitssymbol.	
	geht	es in die historische Stadtmitte.	
Solange die Mauer stand,	*fanden*	fast alle westlichen Mammutveranstaltungen auf dem Riesenareal vor dem Reichstag	
	wurde	im Krieg stark	*zerstört.*

b Imperativsätze

Position 1	Position 2	Position 3, 4 ...	Endposition
Brechen	Sie	so früh wie möglich in Ihren bequemsten Schuhen	*auf.*
und begeben	Sie	sich als Erstes	

c Sätze, verbunden mit Konnektoren

Hauptsatz	Konnektor	Nebensatz	Endposition
Nach wenigen Minuten sind Sie bereits am Großen Stern	*wo*	die Viktoria über dem Tiergarten	*schwebt.*
	wo	es noch Karten	
Drüben legten sich die Ostberliner Fans mit der Stasi an,	*um*	vom unerreichbaren Spektakel etwas	

__GR__ **8**   **Wiederholen Sie die Regeln zur Wortstellung im Hauptsatz, Imperativsatz und in Sätzen mit Konnektoren.**
Ergänzen Sie die fehlenden Wörter und Beispiele.

Hauptsatz

a   An **Position 1** können neben der Nominativergänzung (Subjekt) auch andere Strukturen stehen. Geben Sie ein Beispiel: _____

b   Die wichtigste Regel lautet: Das Verb mit Personalendung steht im Hauptsatz immer an **Position** _____

c   Die Nominativergänzung steht entweder an **Position 1** oder _____

d   An **Position 3, 4** ... stehen die obligatorischen Verbergänzungen, wie zum Beispiel _____

e   An **Position 3, 4** ... stehen außerdem freie Angaben temporaler, kausaler, modaler oder lokaler Art, wie zum Beispiel _____

f   Hat das **Verb mehrere Teile** (zum Beispiel trennbares Verb, Perfekt, Verb + Modalverb usw.), steht der zweite Teil _____

Imperativsatz

g   An **Position 1** steht im Imperativsatz _____

Sätze, die mit Konnektoren verbunden sind

h   Bei Nebensätzen, die zum Beispiel mit *wo* oder *um* eingeleitet werden, steht an der **Endposition** _____

AB

__1__   **Erzählen Sie kurz von dem Ort, in dem Sie Ihre
Kindheit verbracht haben.**

(a) Was für ein Ort war das? Ein Dorf? Eine Kleinstadt? Eine Großstadt?
(b) Was war/ist typisch für diesen Ort?

__2__   **Bilden Sie Gruppen.**
Jede Gruppe sammelt die passenden Wörter für einen
der drei Lebensräume.

	Dorf	Kleinstadt	Großstadt
Haus/ Wohnung?	*altes Bauernhaus*	*Zweifamilienhaus*	*Hochhaus*
Verkehrsmittel?			
Einkaufsmöglichkeiten?			
Spielplätze?			
Weg zur Schule?			
Freizeitangebot?			

__3__   **In welchem Gebiet oder Stadtteil ist was zu finden?**
Ordnen Sie die Wörter zu.

der Bahnhof · die Bank · die Bibliothek · die Bar ·
das Bürogebäude · der Busbahnhof · das Café ·
das Denkmal · das Einfamilienhaus · das Einkaufs-
zentrum · das Elektrizitätswerk · die Fabrik ·
das Hochhaus · das Kaufhaus · der Kindergarten ·
das Kino · die Kirche · die Konzerthalle ·
die Kunstgalerie · der Markt · das Mehrfamilienhaus ·
die Moschee · das Museum · der Nightclub ·
das Opernhaus · das Parkhaus · der Park · der Platz ·
die Polizeistation · das Postamt · das Rathaus ·
Reihenhäuser · das Restaurant · das Schwimmbad ·
das Schuhgeschäft · die Schule · der Spielplatz ·
das Sportstadion · der Supermarkt · das Theater ·
die Universität · der Wohnblock

in den Vororten
und Wohngebieten
das Einfamilienhaus

im Industriegebiet
die Fabrik

im Zentrum
der Bahnhof

im historischen
Stadtkern
das Denkmal

im
Vergnügungsviertel
die Bar

__4__   **Stellen Sie eine Großstadt Ihres Heimatlandes vor.**

(a) Wie sehen typische Wohnhäuser aus?
(b) Wo befinden sich die Arbeitsplätze der Menschen?
(c) Wo verbringen Kinder ihren Tag, wo spielen sie?
(d) Wo befinden sich wichtige Ämter (zum Beispiel
die Stadtverwaltung, das Arbeitsamt)?
(e) Wo befinden sich Schule, Universität, Abendschule usw.?
(f) Was für Einkaufsmöglichkeiten gibt es?
(g) Was für ein kulturelles Angebot gibt es (zum Beispiel
Museen, Kinos)?
(h) Wie sieht das Verkehrssystem aus?

AB

1 Beschreiben Sie die beiden Fotos.
Was fällt Ihnen besonders auf?

2 Sammeln Sie Assoziationen.

Café/
Kaffeehaus

3 Was versteht man in Ihrem Heimatland unter
einem Café/Kaffeehaus?

4 Finden Sie heraus, welche Bedeutung ein Café/Kaffeehaus in
Deutschland bzw. in Österreich hat.

ⓐ Erarbeiten Sie dazu einen Fragebogen mit etwa sechs Fragen.

Fragebogen: deutsches Café bzw. österreichisches Kaffeehaus

> *1. Wie ist das Café/Kaffeehaus eingerichtet?*
>
> *2. Wer ...*
>
> *3. Was ...*
>
> *4. Wann ...*
>
> *5. Wie lange ...*
>
> *6. ...*

ⓑ Suchen Sie im Branchenbuch Ihrer Stadt/Ihres Kursortes die Adresse
von einem Café/Kaffeehaus deutschen bzw. österreichischen Stils her-
aus. Recherchieren Sie mit Hilfe Ihres Fragebogens. Falls sich in Ihrer
Stadt bzw. am Kursort kein solches Lokal findet, versuchen Sie, die
Fragen beispielsweise an Hand von Reiseführern, Zeitschriften und
Büchern zu beantworten.

AB

5 Berichten Sie in der Klasse, was Sie herausgefunden haben.

1 Werfen Sie einen kurzen Blick auf die Lesetexte unten.

Aus welcher Quelle stammen die Texte wohl?
Was erwarten Sie vom Inhalt?

2 Zehn Personen wollen in Berlin ausgehen.

Welche Lokale aus dem Reiseführer sind für die Personen unten geeignet? Manchmal passen mehrere Lokale, manchmal passt auch keins. Lesen Sie die Texte nur so genau, wie für die Lösung der Aufgabe wirklich nötig ist. Arbeiten Sie ohne Wörterbuch.

1 Herr Richter ist Weinkenner. Er sucht ausgefallene Lokale.   *Turmstuben*
2 Herr Schuster ist ein Liebhaber von guten Torten.   ....
3 Wenn Frau Peters ausgeht, möchte sie nicht
   um Mitternacht schon wieder nach Hause gehen.   ....
4 Herr Bürger möchte Berlin bei Nacht erleben. Er tanzt gern.   ....
5 Frau Hermann möchte in ein Lokal, das es so nur in Berlin gibt.   ....
6 Herr Bellaire steht gern spät auf und liebt ein besonderes Frühstück.   ....
7 Frau Eich sitzt gern stundenlang in Kaffeehäusern
   und legt Wert auf eine gepflegte Einrichtung.   ....
8 Herr York liest bei Kaffee und Kuchen gern die internationale Presse.   ....
9 Frau Rasch möchte endlich einmal typische Berliner Speisen probieren.   ....
10 Frau Keller möchte stilvoll und gut zu Abend essen.

Café Savigny/
Grolmannstr. 53-54
Fast immer voll. Eine umfangreiche Auswahl an Zeitungen und Zeitschriften, die prominente Lage und das noble Frühstück, das bis in den Nachmittag hinein serviert wird, mögen Gründe dafür sein. Und ein weiterer: Durch die großen Glasscheiben sieht der Gast und wird gesehen.

Operncafé/ *Unter den Linden*
Morgens ist das „amerikanische Frühstücksbuffet" eine willkommene Alternative zur Einheitsmarmelade im Hotel, am Nachmittag lassen sich erschöpfte Touristen auf hellblauen Sesseln zur Sahnetorte nieder. Mit dem Kuchen gibt sich das Operncafé größte Mühe: Unter der Glastheke werden Strudel wie Trüffel mit Umluft klimatisiert und stets bei optimaler Luftfeuchtigkeit ausgestellt.

Berlin-Museum/ Lindenstr. 14
Die Alt-Berliner Weißbierstube kommt manchem Besucher schöner vor als der Rest des interessanten Hauses. Die Einrichtung ist museumsreif, die vorwiegend kalte Küche bietet alles, was als berlinisch gilt – vom Schusterjungen mit Griebenschmalz bis zur Roten Grütze – und die Stimmung ist bis drei Uhr früh gut bis bierselig.

Turmstuben/
Platz der Akademie 5
84 Stufen muss man hinaufsteigen, um seinen Wein zu trinken: Etwa auf halber Höhe des Französischen Doms am Gendarmenmarkt liegt die gepflegte Weinstube mit dem phantastischen Ausblick und einem kleinen, sorgfältigen Speisenangebot. Um 12, 15 oder 19 Uhr hört man sogar das Glockenspiel im Turm.

Zwiebelfisch/ *Savignyplatz 7-8*
Eine lange Nacht endet meist im „Zwiebelfisch", wo sich kurz vor der Morgendämmerung alle treffen: Nachtschwärmer und Frühaufsteher, Lebenskünstler und Geschäftemacher. Sie diskutieren, spielen Schach oder sitzen einfach nur da, während Kneipenhund „Müller von der Halde" unter der Theke von der Hasenjagd träumt.

__1__   Was fällt Ihnen spontan zu diesen beiden Städten ein?

       Wien   München

__2__   **Hören Sie den ersten Teil eines Gesprächs.**

     a Notieren Sie Antworten auf folgende Fragen.

Frage	Antwort
Wer spricht hier?	*ein Mann mittleren Alters*
Woher stammt die Person?	
Was fällt Ihnen an der Aussprache auf?	

     b Wie wird Wien im Gespräch beschrieben (Lage, Verhältnis
         zur Tradition, Verhältnis zu den Nachbarländern auf dem Balkan)?

__3__   **Hören Sie den Rest des Gesprächs.**
     Kreuzen Sie an, welche Aspekte erwähnt und wie sie bewertet werden.

Die **Stärken** und Schwächen Münchens				
Freizeitmöglichkeiten	X			
Angebot an Restaurants				
Einkaufsmöglichkeiten				
Kulturangebot				
Ausgehmöglichkeiten				
Sportmöglichkeiten				
Lebensgefühl				
Öffentlicher Nahverkehr				
Sicherheit vor Verbrechen				
Klima/Wetter				
Toleranz der Mitbürger				
Kinderfreundlichkeit				
Preise für Wohnraum				
Autoverkehr				
Bewertung	*sehr gut*	*gut*	*schlecht*	*sehr schlecht*

__4__   **Hören Sie das Gespräch noch einmal ganz.**
     Notieren Sie dazu Stichworte.

Ort	Vorteile	Nachteile
München		*sehr teure Stadt*
Wien		

AB

SCHREIBEN

1 Lesen Sie den Brief einer deutschen Brieffreundin.

Lieber Theo,

Bonn, den 17. Januar 19..

vielen Dank für deine nette Karte, die gestern ankam. Finde ich gut, dass du in den Ferien nicht faul rumliegst, sondern dein Deutsch in einem Sprachkurs verbesserst.

Stell dir vor, wen ich im Skiurlaub wiedergetroffen habe, den Pierre aus Bordeaux. Bestimmt erinnerst du dich noch an ihn. Er erzählte mir, dass er vor kurzem auch einen Deutschkurs besucht hat. Der Kurs war wohl gut, aber offenbar fand er die Stadt ein wenig langweilig. Mit den „gemütlichen" Kneipen konnte er wenig anfangen. Außerdem fand er das Ausgehen schrecklich teuer. Obendrein soll das Wetter miserabel gewesen sein. Jetzt interessiert mich natürlich, ob es dir genauso geht. Hoffentlich nicht!!!

Von hier gibt es eigentlich sonst nicht viel Neues zu berichten. Lass bald wieder von dir hören. Bis dahin

alles Liebe
deine
Angelika

2 Beantworten Sie den Brief.
Schreiben Sie über den Ort, an dem Sie sich gerade befinden.
Arbeiten Sie in fünf Schritten.

Schritt 1 Sammeln Sie zuerst Ideen, was Sie schreiben könnten.

Schritt 2 Planen Sie den Aufbau des Briefes.
Bringen Sie dazu die folgenden Punkte in eine sinnvolle Reihenfolge.

- ☐ Berichten Sie von einem Kneipen-, Kino- oder Museumsbesuch.
- ☐ Berichten Sie, wie das Wetter zur Zeit ist.
- ☐ Bedanken Sie sich für den Brief.
- ☐ Schreiben Sie, wie Sie den Tag am Kursort verbringen.
- ☐ Schreiben Sie etwas darüber, wie Sie sich im Moment fühlen.
- ☐ Beenden Sie den Brief mit einem Gruß.

Schritt 3 Notieren Sie Ausdrücke oder einzelne Wörter, die Sie verwenden wollen.
Beispiele: *Wetter total schlecht ... fünf Tage Dauerregen ...*

Schritt 4 Formulieren Sie diese Stichpunkte aus.

Schritt 5 Überarbeiten Sie Ihren Text.
Die Sätze sollten gut aneinander anschließen. Das heißt zum Beispiel: Nicht jeder Satz sollte mit dem Subjekt anfangen.
Lesen Sie dazu noch einmal das Beispiel oben durch und unterstreichen Sie die Satzanfänge.

3 Lesen Sie den Text Ihrer Lernpartnerin/Ihres Lernpartners.
Was gefällt Ihnen besonders gut? Was könnte man verbessern?
Markieren Sie mit Bleistift Fehler, besprechen und korrigieren Sie diese.

AB

4 Korrigieren Sie den Antwortbrief eines Deutschlernenden
bis zum Ende.
Benutzen Sie dazu folgende Korrekturzeichen:
G = Grammatik, Beispiel: *von dir bekommen*
richtig: *von dir zu bekommen*
A = Ausdruck, Beispiel: *Und war es!* richtig: *Und so war es auch!*
R = Rechtschreibung, Beispiel: *klapt* richtig: *klappt*

Liebe Angelika,

was für ein Glück, einen Brief von dir bekommen. Als der Briefträger gestern klingelte,
dachte ich: es sollte was Besonderes sein! Und war es! Ein Brief von dir! Vielen Dank!
Nach des Lesens deines Briefs wollte ich dich anrufen, aber leider habe ich dein Nummer
vergessen. Deshalb schreibe ich dir diesen Brief.
Hier in München ist es wunderbar. Alles ist schön, die Leute sind nett; nur mit dem
Wetter klapt es nicht. Fast jeden Tag regnet es. Aber das ist nicht so wichtig. Wie ich dir
schon geschrieben habe, mache ich einen Sprachkurs am Goethe-Institut. Das ist ein
Vormittagskurs, mit dem ich sehr zufrieden bin. Nach dem Unterricht komme ich zu
Hause (wohne in einem Pension), arbeite meine Hausaufgaben, lerne neue Wörter und
wenn ich damit vertig bin, gehe ich in die Stadt. Die Stadt ist sehr schön, und habe ich
immer zu wenig Zeit alles zu sehen. Deshalb muss ich nächstes Jahr wiederkommen.
Abends gehe ich ins Kino oder in einen von zahlreichen Biergarten. Natürlich, nicht
allein, sonder mit neuen Freunden, die ich am Sprachkurs kennengelernt habe. Das sind
alles interesante und ausgefallene Leute, von denen man immer etwas neues lernen
und erfahren kann.
Also, es ist alles o.k. Aber es wäre noch besser, wenn du auch hier kömme. Darüber können wir noch reden. Vielleicht nächstes Sommer verbringen wir zusammen an einem
Sprachkurs. Was sagst du dazu? Schreib mir darüber! Und begrüße Pierre aus Bordeaux!
Bis nächsten Brief. Alles Liebe

dein Theo

5 Wie viele Fehler haben Sie gefunden?
Vergleichen Sie in der Klasse. Wie müssen die Stellen richtig heißen? `AB`

6 Spiel: Satzpuzzle

Bei schlechtem Wetter	besuche	ich	eines	der	zahlreichen	Museen,	die	es	in dieser Stadt	gibt.

Die Klasse teilt sich in zwei Gruppen. Jede Gruppe denkt sich einen
Satz von mehr als zehn Wörtern Länge aus. Die Sätze sollten auch
Wörter und Ausdrücke wie *zufällig, manchmal, bei schlechtem Wetter*
usw. enthalten. Ein Mitglied der Gruppe schreibt die Sätze so auf, dass
jeweils ein Wort bzw. ein zusammenhängender Ausdruck auf einem
separaten Kärtchen steht. Die Gruppen tauschen ihre Kärtchen aus und
setzen sie zu Sätzen zusammen. Es gibt oft mehr als eine richtige
Lösung. Gewonnen hat die Gruppe, die zuerst fertig ist. `AB`

SPRECHEN 1

1 Kursparty

Stellen Sie sich vor: Sie sind zu einer Kursparty eingeladen. Bei einem Glas Wein unterhalten Sie sich über den Ort, wo Sie Ihren Deutschkurs machen. Verwenden Sie dazu Sätze aus der folgenden Anleitung.

Sprecher 1 **Sprecher 2**

Eröffnen Sie das Gespräch mit einer Begrüßung.
Guten Abend!/Hallo!/Grüß Dich!/Grüß Sie!
Ah, Herr Schmidt, ... Wie gehts?
Seien Sie gegrüßt./Sei gegrüßt.
Ah, schön, dass Sie gekommen sind!

Erwidern Sie die Begrüßung.

Machen Sie eine Bemerkung über den Kursort.
Also, ich muss sagen, München/Berlin/XY gefällt mir ... ausgezeichnet/recht gut/ überhaupt nicht/einigermaßen.
Ausgesprochen zufrieden/unzufrieden bin ich hier mit ...
Besonders positiv/negativ finde ich hier ...

Stimmen Sie der Bemerkung zu.
Ja, das stimmt.
Ja, das finde ich auch.
Ja, da haben Sie/hast du ganz Recht.
Also, mir gefällt es hier auch sehr gut/ nicht besonders.

Bringen Sie das Thema Einkaufsmöglichkeiten am Kursort auf und geben Sie ein Beispiel dafür, wie sich die Einwohner beim Einkaufen typischerweise verhalten.
Stellen Sie sich vor/Stell dir vor ...
Also, wissen Sie/weißt du, neulich war ich doch...
Neulich ist mir was passiert ...

Berichten Sie von ganz anderen Erfahrungen beim Einkaufen.
Nein, also so etwas ist mir noch nicht passiert.
Ich habe sogar neulich erlebt, ...
Neulich habe ich sogar beobachtet, ...

Zeigen Sie sich erstaunt und sagen Sie etwas zum berichteten Fall.
Na so was!
Nein, also wirklich.
Kaum zu glauben.
Also, ich finde ...
Also, wenn mir das passiert wäre, ich hätte ...

Wechseln Sie das Thema.
Übrigens, ...
Aber es gibt ja auch gute/weniger gute Sachen hier, zum Beispiel ...
Fragen Sie, ob Sprecher 1 schon einmal in der Kneipe X war.

Verneinen Sie und stellen Sie eine Frage zu der Kneipe.

Beantworten Sie die Frage.
Beenden Sie das Gespräch.
Ach, da kommt ja auch (Herr/Frau) Y. Dem/Der muss ich doch schnell mal guten Tag/hallo sagen.
Ja, also ich glaube, ich nehme mir noch eins von den leckeren Brötchen.
War nett!

2 Spielen Sie das Gespräch mit einer Lernpartnerin/einem Lernpartner nach eigenen Ideen weiter.

Zwei besonders gelungene Beispiele werden in der Klasse vorgestellt.

LESEN 3

__1__   Lesen Sie die Kurzinformation über Berlin.

Berlin zur Zeit Tucholskys

1881	erste elektrifizierte Straßenbahnlinie, das Telefon-Ortsnetz Berlin wird in Betrieb genommen
1902	erste Hoch- und U-Bahnstrecke
1888–1918	Regierungszeit Kaiser Wilhelms II.; Entstehung von Reichstagsgebäude, Dom, Neuem Rathaus, Industriebauten im Wilhelminischen Stil
1914–1918	1. Weltkrieg
1918	Novemberrevolution, Abdankung des Kaisers, Deutschland wird Republik
1920	Aus acht Städten und 59 Gemeinden entsteht Groß-Berlin mit 3,85 Millionen Einwohnern; Beginn der „Goldenen Zwanziger Jahre"

__2__   Um welche Textsorte handelt es sich wohl beim folgenden Text?

Berlin! Berlin!

Über dieser Stadt ist kein Himmel. Ob überhaupt die Sonne scheint, ist fraglich; man sieht sie jedenfalls nur, wenn sie einen blendet,
5 will man über den Damm gehen. Über das Wetter wird zwar geschimpft, aber es ist kein Wetter in Berlin.

Der Berliner hat keine Zeit. Er hat immer etwas vor, er telefoniert und verabredet sich, kommt abgehetzt
10 zu einer Verabredung und etwas zu spät und hat sehr viel zu tun. In dieser Stadt wird nicht gearbeitet –, hier wird geschuftet. (Auch das Vergnügen ist hier eine Arbeit, zu der man sich vorher in die Hände spuckt, und von der man etwas haben will.)

15 Manchmal sieht man Berlinerinnen auf ihren Balkons sitzen. Die sind an die steinernen Schachteln geklebt, die sie hier Häuser nennen, und da sitzen die Berlinerinnen und haben Pause. Sie sind gerade zwischen zwei Telefongesprächen oder warten auf eine
20 Verabredung oder haben sich – was selten vorkommt

– mit irgend etwas verfrüht – da sitzen sie und warten. Und schießen dann plötzlich, wie der Pfeil von der Sehne – zum Telefon – zur nächsten Verabredung.
25
Der Berliner kann sich nicht unterhalten. Manchmal sieht man zwei Leute miteinander sprechen, aber sie unterhalten sich nicht, sondern sie sprechen nur ihre Monologe gegeneinander. Die Berliner können auch nicht zuhören. Sie warten nur ganz
30 gespannt, bis der andere aufgehört hat zu reden, und dann haken sie ein. Auf diese Weise werden viele Berliner Konversationen geführt.

Die Berliner sind einander spinnefremd. Wenn sie sich nicht irgendwo vorgestellt wurden, knurren sie sich
35 auf der Straße und in den Bahnen an, denn sie haben miteinander nicht viel Gemeinsames. Sie wollen voneinander nichts wissen und jeder lebt ganz für sich.

Berlin vereint die Nachteile einer amerikanischen Großstadt mit denen einer deutschen Provinzstadt.
40

Kurt Tucholsky, 1919

__3__   Was will der Autor dieses Textes?

     ☐ über die Ereignisse aus dem Jahre 1919 berichten
     ☐ Informationen über die Stadt geben
     ☐ subjektive Eindrücke schildern

__4__   Wie beurteilt Kurt Tucholsky folgende Aspekte?
Kreuzen Sie an.

Urteil über	+	+/–	–
das Wetter in Berlin	☐	☐	☐
das Verhältnis der Berliner zur Arbeit	☐	☐	☐
das Verhalten der Berlinerinnen	☐	☐	☐
Gespräche zwischen Berlinern	☐	☐	☐

5 Welche Merkmale Berlins treffen auf eine Großstadt und ihre Bewohner in Ihrem Heimatland zu?

GR S. 48/3

GR 6 Unterstreichen Sie im Text alle Negationen
Ordnen Sie die Beispiele in den Kasten ein.

nicht	kein	nichts
wird nicht gearbeitet	...	...

`AB`

7 Sehen Sie sich das Kinoplakat an.
Wovon handelt der Film wohl? Schreiben Sie eine Filmstory in sechs Sätzen. Dazu haben Sie zehn Minuten Zeit.

Der Film spielt in ...

Er handelt von ...

... verliebt sich in ...

Doch da gibt es noch ein Problem: ...

Als ... auftritt, ...

Am Ende ...

Wenn Sie erfahren wollen, worum es in diesem Film wirklich geht, lesen Sie im Arbeitsbuch nach.

`AB`

1   **Beschreiben Sie kurz das Besondere an diesem Haus.**

der Balkon, -e – das Dach, ̈er – die Fassade, -n – das Fenster, -
das Geschoss, -e – die Terrasse, -n – der Turm, ̈e – die Verzierung, -en

`AB`

2   **Wie stellen Sie sich das Leben darin vor?**

Das Haus sieht aus wie ...
Es scheint, als ob es ...
Wenn ich in diesem Haus wohnen würde, ...
In einem so ... Haus könnte (müsste) man ...

LESEN 4

__1__ Lesen Sie die Kurzinformationen zu dem Künstler,
der dieses Gebäude geschaffen hat.
Was sagt sein Name über seine Persönlichkeit?
Was stellen Sie sich unter *Fensterrecht* und *Baumpflicht* vor?

Friedensreich Hundertwasser
eigentlich Fritz Stowasser/österreichischer Maler

1928	in Wien geboren
1972	Entwurf des Plakats zur Olympiade in München
1972	verfasst das Manifest *Dein Fensterrecht –* *Deine Baumpflicht* – Architekturmodelle für Dachbewaldung und individuelle Fassadengestaltung
1983-1985	Entwurf und Bau des „Hundertwasser-Hauses" in Wien
2000	gestorben

__2__ Markieren Sie im folgenden Text die Schlüsselwörter, d.h. die
Wörter, in denen die Hauptinformationen enthalten sind.

Das Hundertwasser-Haus in Wien

Ein natur- und menschenfreundliches Haus: des Malers und Architektenfeindes Friedensreich Hundertwasser Phantasie schuf es, die Gemeinde Wien erbaute die Wohnanlage im Rahmen des sozialen Wohnungsbaus. Sozial sind die Mieten allerdings nicht unbedingt zu nennen, und im Grunde wohnen Künstler in diesem Künstlerhaus, was Hundertwasser wiederum freut: „Wenn hier Privilegierte einziehen, dann ist das ein Beweis für mich, dass das Haus gut ist. Es ist doch bemerkenswert, wenn solche Leute Bereitschaft zeigen, in diese doch relativ kleinen Wohnungen einzuziehen." Doch auch Künstler nervt der Rummel, der um dieses Gebäude entstanden ist, denn an die 1500 Menschen pilgern täglich zu dieser umstrittenen Architektur-Attraktion Wiens.

In dem in Ziegelbauweise errichteten Komplex gibt es 50 Wohnungen, unterschiedlich groß, ein- oder zweigeschossig, für arme und reiche Mieter, mit oder ohne Garten, mit viel Sonne oder viel Schatten, mit Straßenlärm oder ruhig, mit Blick auf die Straße oder in den Hof; ein Terrassen-Café, eine Arztpraxis und ein Bio-Laden sind organisch eingefügt. Jede Wohneinheit hat ihre eigene Farbe und ein rund fünf Kilometer langes Keramikband verläuft durch die gesamte Anlage, vereinigt die Wohnungen miteinander und trennt sie zugleich durch eine jeweils andere Farbe.

Generell verfolgte Hundertwasser die „Toleranz der Unregelmäßigkeiten"; so sind alle Ecken des Baus abgerundet und die Fenster verschieden groß, breit und hoch. Individualität ist auch im Innern angesagt, die Verfliesung[1] der Badezimmer ist uneinheitlich, der Fußboden des Wandelgangs uneben, die Wand dieses Bereiches (im unteren Teil dient sie als 500 Meter lange Mal- und Kritzelwand für Kinder) gewellt.

Zwei goldene Zwiebeltürme schmücken das Gebäude, weil – laut Hundertwasser – „ein goldener Zwiebelturm am eigenen Haus ... den Bewohner in den Status eines Königs erhebt". Ob man diese Verzierungen und das Haus insgesamt für Kunst oder Kitsch hält, muss wohl jeder für sich selbst entscheiden.

[1] Fliesen sind Platten aus Stein oder Keramik auf Wand und Boden.

Haupt-informationen

Wer?
ⓐ Architekt: *Hundertwasser*
ⓑ Bauherr:
ⓒ Bewohner:

Was befindet sich in dem Haus?
ⓐ
ⓑ
ⓒ
ⓓ

Welche optischen Besonderheiten hat der Bau?
ⓐ
ⓑ
ⓒ
ⓓ
ⓔ

__3__ Ergänzen Sie die Hauptinformationen in der rechten Spalte.

__4__ Würden Sie gern in diesem Haus wohnen?

__1__ **Erinnerungstechnik**

Sehen Sie sich die folgenden Wörter **eine Minute** an. Schließen Sie dann das Buch und versuchen Sie, alle Wörter, die Sie behalten haben, aufzuschreiben.

Wasser – Herz – Hase – Leben – Kopf – Linie – Kindheit – Tür – Körper – Aussehen – Augen – Haus – Schaf – Gefühl – Wolke – Charakter – Bild – Verstand – Schulzeit – Schnee – Beruf – Stift – Kuh – Hügel – Feld – Doppelkinn – Hand

__2__ **Vergleichen Sie Ihre Liste zu zweit.**

Beantworten Sie danach folgende Fragen.

Fragen	Ja/Nein	Kommentar zur Ja-Antwort
a Erinnern Sie sich an *Wasser* oder *Hand*?		Das ist sehr üblich, denn man erinnert sich häufig an die Information, die man zuerst oder zuletzt aufnimmt.
b Erinnern Sie sich an *Doppelkinn*?		Einige erinnern sich an ungewöhnliche Wörter, d.h. Wörter, die anders aussehen als die übrigen.
c Wie haben Sie Ihre Wortliste aufgeschrieben? Haben Sie Wörter, die mit dem Menschen zu tun haben, in eine Gruppe geschrieben?		Die meisten Menschen tun das. Das Gehirn kann Wörter in einer Ordnung besser behalten.
d Haben Sie auch Wörter aufgeschrieben, die nicht in der Liste waren?		Auch das kommt häufig vor.

__3__ **Was bedeuten diese Ergebnisse für das Lernen von Wörtern?**

__4__ **Neue Wörter – was macht man damit?**

a Wie notieren Sie neue Vokabeln? Kreuzen Sie an.
- ☐ Ich schreibe sie irgendwo in mein Heft/Ringbuch ohne bestimmtes System.
- ☐ Ich notiere sie täglich in einem Extravokabelheft.
- ☐ Ich ordne sie nach Sachgebieten in einem separaten Ringbuch.
- ☐ Ich schreibe jedes wichtige Wort auf eine separate Karteikarte und lege eine Vokabelkartei an.
- ☐ ...

b Wie lernen Sie neue Vokabeln?
- ☐ Ich lese alle neuen Vokabeln ein paar Mal durch.
- ☐ Ich lerne regelmäßig kleinere Einheiten von bis zu zehn Wörtern auf einmal.
- ☐ Ich spreche neue Wörter mehrmals halblaut vor mich hin.
- ☐ Ich lerne neue Wörter in einem Sinnzusammenhang und bilde zum Beispiel einen Satz.
- ☐ Ich konstruiere kleine Texte mit den neuen Wörtern und lerne sie auswendig.
- ☐ Ich habe meine Vokabelkartei immer dabei und wiederhole sie bei jeder Gelegenheit, zum Beispiel in der U-Bahn.
- ☐ ...

c Vergleichen Sie in der Klasse Ihre Ergebnisse. Welche Methoden sind für Sie neu?

LERNTECHNIK – *Wörter lernen und behalten*

_5_ Die Vokabelkartei

Mit einer Vokabelkartei können Sie neue Wörter auf vielfältige Weise üben, wiederholen, im Sinnzusammenhang lernen, nach Belieben ordnen, die Ordnung umstrukturieren usw.

ⓐ Was brauchen Sie für die Vokabelkartei?

- ☐ kleine Karteikarten (oder Zettel)
- ☐ eine passende kleine Schachtel
- ☐ ein alphabetisches Register

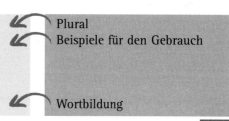

Ablage
2. Wiederholung
1. Wiederholung
neue Vokabeln
Neu

ⓑ Wie funktioniert die Vokabelkartei?

Neue Vokabelkärtchen, die Sie zum Beispiel im Unterricht anfertigen, stecken Sie vorne in den Karteikasten. Zum Üben nehmen Sie einige Kärtchen aus dieser Rubrik. Wenn Sie ein Wort gleich können, wandert es in die **Ablage**. Bereitet Ihnen dieses Wort noch Schwierigkeiten, stecken Sie es in die Rubrik **erste Wiederholung**. Können Sie das Wort nach der ersten Wiederholung noch nicht, wandert die Karte in die **zweite Wiederholung**. Schwierige Wörter, die Sie dann immer noch nicht beherrschen, kommen wieder ganz **nach vorne**.

ⓒ Was schreiben Sie auf eine Karteikarte?

Rückseite: Übersetzung in der Muttersprache	*der Erfolg, -e* *ein voller (großer) Erfolg* *ein Riesenerfolg* *Erfolg haben (im Beruf)* *einen Erfolg erzielen* *Adj: erfolgreich, erfolglos*	Plural Beispiele für den Gebrauch Wortbildung

`AB`

_6_ Erstellen Sie zu zweit Karteikarten zu jeweils zwei der folgenden Wörter.

bummeln	das Gebäude	verfrüht
schuften	der Vorort	unübersichtlich
einander fremd sein	die Verabredung	peinlich

_7_ Wortfelder erarbeiten

Dazu suchen Sie zu einem Wort passende andere Begriffe und schließlich einen gemeinsamen Oberbegriff.

Beispiel	*Rathaus*
passende Begriffe	*Kirche*
	Fernsehturm
	Bahnhof
Oberbegriff	*Gebäude*

Suchen Sie zu zweit zu folgenden Wörtern passende andere Begriffe.

Beispiel	*Staubsauger*	
passende Begriffe		*Krankenschwester*
Oberbegriff	*Verkehrsmittel*	

Formulieren Sie eine ähnliche Aufgabe für die Klasse.

1 Normale Wortstellung im Hauptsatz

a Ergänzungen und Angaben

geben

Position 1	Position 2	Position 3, 4 ...		
wer?		wem?	wann? warum? wie? wo?	was?
Sie	*gab*	*ihrer Freundin*	*gestern zur Sicherheit schnell noch im Bus*	*ihren Stadtplan.*
Nominativ obligatorisch	Verb	Dativ obligatorisch	Angaben: temporal/kausal*/modal/lokal nicht obligatorisch	Akkusativ obligatorisch

* Wie kausale Angaben sind auch konditionale (unter welcher Bedingung?) und konzessive (mit welcher Einschränkung?) zu behandeln.

Regeln:
1. Nominativ vor Dativ vor Akkusativ.
2. Wenn die Akkusativergänzung ein Pronomen ist, dann steht es vor der Dativergänzung. Beispiel: *Er gab ihn ihr.*
3. Freie Angaben stehen meist vor dem Akkusativobjekt bzw. der Präpositionalergänzung.
4. Wenn mehrere Angaben im Satz vorkommen, gilt in der Regel die Reihenfolge:
   temporal vor kausal/konditional/konzessiv vor modal vor lokal

b Reihenfolge der Angaben
Beispiel:

Position 1	Position 2	Position 3, 4, ...					Endposition
Wir	*sind*	*gestern*	*wegen des schönen Wetters*		*gern*	*im Park*	*spazieren gegangen.*
		te	ka		mo	lo	

c Das Prädikat besteht aus mehreren Teilen

Position 1	Position 2 Verb 1	Position 3, 4 ...	Endposition Verb 2/Verbteil
Sie	*hat*	*ihrer Freundin den Stadtplan*	*gegeben.*
Er	*wollte*	*ihn gestern seiner Schwester*	*geben.*
Sie	*ruft*	*seine Schwester*	*an.*
Er	*geht*	*nachmittags mit seiner Schwester*	*spazieren.*

d Position 1 im Hauptsatz

	Position 1	Position 2	Position 3, 4 ...	Endposition
Nominativ-ergänzung	*Der Blick von der Siegessäule*	*lohnt*	*jede Mühe.*	
	Sie	*können*	*sich in der Cafeteria des Reichstags*	*erfrischen.*
Akkusativ-ergänzung	*Ein „Berlin Ticket"*	*bekommen*	*Sie in größeren Bahnhöfen am Schalter*	
Präpositional-ergänzung	*Bis zum Reichstag*	*durchquert*	*der Bus den Spreebogen.*	
Freie Angaben, z.B. temporal	*Nach wenigen Minuten*	*sind*	*Sie bereits am Großen Stern.*	
Nebensatz	*Wer nach all den Sehenswürdig-keiten immer noch Unterneh-mungsgeist verspürt,*	*ist*	*fast schon ein Berliner.*	

e Das Verb an Position 1

Satztyp	Position 1	Position 2, 3 ...
(Ja-/Nein-)Frage	*Kennst*	*du Berlin?*
Befehl	*Stehen*	*Sie früh auf!*
Wunsch	*Hätte*	*ich doch mehr Zeit!*

_2_   Wortstellung im Nebensatz

a Das Verb mit der Personalendung schließt den Satz ab.

	Konnektor	Nebensatz	Endposition – Verb
Ich weiß,	*dass*	*Berlin wieder Hauptstadt*	*ist.*
Ich weiß,	*was*	*ich mir in Berlin*	*ansehen will.*
Ich weiß nicht,	*ob*	*ich nach Berlin*	*reise werde.*
Ich weiß es nicht,	*weil*	*meine Terminplanung noch nicht abgeschlossen*	*ist.*

b Nebensatz vor dem Hauptsatz: Verb stößt auf Verb

Nebensatz	Hauptsatz
Während der Zug durch den Berliner Untergrund rast,	*fühlen wir uns wie in der Geisterbahn.*

c Konnektoren, die Hauptsätze verbinden: *aber, denn, doch, oder, und*

Hauptsatz	Konnektor	Hauptsatz
Er kaufte einen Stadtplan,	*aber*	*der nützte ihm wenig.*

_3_ Negation

a Die Stellung von *nicht*

nach Nominativ-, Dativ-, Akkusativergänzung	*Ich leihe meiner Freundin den Stadtplan nicht.* *Wir lesen den Stadtführer nicht.*
vor dem zweiten Verbteil	*Der Zug fährt noch nicht ab.* *Wir wollen den Stadtführer nicht lesen.* *Wir haben den Stadtführer nicht gelesen.*
vor präpositionaler Ergänzung	*Ich warte nicht auf den Bus.* *Ich lege den Stadtführer nicht auf den Tisch.* *Er gewöhnt sich nicht an das Klima.*
besondere Stellung vor betontem Satzglied	*Er liest nicht den Stadtführer, sondern eine Zeitschrift.* *Er hat den Stadtführer nicht seiner Freundin, sondern seinem Bruder gegeben.* *Ich habe ihr den Stadtführer nicht geschenkt, sondern nur geliehen.* *Nicht ich habe ihr den Stadtführer geschenkt, sondern jemand anders.*

b *nicht* oder *kein*

bestimmter Artikel – *nicht*	*Siehst du den Himmel? – Ich sehe den Himmel nicht.*
unbestimmter Artikel; ohne Artikel – *kein*	*Gibt es einen Himmel? – Es gibt keinen Himmel.* *Hast du Angst? – Ich habe keine Angst.*

c *nicht* oder *nichts*

nicht verneint einen Satz	*Ich habe ihn gesehen. Ich habe ihn nicht gesehen.*
nichts verneint eine Nominativ-, Dativ- oder Akkusativergänzung	*Alles ist in Ordnung. – Nichts ist in Ordnung.* *Ich weiß von nichts.* *Sie wollen etwas wissen. – Sie wollen nichts wissen.*

1 Beschreiben Sie das Foto.

a Beantworten Sie zunächst die sogenannten
W-Fragen: Wer? Wo? Was?
Welche Wirkung hat dieses Foto auf Sie? Warum?

*Ich fühle mich von dem Bild (nicht)
angesprochen, weil ...
Das Bild lässt mich (nicht) kalt, weil ...
Das Bild bringt mich zum Lachen/Schmunzeln,
weil ...
Das Bild erinnert mich daran, ...*

b Was könnte das Foto mit dem Thema *Sprache*
zu tun haben?
c Tragen Sie Ihre Bildbeschreibung in der Klasse vor.

2 Welche Unterschiede sehen Sie zwischen
dem Erlernen der Muttersprache und dem
einer Fremdsprache?

a Welche Vorteile hat das Baby,
das die Muttersprache lernt?
b Welche Vorteile hat der Erwachsene,
der eine Fremdsprache lernt?

3

1   Was kann ein Baby wann?

Markieren Sie die richtige Reihenfolge.

Alter in Monaten (Durchschnitt)	Meilensteine frühen Sprechens
3	erstes Wort nach *Mama/Papa*
14	kurze Gespräche
17	gebraucht *Mama/Papa* richtig
23	richtiger Gebrauch von *ich*
34	spricht Sätze aus zwei Wörtern
36	antwortet mit Lauten

AB

2   Machen Sie eine Umfrage in der Klasse.

Stellen Sie fest,

a welche Muttersprachen gesprochen werden.
b welche Fremdsprachen gesprochen werden.
c wie viele *eine* Fremdsprache sprechen.
d wie viele *zwei* Fremdsprachen sprechen.
e wie viele *mehr als zwei* Fremdsprachen sprechen.

| Muttersprachen | Fremdsprachen | Zahl der Fremdsprachen | | |
		eine	zwei	drei
Spanisch	Deutsch			

3   Fremdsprachen im Berufsleben

a Wie hoch schätzen Sie die Bedeutung von Fremdsprachen im Berufsleben ein?
b Überfliegen Sie die folgenden Antworten von jungen Deutschen auf diese Frage. Welchen Aspekt finden Sie besonders wichtig? Warum?

Michael Kunzmann, 19 Jahre

*I*mmer stärker treten Computer in alle Berufszweige ein und für deren Gebrauch sind Englischkenntnisse unerlässlich. Auch laufen viele Geschäftsbeziehungen auf internationaler Ebene. In einem Zeitalter, in dem Europa eine Einheit darstellt, sollten möglichst viele Fremdsprachen bekannt sein.

Sandra Full, 19 Jahre

*I*ch werde voraussichtlich Englisch und Kunst auf Lehramt studieren, mich also einen Großteil meiner Studienzeit mit Sprachen beschäftigen. Fremdsprachen gewinnen mehr und mehr an Bedeutung und ich halte es für wichtig, Kindern diese näher zu bringen – auch im Sinne der Völkerverständigung.

Christian Schuster, 18 Jahre

*M*einer Meinung nach sind Fremdsprachen für das spätere Leben sehr wichtig. Ich selbst habe Französisch und Englisch gewählt. Ich weiß zwar noch nicht, was ich später studieren werde, aber vor allem Englisch sehe ich als Voraussetzung zur Verständigung im späteren Beruf an.

Fremdsprachen lernen für Europa – ja, aber wie?

__1__   Sehen Sie sich den Lesetext an.
Lesen Sie zuerst nur die Überschrift und
den fett gedruckten Absatz daneben.
Worum geht es in dem Text?

Ob auf Urlaubsreisen oder beim Surfen im Internet – wer Fremdsprachen spricht, kommt schneller an sein Ziel. Und wer beruflich etwas erreichen will, kann auf Fremdsprachen nicht verzichten. Vom künftigen Idealbürger Europas wird sogar erwartet, dass er sich in
5 **mindestens zwei Fremdsprachen unterhalten kann. Die Frage, wie man möglichst effektiv Fremdsprachen lernt, wird damit immer wichtiger. Experten haben inzwischen recht genau untersucht, was beim Sprachenlernen tatsächlich geschieht.**

In der Europäischen Union arbeiten
10 derzeit ungefähr zwölf Millionen
Europäer außerhalb ihrer Heimatländer. Circa sechs Millionen leben
als „Gastarbeiter", Flüchtlinge und
Asylsuchende meist für längere
15 Zeit in Deutschland. Das Erlernen
der deutschen Sprache ist für sie
der Schlüssel zur Integration in
ihrer neuen Umgebung. Ohne jeden
Unterricht haben die meisten von
20 ihnen sich die Sprache dieser Umgebung angeeignet. An ihnen haben Linguisten beobachtet, was
bei dem Vorgang des natürlichen
Lernens ohne systematischen
25 Sprachunterricht, dem sogenannten „ungesteuerten Fremdsprachenerwerb", passiert. Die vergleichenden Untersuchungen, die Forscher
des Max-Planck-Instituts für Psy
30 cholinguistik in sechs europäischen Ländern durchgeführt haben, zeigen, dass drei Faktoren für
das erfolgreiche Erlernen einer
Sprache wichtig sind: die Lern
35 motivation, das eigene Sprachtalent und der Zugang, den man
zu der fremden Sprache hat.

Die Forscher fanden heraus, dass
sich die Ausländer die neue Spra
40 che rasch nach dem gleichen typischen Muster aneigneten: Zuerst
lernten sie wichtige Nomen und
Verben sowie die Personalpronomen *ich* und *du*. Endungen ließen
45 sie weg. In einer zweiten Stufe

folgten Modalverben wie *müssen*
und *können* und schließlich die
Hilfsverben *haben* und *sein*. Dieser
Lernprozess vollzieht sich inner
50 halb der ersten zwei Jahre. Danach konnten sich die untersuchten Personen meist nicht weiter
sprachlich verbessern. Ihre Sprache „fossilierte", d.h. sie blieb auf
55 dem erreichten Niveau stehen.

Ganz anders ist dagegen die Situation bei den Kindern dieser Einwanderer. Diejenigen, die ihre
Muttersprache bereits beherrsch
60 ten, lernten die Zweitsprache
schneller und besser als ihre
Eltern. Sie wachsen kontinuierlich
in die fremdsprachliche Umgebung
hinein. Aufgrund ihres ausge
65 prägten Spieltriebes fällt es ihnen
leicht, die Freunde sprachlich zu
imitieren. Ihre Angst vor Fehlern
ist geringer als bei Erwachsenen.
Zu diesen psychosozialen Aspek
70 ten kommt ein biologischer Faktor
hinzu: Bis zum 12. Lebensjahr
nimmt man Fremdsprachen besonders leicht auf, da das Gehirn bis
dahin relativ leicht neue Nerven
75 verbindungen ausbildet. Auch das
phonetische Repertoire ist noch
offen und formbar: daher sprechen Kinder die zweite Sprache
meist akzentfrei.

80 Erwachsene Lerner erfassen die
komplexen Strukturen einer Sprache nicht mehr spontan durch

einfaches Nachahmen. Während
Kinder eher assoziativ lernen und
85 mehr auf Wortklänge reagieren,
gehen Erwachsene eher analytisch
vor. Sie vergleichen die Fremdsprache mit den Strukturen ihrer
Muttersprache, übersetzen und
90 suchen bewusst nach Regeln.
Ein weiterer Unterschied betrifft
das Aufschreiben des Gehörten.
Für Erwachsene ist es eine große
Erinnerungshilfe, wenn sie sich
95 Dinge notieren können. Tests haben
gezeigt, dass man sich bei gehörten Informationen an zehn Prozent erinnert, bei gelesenen an
30 Prozent und bei solchen, die
100 mit aktivem Verhalten zum Beispiel in Form des Aufschreibens
oder des darüber Sprechens verbunden sind, an 90 Prozent.

Konsequenz für das Fremdspra
105 chenlernen: Es ist zu empfehlen,
eine neue Sprache für mehrere
Wochen im Land selbst zu lernen.
Für diejenigen, die sich das nicht
leisten können, bleibt ein Trost:
110 Auch im heimischen Sprachkurs
kann man einiges unternehmen,
um in der Fremdsprache aktiv zu
sein: Diskussionen führen, Projekte bearbeiten sind nur zwei der
115 zahlreichen Möglichkeiten. Dem
Ideenreichtum von Lernern und
Lehrern sind keine Grenzen
gesetzt.

3

__2__   **Hauptaussagen nach dem ersten Lesen**
Notieren Sie die wichtigen Informationen aus dem Text
in folgenden Raster.

ⓐ ungesteuerter Fremdsprachenerwerb bedeutet:	*das natürliche Lernen ohne Unterricht*
ⓑ Faktoren für Lernerfolg:	1
	2
	3
ⓒ typisches Muster bei Ausländern:	
ⓓ psychologische/soziale Aspekte beim Sprachenlernen:	
ⓔ biologischer Faktor:	
ⓕ Art zu lernen:	1 Kinder:
	2 Erwachsene:

__3__   **Erarbeiten Sie weitere Einzelheiten.**
Wie lauten die passenden Fragen zu den folgenden Antworten?

Antworten	Fragen
ⓐ „Gastarbeiter", Asylsuchende und Flüchtlinge	*Wer gilt in Deutschland als Ausländer?*
ⓑ bis zum 12. Lebensjahr	
ⓒ Dinge zu notieren	
ⓓ 30 Prozent	
ⓔ im Land selbst	

GR S. 64/1, 65/2

__GR 4__   **Verben**

ⓐ Unterstreichen Sie folgende Verben im Text von Zeile 1 bis Zeile 103
und ordnen Sie sie ein.
■ **Verben mit einer Ergänzung** im Akkusativ oder Dativ
■ **Verben**, zu denen eine feste **Präposition** gehört

Verben + Kasusergänzung			Verben + Präpositionalergänzung		
sprechen	+ Akk	was?	*verzichten auf*	*+ Akk*	*wen?/was?*
erreichen	+ Akk	was?			

`AB`

ⓑ Unterstreichen Sie im Text ab Zeile 56 Verben, die mit
nicht trennbaren Vorsilben gebildet sind, und ordnen Sie sie ein.

be-	emp-	er-	unter-	ver-
beherrschen				

`AB`

ⓒ Unterstreichen Sie im gesamten Text Verben, die mit trennbaren
Vorsilben gebildet sind, und ordnen Sie sie ein.

an-	auf-	aus-	durch-	weg-
sich aneignen				

`AB`

__GR 5__   **Bedeutungsvarianten**
Wie lauten die Grundverben in Aufgabe 4 ⓑ und ⓒ? Wodurch wird die
Bedeutung des Grundverbs mehr variiert, durch die nicht trennbare
oder durch die trennbare Vorsilbe?
Geben Sie zwei Beispiele.

`AB`

1 Quiz

Beantworten Sie die folgenden Fragen zu zweit.
Sie haben fünf Minuten Zeit.

ⓐ Welche Sprache wird von den meisten Menschen auf der Welt als Muttersprache gesprochen?
ⓑ Welche Sprache ist die wichtigste Amtssprache der Welt?
ⓒ Auf welchem Subkontinent werden die meisten unterschiedlichen Sprachen gesprochen?
ⓓ Welche Fremdsprache wird von den meisten Schülern in Deutschland gelernt?
ⓔ Wie heißen die Amtssprachen der Schweiz?
ⓕ Wie heißt die Landessprache Österreichs?

2 Fachausdrücke

Erklären Sie folgende Begriffe.

Begriff	Erklärung
die Amtssprache	*Sprache, die in Behörden und Gerichten eines Staates gesprochen wird*
die Hochsprache	
die Umgangssprache	
der Dialekt	

3 Berichten Sie kurz über die Sprachen in Ihrem Heimatland.

Verwenden Sie dazu die Begriffe aus Aufgabe 2.

4 Schließen Sie das Buch.

Raten Sie:

ⓐ Welche Wortart (Verb, Nomen, Adjektiv usw.) ist im Deutschen wohl am häufigsten?
ⓑ Wie heißen die drei häufigsten Verben?
ⓒ Suchen Sie in der „Pyramide der häufigsten Wortformen" die wichtigsten Verben heraus.

5 Verbessern Sie Ihre Ausdrucksfähigkeit.

ⓐ Ordnen Sie den Nomen die passenden Verben zu. Mehrere Lösungen sind möglich.

Nomen	Verb
ein Gespräch	anschneiden
ein Referat	bringen
ein Thema	erteilen
eine Antwort	führen
eine Auskunft	geben
eine Frage	haben
eine Rede	halten
einen Hinweis	kommen
einen Rat	stehen
ins Gespräch	stellen
zum Ausdruck	
zur Diskussion	
zur Sprache	

ⓑ Suchen Sie die passenden Verben zu den Nomen.

Nomen	Verb
die Äußerung	*äußern*
der Bericht	
die Behauptung	
die Beschrei-bung	
die Feststellung	
der Kommentar	
die Meinung	
die Mitteilung	
die Nachricht	

die
d e r
und in
zu den
das nicht Die 207 häufigsten
von sie ist Wortformen in
des sich mit geschriebener
dem daß er Sprache um das
es ein ich auf Jahr 1900 in einem
so eine auch als Textkorpus von ca.
an nach wie im für 11 Millionen
man aber aus durch Wörtern
wenn nur war noch (in der Reihen-
werden bei hat wir was folge ihrer
wird sein einen welche Häufigkeit)
sind oder um haben einer
mir über ihm diese einem
ihr uns da zum zur kann
doch vor dieser mich ihn du
hatte seine mehr am denn
nun unter sehr selbst schon hier
bis habe ihre dann ihnen seiner
alle wieder meine Zeit gegen vom ganz
einzelnen wo muß ohne eines können sei
ja wurde jetzt immer seinen wohl dieses
ihrer würde diesen sondern weil welcher
nichts diesem alles waren will Herr viel mein
also soll worden lassen dies machen ihren weiter
Leben recht etwas keine seinem ob dir allen
großen Jahre Weise müssen welches wäre erst
einmal Mann hätte zwei dich allein Herren
während Paragraph Liebe andere kein damit gar
Hand Herrn euch sollte konnte ersten deren zwischen
wollen denen dessen bin Menschen sagen gut darauf
wurden weiß gewesen Seite bald weit große solche
hatten eben andern beiden macht ganze sehen anderen
lange wer ihrem zwar gemacht dort kommen Welt heute
Frau werde derselben ganzen deutschen läßt vielleicht meiner

HÖREN

__1__ In welchen Ländern ist Deutsch Landes- und Amtssprache?

__2__ **Sehen Sie sich die Karte an.**
Markieren Sie, in welchem Teil der Schweiz wohl Deutsch gesprochen wird.

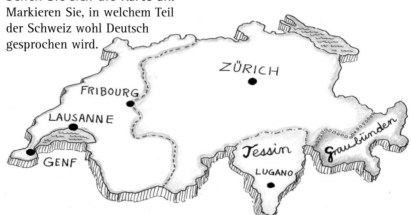

__3__ **Themen erkennen**
Sie hören ein Interview.
Sammeln Sie nach dem ersten Hören in der Klasse, welche Themen angesprochen werden.
Beispiel: *Schriftsprache und Dialekte*

__4__ **Notizen machen**
Lesen Sie vor dem zweiten Hören die Stichworte auf dem Notizblatt unten. Notieren Sie während des Hörens die Informationen dazu.

- ⓐ Name
- ⓑ Wohnort zur Zeit
- ⓒ Geburtsort
- ⓓ aufgewachsen in
- ⓔ Sprache zu Hause
- ⓕ typisch für Aussprache des Schweizerdeutschen
- ⓖ Reihenfolge der Amtssprachen nach Verbreitung
- ⓗ Michelles erste Fremdsprache in der Schule
- ⓘ bei ihr ab welcher Klasse
- ⓙ Sprachen im Fernsehen
- ⓚ kulturelle Gemeinsamkeiten der Schweizer zeigen sich z.B. bei
- ⓛ Bedeutung des „Röstigrabens"

- ⓐ Michelle Blancpain
- ⓑ München
- ⓒ Fribourg, französische Schweiz
- ⓓ Zürich
- ⓔ Switscherdeutsch
- ⓕ Grob!
- ⓖ Deutsch, Französisch, Italienisch, Rätisch
- ⓗ Hochdeutsch
- ⓘ
- ⓙ Verschiedene Sprache
- ⓚ
- ⓛ

__5__ Fassen Sie mündlich zusammen, was Michelle Blancpain über sich und ihre Sprache erzählt hat.

WORTSCHATZ 2 - *Lernen oder Studieren?*

1 **Schüttelkasten**

Ordnen Sie die Wörter in die richtigen Kästchen. Einige Begriffe passen
sowohl zu *lernen*
als auch zu *studieren*.

lernen

Wer?	Bei wem?	Wo?	Womit?	Was?	Wie?
der Schüler/ die Schülerin	*dem Lehrer/ der Lehrerin*	*in der Schule*	*dem Lehrbuch*	*die Fremdsprache*	*systematisch*

eifrig – das Lehrwerk – der Kursleiter/die Kursleiterin – die Kassette – die Hochschule – auswendig –
der Lehrer/die Lehrerin – intensiv – das Institut – der Student/die Studentin – der Unterrichtsraum
– der Hörsaal – der Lernstoff – die Fremdsprache – der Dozent/die Dozentin – die Schule – die Vorlesung –
das Klassenzimmer – Naturwissenschaften – das Fach – Deutsch – Geisteswissenschaften – die Lernkartei –
der Professor/die Professorin – systematisch – Germanistik – das Lehrbuch – der Schüler/die Schülerin
– die Sekundärliteratur – die Bibliothek – die Fachliteratur – praxisorientiert – der Kursteilnehmer/
die Kursteilnehmerin – genau

Wer?	Bei wem?	Wo?	Womit?	Was?	Wie?

studieren

2 **Wer tut *was, wo, wie* ?**

Bilden Sie Sätze. Beispiel: *Eva ist Studentin. Sie studiert mit Begeisterung Literaturwissenschaft an der Universität Wien.*

3 **Was gibt es für Schulen?**

Suchen Sie die passende Definition.

	Hochschule/Fachhochschule		13. Klasse
Berufsschule	Gymnasium	Gesamtschule (Hauptschule, Realschule, Gymnasium)	10. Klasse
Hauptschule Realschule			
			4. Klasse
Grundschule			1. Klasse

ⓐ Universität

ⓑ Schulart, die bis zur neunten oder zehnten Klasse
führt. Die meisten Schüler beginnen danach eine
Berufsausbildung im Betrieb und besuchen daneben
bis zum 18. Lebensjahr die Berufsschule.

ⓒ Schule, die von allen Auszubildenden während ihrer
Lehre besucht wird und theoretische Kenntnisse zum
Beruf vermittelt.

ⓓ Schulart zwischen Hauptschule und Gymnasium,
endet nach der zehnten Klasse mit dem Realschul-
abschluss.

ⓔ Hochschule, an der bestimmte Fächer praxisnah

studiert werden. Beispiele für Berufe, die man mit
einem Abschluss an dieser Schule ausüben kann:
Ingenieur, Sozialpädagoge, Informatiker.

ⓕ Erste Schule für alle Kinder ab dem Alter von
sechs Jahren; umfasst vier Schuljahre.

ⓖ Diese Schulart vereint die drei Schulformen
Hauptschule, Realschule und Gymnasium unter
einem Dach. Das Modell existiert nur in einigen
Bundesländern.

ⓗ Schulart, die von der fünften bis zur dreizehnten
Klasse besucht wird und mit dem Abitur endet.
Dieses ermöglicht den Zugang zur Universität.

1   Lesen Sie die folgende Anzeige aus einer Tageszeitung.

Sprachtraining für Erwachsene,
Vorsprung mit Fremdsprachen:
Berufsspezifische Einzel-, Crash- und
Hochintensivkurse für
Fach- und Führungskräfte.
Intensiv- und Ferienkurse weltweit.
Anerkannt als Bildungsurlaub.

A B C
Sprachreisen

Erwachsenen-
Programm
Der Weg
zum Erfolg!

Bitte fordern Sie unsere ausführlichen Unterlagen an:
ABC-Sprachreisen · Fürstenstr. 13 · 70913 Stuttgart
Tel. 0711/94 06 78 · Fax 0711/94 06 799

2   Formeller Brief

Sie interessieren sich für eine Sprachreise und schreiben eine Anfrage an *ABC-Sprach-reisen*. Dazu finden Sie unten einige Sätze. Markieren Sie, welche der folgenden Textbau-steine (a, b, oder c) Sie für Ihren Brief verwenden können. Es passt immer nur ein Satz.

Anrede	a	Hallo,
	b	Liebe Frau ...,
	c	Sehr geehrte Damen und Herren,
Worum geht es?	a	ich danke Ihnen für Ihr Interesse an Sprachreisen.
	b	ich habe gerade Ihre Anzeige in der Zeitung gelesen.
	c	ich freue mich, dass Sie mir so ein günstiges Angebot machen können.
Was will ich?	a	Ich interessiere mich für einen Deutschkurs für Erwachsene. Als Zusatzangebot wünsche ich mir ein abwechslungsreiches Sport-programm (möglichst Segeln oder Reiten).
	b	Ich bin 21 Jahre alt und kann schon ziemlich gut Deutsch. Meine Hobbys sind Segeln und Reiten.
	c	Können Sie mir bitte mitteilen, ob Sie auch Kurse für Erwachsene haben, wo man auch reiten oder segeln oder Ähnliches kann.
Was muss passie-ren?	a	Ich würde mich freuen, wenn Sie Interesse an meinem Angebot hätten und verbleibe ...
	b	Bitte schicken Sie mir Ihren Katalog an die oben angegebene Adresse.
	c	Ich hoffe, Sie können mir ein günstiges Angebot machen.
Gruß	a	Alles Liebe
	b	Hochachtungsvoll
	c	Mit freundlichen Grüßen

3   Notieren Sie in der Übersicht, aus welchem Grund die beiden anderen Sätze für Ihren Brief nicht passen.

passt sprachlich nicht	Begründung	passt inhaltlich nicht	Begründung
a Hallo	Bei einem offiziellen Brief wählt man eine höfliche, distanzierte Anrede.	a ich danke ...	In einer Anfrage will man etwas bekommen, man bedankt sich nicht.

4   Lesen Sie Ihren Brief in der Klasse vor.

AB

<u>1</u>   **Womit sind die vier Gäste unzufrieden?**

<u>2</u>   **Beschwerdebrief**

Wählen Sie eine der vier Situationen aus und ergänzen Sie das folgende Schreiben an den Reiseveranstalter *ABC-Sprachreisen*.

Maria Sánchez Pension „Zur Schönen Aussicht" Reutlingen

ABC-Sprachreisen
Fürstenstr. 13
70913 Stuttgart

Reklamation:
Unterbringung in der Pension „Zur schönen Aussicht"

Sehr geehrte Damen und Herren,

ich habe bei Ihnen einen Intensivkurs gebucht und befinde mich aus diesem Grund derzeit in Reutlingen.

Leider musste ich bei meiner Ankunft in der von Ihnen vermittelten Pension „Zur schönen Aussicht" feststellen, dass die Unterbringung ganz und gar nicht zufrieden stellend ist.

In Ihrem Katalog beschreiben Sie diese Pension als ...

In Wirklichkeit ...

In meinem Zimmer ...

Ein Gespräch mit Frau Stark, der Leiterin der Pension, war leider ergebnislos. Ich muss Sie daher dringend bitten ...

Andernfalls ...

Mit freundlichen Grüßen

SPRECHEN

1 Sehen Sie sich die Stichworte an und sammeln Sie Ideen.

   ⓐ Was wird sich ändern?
   ⓑ Wie wird es sich ändern?
   ⓒ Warum wird sich etwas ändern?
   ⓓ Werden Klassenzimmer und Lehrer überhaupt noch gebraucht?

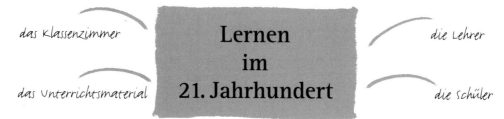

das Klassenzimmer   **Lernen im 21. Jahrhundert**   die Lehrer

das Unterrichtsmaterial   die Schüler

In Zukunft wird man ...
Es wird in Zukunft immer mehr ...
Ich bin sicher, dass man in Zukunft kaum noch ...
Wahrscheinlich wird es schon bald so weit sein, dass ...

2 Die Teleschule – was ist das?
Sehen Sie sich die Skizze unten an und erklären Sie, wie diese moderne Schule funktioniert.

Per ISDN-Computer-Netzwerk ist die Teleschule mit ihren Teleschülern – Mitarbeitern von Firmen aus aller Welt – verbunden.

Ein Online-Tutor in der Teleschule korrigiert die elektronisch ein-gesandten Haus-aufgaben und schickt sie per E-Mail zurück.

3 Können Sie sich vorstellen, dass man in der Teleschule gut Deutsch lernen kann?
Was würde Ihnen daran gefallen, was nicht?

4 Diskussion
In der Übersicht rechts finden Sie nützliche Redemittel, die Sie für eine Diskussion brauchen. Ordnen Sie folgende Intentionen in diese Über-sicht ein.
das Wort ergreifen – Vorteile darstellen – etwas ablehnen –
eine Meinung ausdrücken – ein Gespräch beenden -
weitere positive Aspekte anführen

SPRECHEN

Intentionen	Redemittel
das Gespräch eröffnen	*Im Grunde geht es um die Frage: ...*
	(Also,) es geht hier (doch) um Folgendes: ...
....	*Ich würde gerne (direkt) etwas dazu sagen: ...*
	Darf ich dazu etwas sagen: ...
....	*Ich bin der Meinung, dass ...*
	Ich denke, dass ...
	Ich bin davon überzeugt, dass ...
etwas richtig stellen	*Sie sehen die Sache nicht ganz richtig.*
	Also, so kann man das nicht sagen.
	Vielleicht habe ich mich nicht klar genug ausgedrückt.
....	*Unser Unterricht ist doch viel besser als ...*
	Sie sollten mal zu uns kommen und sehen ...
	In unserer Schule wird besonderer Wert auf ... gelegt.
....	*Dazu kommt der Vorteil, ...*
	Wir dürfen außerdem nicht vergessen, dass ...
	Ein weiterer wichtiger Punkt ist ...
....	*Die Idee, ... zu lernen, gefällt mir gar nicht.*
	Ich finde das Argument, ... , nicht überzeugend.
	Ich finde es schrecklich, dass ...
Zweifel ausdrücken	*Also, ich bezweifle, dass ...*
	Ich glaube kaum, dass ...
....	*Wir sollten jetzt langsam zum Ende kommen.*
	Also, ich muss sagen, Sie haben mich (nicht) überzeugt.

5 Rollenspiel

Rolle 1: Vertreter einer traditionellen Sprachenschule	Rolle 2: Mitarbeiter der Teleschule
Auftrag:	Auftrag:
a Vorteile des traditionellen Unterrichts anführen	a Vorteile des Unterrichts per Computer anführen
b Argumente gegen den Unterricht per Teleschule darlegen	b Argumente gegen den traditionellen Unterricht in Kursen darlegen

___1___ In welchem Alter haben Sie angefangen, Deutsch zu lernen?
Ist das Ihrer Meinung nach ein gutes Alter? Warum?

___2___ **Lesetraining**
  ⓐ Lesen Sie die Zeitungsmeldung.
  ⓑ Decken Sie dann den Text zu und machen Sie sich Notizen darüber, was Sie gelesen haben.
  ⓒ Wiederholen Sie mündlich den Inhalt des Textes.

> **CHANTELLE COLEMAN**, vierjährige Britin mit einem IQ von 152, hat in nur drei Monaten Deutsch gelernt. Das Mädchen hörte die Sprache zum ersten Mal, als deutsche Journalisten sie als jüngstes Mitglied eines Hochbegabten-Clubs interviewten. Sie brachte sich nach diesem ersten Kontakt mit dem Deutschen die Sprache selbst bei. „Es ist etwas schwierig, sie verlangt ihr Frühstück jeden Morgen auf Deutsch", sagte ihre Mutter, die nur Englisch spricht.

`AB`

___3___ Um was für eine Textsorte handelt es sich wohl bei dem folgenden Text? Warum?
  ☐ Aufsatz ☐ Autobiographie ☐ Zeitschriftenartikel
  ☐ Meldung aus der Zeitung/Bericht

___4___ Lesen Sie, wie der Schriftsteller Elias Canetti (1905 – 1994) Deutsch gelernt hat.

Elias Canetti
Die gerettete Zunge

Die gerettete Zunge

Unsere Reise ging weiter in die Schweiz, nach Lausanne, wo die Mutter für den Sommer einige Monate Station machen wollte. Ich war acht Jahre alt, ich sollte in Wien in die Schule kommen, und meinem Alter entsprach dort die 3. Klasse der Volksschule. Es war
5 für die Mutter ein unerträglicher Gedanke, daß man mich wegen meiner Unkenntnis der Sprache vielleicht nicht in diese Klasse aufnehmen würde, und sie war entschlossen, mir in kürzester Zeit Deutsch beizubringen.

Nicht sehr lange nach unserer Ankunft gingen wir in eine Buchhandlung, sie fragte nach einer englisch-deutschen Grammatik, nahm das erste Buch, das man ihr gab, führte mich sofort nach Hause zurück und begann mit ihrem Unterricht. Wie soll ich die Art dieses Unterrichts glaubwürdig schildern? Ich weiß, wie es
10 zuging, wie hätte ich es vergessen können, aber ich kann auch selbst noch immer nicht daran glauben.
Wir saßen im Speisezimmer am großen Tisch, ich saß an der schmäleren Seite, mit der Aussicht auf See und Segel. Sie saß um die Ecke links von mir und ...

> In der hier fehlenden Textpassage beschreibt Canetti, wie seine Mutter ihm die deutsche Sprache beibrachte.

Am nächsten Tag saß ich wieder am selben Platz, das offene Fenster vor mir, den See und die Segel. Sie nahm die Sätze vom Vortag wieder her, ließ mich einen nachsprechen und fragte, was er bedeute. Mein Unglück woll-
15 te es, daß ich mir seinen Sinn gemerkt hatte, und sie sagte zufrieden: „Ich sehe, es geht so!" Aber dann kam die Katastrophe, und ich wußte nichts mehr, außer dem ersten hatte ich mir keinen einzigen Satz gemerkt. Ich sprach sie nach, sie sah mich erwartungsvoll an, ich stotterte und verstummte. Als es bei einigen so weiterging, wurde sie zornig und sagte: „Du hast dir doch den ersten gemerkt, also kannst du's. Du willst nicht. Du willst in Lausanne bleiben. Ich lasse dich allein in Lausanne zurück. Ich fahre nach Wien, und Miss Bray* und
20 die Kleinen nehme ich mit. Du kannst allein in Lausanne bleiben!"

Ich glaube, daß ich das weniger fürchtete als ihren Hohn. Denn wenn sie besonders ungeduldig wurde, schlug sie die Hände über dem Kopf zusammen und rief: „Ich habe einen Idioten zum Sohn? Das habe ich nicht gewußt, daß ich einen Idioten zum Sohn habe!" oder „Dein Vater hat doch auch Deutsch gekonnt, was würde dein Vater dazu sagen?" (...)

25 Ich lebte nun in Schrecken vor ihrem Hohn und wiederholte mir untertags, wo immer ich war, die Sätze. Bei den Spaziergängen mit der Gouvernante war ich einsilbig und verdrossen. Ich fühlte nicht mehr den Wind, ich hörte nicht auf die Musik, immer hatte ich meine deutschen Sätze im Kopf und ihren Sinn auf englisch. Wann ich konnte, schlich ich mich auf die Seite und übte sie laut allein, wobei es mir passierte, daß ich einen Fehler, den ich einmal gemacht hatte, mit derselben Besessenheit einübte wie richtige Sätze.

*die englische Gouvernante, d.h. Kinderfrau der Familie Canetti

LESEN 3

5 Ergänzen Sie die Informationen aus dem Text sowie die entsprechende Textstelle.

Frage	Antwort	Belege
Wann spielt die Handlung?	als Canetti 8 war, vor dem Ersten Weltkrieg, 1913	Lebensdaten Canettis, Zeile 3
Wo spielt sie?	Wien, Österreich, Schweiz	Zeile (2), 1
Wer sind die Personen?	Canetti, seine Mutter	Zeile 6, 7 etc 19, 20
Warum soll der Erzähler Deutsch lernen?	weil deutsch in seiner Schule gesprochen wurde	Zeile 5 - 6

6 Der Text enthält indirekte, so genannte implizite, Informationen. Was erfahren wir zum Beispiel über

a den Vater des kleinen Canetti?
b das Verhältnis von Mutter und Sohn?
c die finanziellen Verhältnisse der Familie?

7 Schreiben Sie die fehlende Textpassage in drei bis vier Sätzen. Vergleichen Sie Ihre Vorschläge in der Klasse. Lesen Sie erst zum Schluss die Auflösung auf Seite 66.

8 Hat die Methode der Mutter funktioniert? Was glauben Sie? Warum?

9 Lesen Sie die Informationen über Canetti. Wie viele Sprachen konnte er mindestens?

1905 in Rustschuk in Bulgarien geboren als Sohn spanisch-jüdischer Eltern
1911 zog die Familie nach Manchester, seit dieser Zeit sprach er zu Hause nicht mehr Spagnolo und Bulgarisch, sondern Englisch
1913 mit der Mutter Übersiedlung nach Wien, 1916 nach Zürich, 1921 nach Frankfurt a. M.
1977 erschien seine Autobiographie *Die gerettete Zunge*

GR S. 66/3

GR 10 Unterstreichen Sie die Verben im Text von Zeile 1 bis Zeile 20 und ordnen Sie sie ein.

schwache Verben	starke Verben
wollte	ging
fragte	entsprach
...	...

AB

GR 11 Wiederholen Sie die Tempusregeln.

a In welchem Tempus wird die Geschichte erzählt?
b Mit welchem Tempus wird innerhalb der Vergangenheit noch weiter zurückgegriffen?
c In welchen Tempora wird die direkte Rede der Personen wiedergegeben?

GR 12 Welche Struktur und Funktion hat das Wort *daran* in Zeile 10 des Textes?

1 ### Grammatik – was ist das?

Fakten Alle Formen, die man nicht analog bilden oder erschließen kann.
Es bleibt nichts anderes übrig, als sie zu lernen.
Beispiel: unregelmäßige Verbformen

Strukturen Regeln, die man von einem Beispiel auf andere analoge Fälle übertragen kann. Beispiel: die Personenendungen der schwachen Verben

Variationen Die Möglichkeit, dasselbe auf unterschiedliche Weise auszudrücken.
Beispiel: *sich interessieren für* oder *interessiert sein an etwas*

Sehen Sie sich die Grammatik auf den Seiten 64-66 an.

ⓐ Bei welchen der Abschnitte 1 bis 3 handelt es sich um Fakten,
die man auswendig lernen muss?

ⓑ Bei welchem Abschnitt handelt es sich um Strukturen, mit denen man
analoge Beispiele bilden kann?

2 ### Begriffe der Grammatik
Grammatische Regeln oder Strukturen werden normalerweise mit Hilfe
von bestimmten Begriffen formuliert. Es ist also wichtig, dass man die
Bedeutung dieser Begriffe kennt.

ⓐ Ergänzen Sie in der folgenden Übersicht Beispiele.

Begriff	Beispiel	Begriff	Beispiel	Begriff	Beispiel
1. Wortarten		**2. Nomen + Pronomen**		**3. Verb**	
Verb	*sprechen*	Numerus		Partizip	
Nomen		Genus		Konjunktiv	
Artikel		Kasus		Passiv	
Pronomen		Nominativ		Hilfsverb	
Adjektiv		Dativ		Modalverb	
Adverb		Akkusativ		trennbares	
Präposition		Genitiv		Verb	

Begriff	Beispiel	Begriff	Beispiel	Begriff	Beispiel
4. Tempus		**5. Modus**		**6. Satz- strukturen**	
Präsens		Indikativ		Hauptsatz	
Präteritum		Konjunktiv		Nebensatz	
Perfekt				Konnektoren	
Plusquam- perfekt					
Futur					

ⓑ Lesen Sie das folgende Gedicht.

LIEBESGEDICHT

ICH WILL DEIN SKLAVE SEIN
WILL NIMMER VON DIR WEICHEN
WILL NACHTS DIR BROTE STREICHEN
TAGS DIR MEIN SPARBUCH LEIHEN.
UND IST DIR KALT
DANN WILL ICH DIR DIE FÜSSE WÄRMEN
UND SCHLÄFST DU, WERDE ICH NICHT LÄRMEN
VIEL MEHR ZU FORDERN, WÄRE SEELISCHE GEWALT.

c Ordnen Sie den Wörtern die grammatischen Begriffe zu.

Beispiel	grammatischer Begriff
1. ich	a Possessivpronomen, 2. Person Singular
2. will	b Nomen, Plural, Akkusativergänzung
3. dein	c Modalverb, 1. Person Singular
4. Sklave	d Verb im Infinitiv
5. sein	e Personalpronomen, 2. Person Singular Dativ
6. nimmer	
7. von	f Nomen, Singular, Nominativergänzung
8. dir	g Personalpronomen, 1. Person Singular Nominativ
9. weichen	
10. nachts	h Präposition
11. Brote	i temporale Angabe
12. streichen	

`AB`

___3___ **Grammatik lernen: Das Merkheft**
Was macht man mit den Regeln, die man im Unterricht lernt? Unser
Vorschlag: Legen Sie sich ein Merkheft an. Wie sieht das aus?

a **Übersichten**
Legen Sie sich Übersichten für die grammatischen Fakten an, die Sie
auswendig lernen möchten. Markieren Sie die Buchstaben, Worte usw.,
auf die es ankommt. Beispiele:

Verb und Ergänzung			Beispielsatz
sprechen	für	+ Akkusativ	Ich spreche auch für die anderen Teilnehmer.
sprechen	mit	+ Dativ	Sie sollten mit Ihrer Lehrerin sprechen.
sprechen	über	+ Akkusativ	Wir sprachen über den Kurs.
sprechen	zu	+ Dativ	Sprechen Sie doch zum Publikum bitte.

b **Wortsammlungen**
Legen Sie Wortsammlungen und Beispielsätze an. Lesen Sie diese Beispielsätze wiederholt laut oder lernen Sie die Sätze auswendig. Übersetzen Sie wenn nötig die Wörter in Ihre Muttersprache. **Beispiel:**

Grundverb	trennbare Vorsilbe	trennbares Verb	Beispielsatz
sprechen	aus	aussprechen	Ich kann dieses Wort nicht aussprechen.
	nach	nachsprechen	Sprechen Sie das Wort bitte nach.

`AB`

c **Merkhilfen:**
Formulieren Sie möglichst viele Regeln so, wie sie für Ihr
Gedächtnis am besten sind. Effektive Merkhilfen sind Reime und Phan-
tasiewörter, so genannte „Eselsbrücken".
Beispiel: Reihenfolge der freien Angaben im Hauptsatz, vgl. Seite 46.
tekamolo = temporal, kausal, modal, lokal oder *Tanzen kann man lernen*

___4___ **Wo können Sie im Lehrwerk Grammatik nachschlagen und üben?**

Was?	Wo?
a Einzelübersichten mit Beispielen aus den Lesetexten	
b Übungsaufgaben	
c Zusammenstellung grammatischer Regeln zu einem bestimmten Gebiet, z.B. Verben	

__1__ Verben mit Präpositionen

a Präpositionen mit Dativ

an	auf	aus	bei	in
schuld sein	basieren	bestehen	anrufen	bestehen
Schuld haben	bestehen	sich ergeben	sich bedanken	erfahren sein
teilnehmen		folgen	sich beschweren	
zweifeln		schließen	sich erkundigen	

mit	nach	von	vor	zu
sich abfinden	sich erkundigen	abhängen	sich fürchten	beitragen
anfangen	forschen	ausgehen	warnen	dienen
aufhören	fragen	(sich) ausruhen		gehören
sich beschäftigen	suchen	träumen		neigen
diskutieren		sich verabschieden		passen

b Präpositionen mit Akkusativ

an	auf	für	über	um
sich anpassen	achten	sich entscheiden	sich ärgern	sich bemühen
denken	ankommen	sich entschuldigen	sich aufregen	sich bewerben
sich erinnern	anspielen	gelten	erschrecken	es geht
sich gewöhnen	aufpassen	haften	lachen	es handelt sich
sich halten	beziehen	sich interessieren	nachdenken	sich kümmern
schreiben	sich konzentrieren	sorgen	sich unterhalten	
sich wenden	reagieren	sprechen	sich wundern	
	sich verlassen			

c Verben mit wechselnden festen Präpositionen,
ohne Bedeutungsveränderung

Verb	Präp.	+ Kasus	Beispiel	Präp.	+ Kasus	Beispiel
berichten	von	+ Dativ	*Er berichtet von einem Unfall.*	über	+ Akkusativ	*Er berichtet über einen Unfall*
reden	von	+ Dativ	*Alle reden vom Wetter.*	über	+ Akkusativ	*Alle reden über das Wetter.*
sprechen	von	+ Dativ	*Von der Prüfung wurde nicht gesprochen.*	über	+ Akkusativ	*Über die Prüfung wurde nicht gesprochen.*

d Verben mit wechselnden festen Präpositionen,
mit Bedeutungsveränderung

Verb	Präp.	+ Kasus	Beispiel
bestehen	aus	+ Dativ	*Dieses Getränk besteht ausschließlich aus Wasser, Gerste und Hopfen.*
	auf	+ Dativ	*Ich bestehe auf meinem Recht.*
	in	+ Dativ	*Das Problem besteht darin, dass wir keine Zeit mehr haben.*
halten	von	+ Dativ	*Ich halte nichts von faulen Kompromissen.*
	für	+ Akkusativ	*Sie hielt den Mann für einen Dilettanten.*

e Verben mit mehreren präpositionalen Ergänzungen

Verb	Präp. + Kasus	Präp. + Kasus	Beispiel
diskutieren	mit + Dativ	über + Akkusativ	*Er diskutiert mit ihr über das Programm.*
reden	mit + Dativ	über + Akkusativ	*Er redet mit ihr über das Programm.*
sprechen	mit + Dativ	über + Akkusativ	*Er spricht mit ihr über das Programm.*
verhandeln	mit + Dativ	über + Akkusativ	*Er verhandelt mit ihr über das Programm.*
sich beschweren	bei + Dativ	über + Akkusativ	*Er beschwert sich bei seinem Nachbarn über den Lärm.*
sich bedanken	bei + Dativ	für + Akkusativ	*Sie bedankt sich bei ihm für den guten Rat.*
sich entschuldigen	bei + Dativ	für + Akkusativ	*Er entschuldigt sich bei ihr für seine Fehler.*
sich erkundigen	bei + Dativ	nach/ + Dativ	*Sie erkundigt sich bei ihm nach seiner Gesundheit.*
		über + Akkusativ	*Sie erkundigt sich über die neue Prüfungsordnung.*
sich informieren	bei + Dativ	über + Akkusativ	*Sie informiert sich bei der Schule über das Kursangebot.*

f Satzergänzungen bei Verben mit festen Präpositionen: *da(r)* + **Präp.**
Beispiel: *Er erinnert sich* daran, *wie er Deutsch gelernt hat; sich erinnern an eine Sache, ein Erlebnis = sich daran (= an es) erinnern.*

Da(r-) funktioniert als Ersatz für das Pronomen *es.* Es wird gebraucht, wenn Begriffe oder (abstrakte) Sachen gemeint sind. Treffen zwei Vokale aufeinander, wird zwischen *da* und Präposition ein *-r-* eingefügt. Die häufigsten Verbindungen von *da(r)-* sind: *daran, darauf, dahinter, darin, daneben, darüber, dagegen, darum, damit, dafür.*

3

_2_ Wortbildung des Verbs

a Vorsilbe betont – vom Verb trennbar

Vorsilbe	Beispiel	Vorsilbe	Beispiel
ab-	abmachen	**her-**	hergeben
an-	sich aneignen	**hin-**	hinfahren
auf-	aufnehmen	**los-**	loslassen
aus-	aussprechen	**mit-**	mitnehmen
bei-	beibringen	**nach-**	nachsprechen
durch-	durchsagen	**um-**	umarbeiten
ein-	einsehen	**unter-**	(etwas) unterlegen
entgegen-	entgegengehen	**vor-**	vorschlagen
entlang-	entlangfahren	**weg-**	weglaufen
fort-	fortsetzen	**zu-**	zumachen
gegenüber-	gegenüberstellen	**zurück-**	zurücklassen
gleich-	gleichsetzen	**zusammen-**	zusammenkommen
heraus-	herausfinden		

b Vorsilbe unbetont – vom Verb nicht trennbar

Vorsilbe	Beispiel	Vorsilbe	Beispiel
be-	begreifen	**miss-**	missfallen
emp-	empfinden	**unter-**	unterhalten
ent-	sich entschließen	**ver-**	vergessen
er-	ertragen	**wieder-**	wiederholen
ge-	gefallen	**zer-**	zerreißen

__3__   Verwendung der drei Vergangenheitsformen

Präteritum	Vergangenheits-Tempus in geschriebenen und literarischen Texten, die Vergangenes erzählen oder berichten
Perfekt	Vergangenheits-Tempus in der gesprochenen Sprache, wenn man zum Beispiel eine selbst erlebte Geschichte erzählt
Plusquamperfekt	wird verwendet, wenn zwei Ereignisse in der Vergangenheit stattfanden, aber zu unterschiedlichen Zeiten; das Plusquamperfekt bezeichnet dann das weiter zurückliegende Ereignis

Präteritum und Perfekt sind, abgesehen von der verschiedenen Verwendung, bedeutungsgleich.

Bei den Grundverben *haben* und *sein* sowie bei Modalverben gibt es eine Tendenz zum Präteritum, da die Formen kürzer sind als die Perfekt-Formen.

Zeit	Beispiel	Tempus
Vergangenheit	*Es war für die Mutter ein unerträglicher Gedanke.* *Sie fragte nach einer englisch-deutschen Grammatik.*	Präteritum
	Du hast dir doch den ersten Satz gemerkt.	Perfekt
	Außer dem ersten hatte ich mir keinen einzigen Satz gemerkt.	Plusquamperfekt
Gegenwart	*Du kannst es doch sowieso nicht verstehen.*	Präsens

Auflösung zu Seite 61/7

hielt das Lehrbuch, in das ich nicht hineinsehen konnte. Sie hielt es immer fern von mir. „Du brauchst es doch nicht", sagte sie, „du kannst sowieso nichts verstehen." Aber dieser Begründung zum Trotz empfand ich, daß sie mir das Buch vorenthielt wie ein Geheimnis. Sie las mir einen Satz Deutsch vor und ließ mich ihn wiederholen. Da ihr meine Aussprache mißfiel, wiederholte ich ihn ein paarmal, bis er ihr erträglich schien. Das geschah aber nicht oft, denn sie verhöhnte mich für meine Aussprache, und da ich um nichts in der Welt ihren Hohn ertrug, gab ich mir Mühe und sprach es bald richtig. Dann erst sagte sie mir, was der Satz auf englisch bedeute. Das aber wiederholte sie nie, das mußte ich mir sofort ein für allemal merken.

1 Sehen Sie sich das Bild <u>eine</u> Minute lang
aufmerksam an.
Schlagen Sie dann das Buch zu.
Schreiben Sie zu zweit auf, was auf dem Bild
zu sehen war. Dazu haben Sie vier Minuten Zeit.
Gewonnen haben diejenigen, die das Bild
am genauesten beschrieben haben. **AB**

2 Schreiben Sie einen Dialog für das Paar
auf dem Foto.

4

__1__ **Worum geht es bei diesen drei Aussagen?**
Welche sagt Ihnen am meisten zu? Warum?

> *Normalerweise fängt der Mann an. Ganz typisch ist, dass er eine Frau zum Beispiel in einem Pub fragt: „Kommst du oft hierher?" Was soll sie auf so eine dumme Frage antworten?*
> *Kevin, England*

> *Auch bei uns fängt häufig der Mann an. Er kann eine Frage stellen oder etwas zu trinken anbieten. Manchmal ist es auch ein langer Blick, mit dem er die Frau, die ihm gefällt, fixiert.*
> *João, Brasilien*

> *Die Männer in meinem Heimatland sind sehr leidenschaftlich. Ein Mann würde einer Frau Blumen schenken oder ein Gedicht schreiben, manchmal tanzt er auch einen traditionellen Tanz für seine Angebetete. Aber ich glaube, entscheiden tun eigentlich die Frauen, die den Kontakt zulassen oder nicht.*
> *Fotini, Griechenland*

__2__ **Was fällt Ihnen bei den Fotos unten auf?**

__3__ **Lesen Sie nur die Überschrift.**
Was erwarten Sie vom Inhalt des Artikels?

__4__ **Lesen Sie nun den Text.**

Signale der Liebe

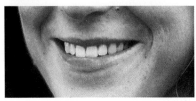

Am Beginn eines jeden Flirts, das hat der Verhaltensforscher Irenäus Eibl-Eibesfeldt bereits in den sechziger Jahren herausgefunden, steht das Augenspiel der Frau. Vom Amazonas-Delta bis zu den Ufern des Rheins hat der Wissenschaftler ein einheitliches Flirtverhalten beobachtet: Die Frau blickt ihren potentiellen Bewunderer an, lächelt, zieht daraufhin 5 ruckartig die Augenbrauen hoch, betrachtet ihn kurz mit weit geöffneten Augen und senkt dann schnell wieder den Blick, wobei sie den Kopf seitlich nach unten neigt.

Ist der Mann der Empfänger eines solchen Signals, darf er sich zu weiteren Schritten ermutigt fühlen. Die sollten freilich auf leisen Sohlen 10 daherkommen, denn, so ein weiteres Ergebnis der Verhaltensforschung, je indirekter der Mann vorgeht, um so größer die Bereitschaft der Frau, sich auf ihn einzulassen.

Gerade die Zweideutigkeit ist es ja, die Flirts so reizvoll macht. Flirtende senden seit eh und je eine ganze Reihe von non-verbalen Signalen, aber sie können diese auch ohne weiteres sogleich widerrufen. „Die Augen", 15 bemerkte der französische Romancier Stendhal schon im letzten Jahrhundert, „sind die Hauptwaffe der tugendsamen Koketterie. Mit einem einzigen Blick lässt sich alles sagen, und doch kann man alles wieder ableugnen, denn Blicke sind keine Worte."

Die fallen auch noch nicht in der nächsten Flirtstufe, der sogenannten Aufmerksamkeitsphase. Wer glaubt, sich dabei elegant zu bewegen, wird enttäuscht sein zu hören, dass wir uns bei der amourösen Annäherung 20 allesamt recht lächerlich aufführen: Männer schlenkern mit den Schultern, strecken sich, wiegen sich in den Hüften, übertreiben jede Bewegung und zupfen an ihrer Krawatte herum.

Frauen gucken angestrengt, putzen sich, ziehen die Schultern nach oben. Mit schöner Regelmäßigkeit führen sie eine ruckartige Aufwärtsbewegung des Kopfes nach hinten aus, so dass das Gesicht nach oben schaut. 25 Unterstützt wird diese Kopfbewegung häufig noch durch ein verlockendes Fingerspiel in den Haaren. Wenn dazu noch eine seitwärts abgewinkelte Kopfhaltung kommt und dem Betrachter eine Halsseite zugewandt wird, dann darf der Mann sein Herz beruhigt höher schlagen lassen.

5 **Welches Ziel hat der Text?**

☐ Er soll über wissenschaftliche Ergebnisse informieren.
☐ Er soll über persönliche Erfahrungen des Autors berichten.
☐ Er soll einen aktuellen Fall schildern.
☐ Er soll eine Stellungnahme zum Thema bringen.

6 **Kreuzen Sie an, welche Aussagen den Text richtig wiedergeben.**
Die richtigen Antworten ergeben eine Textzusammenfassung.

☐	Ein Flirt beginnt bei allen Menschen nach ähnlichem Muster.
☑	Frauen sind diejenigen, die den Flirt beginnen.
☐	Die Spannung entsteht beim Flirt ohne Worte.
☐	Beim Flirten ist der Mann der aktive Partner.
☑	Körperbewegungen spielen beim Flirt eine wichtige Rolle.
☐	Der Mann sollte beim Flirten klarmachen, was er will.
☐	Männer benehmen sich beim Flirt weniger dezent als Frauen.
☑	Typische Signale gehen bei der Frau von der Haltung des Kopfes aus.

GR S. 81/1,2

GR 7 **Markieren Sie im Text alle Nomen im Plural.**

GR 8 **Ordnen Sie die Nomen nach Pluralformen.**

ⓐ Ergänzen Sie den Singular und den Artikel.
ⓑ Markieren Sie die Pluralendungen.
ⓒ Sehen Sie sich die Systematik auf Seite 81 an. Schreiben Sie in die vierte Spalte, zu welchem Pluraltyp das Wort gehört.

Artikel	Singular	Plural	Pluraltyp
das	Signal	Signale	2

ⓓ Zu welchem Typ haben Sie die meisten Beispiele gefunden?

AB

GR 9 **Spiel: Plural bilden**
Bilden Sie Gruppen. Jede wählt eines der folgenden Themen: *Wohnen · Arbeit · Geld · Freizeit · Schule*.
Jede Gruppe schreibt zu ihrem Thema zehn Nomen im Singular und Plural auf ein Blatt Papier. Eine Gruppe nach der anderen nennt ihre Nomen im Singular. Die Mitglieder der anderen Gruppen rufen die Pluralformen dazu. Für jede richtige Lösung gibt es einen Punkt. Bei falscher Lösung wird ein Punkt abgezogen. Sieger ist die Gruppe mit den meisten Punkten.

__1__ **Erzählen Sie diese Bildgeschichte.**
Beginnen Sie so:

Der 13. Mai war ein besonderer Tag für ...

Denken Sie sich ein Ende für diese Geschichte aus.

__2__ **Wie endet die Geschichte wirklich?**
Schlagen Sie nach auf Seite 168.

__1__ Bringen Sie die Sätze des folgenden Textes in
die richtige Reihenfolge.
Achten Sie besonders auf die hervorgehobenen Wörter.

Der erste Blick

Der entscheidende Moment beim Kennenlernen

☐ Frauen schauen **dagegen** bei den Männern die obere Region an.

☑ Der erste Blick dient dazu, Informationen über einen potentiellen
Partner zu sammeln. Personen schauen die Körperregionen an, die
für sie die wesentlichen Informationen bieten:

☐ Im Jahr 1979 wurde **zum Beispiel** in einer Studie festgestellt, dass
Frauen in acht Sekunden alle wesentlichen Informationen über
einen Mann herausholen.

☐ Männer tasten **dabei** häufiger die mittlere und untere Körperregion
der Frauen mit dem Blick ab.

☐ Es gibt **also** biologisch „heiße Körperstellen", die als Erste abgefragt
werden. Diese Beobachtungen stimmen mit den Erkenntnissen
anderer Forscher überein.

☐ Der größte Teil der Frauen gibt **dabei** an, vor allem das Gesicht als
Hauptquelle zu benutzen.

GR S.81/3

__GR 2__ Markieren Sie die zusammengesetzten Nomen in diesem Text.

__GR 3__ Ergänzen Sie die fehlenden Teile der zusammengesetzten Nomen
aus den Lesetexten auf Seite 68 und 71.

Ergänzung: Bestimmungswort	Ergänzung: Grundwort
Flirt*verhalten*	*Aufmerksamkeits*phase
Haupt –waffe	Finger- *spiel*
Augen –spiel	Aufwärts- *bewegung*
Haut –seite	Kopf- *bewegung*
Haupt –quelle	Körper- *stellen*
Verhaltens –forscher	

__GR 4__ **Fugenelemente**
Markieren Sie die Buchstaben, die sich zwischen die beiden Teile
schieben, die sogenannten Fugenelemente.

`AB`

__GR 5__ **Spiel: Wortkette**
Die Kursleiterin/Der Kursleiter gibt ein Nomen vor.
Gruppe A bildet eine Wortkette nach dem Muster: Kranken*haus* –
*Haus*meister – *Meister*brief – *Brief*papier.
Wenn Gruppe A nicht mehr weiterweiß, ist Gruppe B mit einem neuen
Nomen dran. Für jedes richtige Nomen gibt es einen Punkt.
Sieger ist die Gruppe mit den meisten Punkten.

1 Wann wurden diese beiden Personen wohl fotografiert?

☐ etwa zu der Zeit, als Ihre Eltern jung waren
☐ vor ungefähr 100 Jahren
☐ vor ungefähr 200 Jahren
☐ in den fünfziger Jahren

Wenn Sie wissen wollen, wer die beiden abgebildeten Personen sind, lesen Sie im Arbeitsbuch nach.

AB

2 Lesen Sie die Regieanweisung zu der Szene von Arthur Schnitzler.

Halb zwei

Es ist nachts, halb zwei Uhr. Bei ihr. Ein duftendes Zimmer, das beinahe ganz im Dunkel liegt. Nur die Ampel*, ein mildes Licht. – Auf dem Nachtkästchen eine kleine Standuhr und eine Wachskerze in kleinem Leuchter, ziemlich tief herabgebrannt. Daneben liegt eine angeschnittene Birne und Zigaretten.

Er und sie wachen eben beide nach leichtem Schlummer auf. Aber sie wissen nicht, dass sie geschlummert haben.

* altes Wort für Lampe

ⓐ Wo spielt die Szene?
ⓑ Wie ist die Atmosphäre?
ⓒ Wovon handelt die Szene wohl?

3 Sie hören die Szene jetzt in Abschnitten.
Bearbeiten Sie die Aufgaben nach jedem Abschnitt.

Abschnitt 1 Um was für eine Situation handelt es sich?

Abschnitt 2 Welche drei Dinge erfahren wir über das Leben des Mannes?

Abschnitt 3 ⓐ Wie ist die Beziehung der beiden Personen zueinander?
ⓑ Warum kann der Mann nicht bis zum Morgen bleiben?
☐ Weil er sonst keinen Schlaf findet.
☐ Wegen einer anderen Frau.
☐ Wegen seiner Krankheit.
☐ Weil die Nachbarn nichts mitbekommen sollen.

Abschnitt 4 ⓒ Was wirft die Frau dem Mann hier alles vor?
ⓓ Sind diese Vorwürfe berechtigt? Warum/Warum nicht?
ⓔ Wie endet die Szene wohl?

Abschnitt 5 Was wird wohl aus der Beziehung?
☐ Die beiden heiraten.
☐ Die beiden trennen sich.
☐ Die Beziehung wird genauso weitergeführt.

AB

4 Könnte diese Szene so auch heute spielen?
Warum/Warum nicht?

AB

WORTSCHATZ - *Liebe und Partnerschaft*

1   Wer liebt wen?

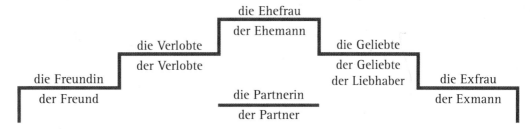

a Die Wörter oben sind wie eine aufsteigende und wieder absteigende Treppe angeordnet. Warum? Deuten Sie diese Anordnung.

b Ordnen Sie diesen Nomen – wo möglich – passende Verben und Partizipien zu. Beispiel: Freund/Freundin – *befreundet sein mit jemandem; sich anfreunden mit jemandem*

`AB`

2   Grammatische Checkliste
Ergänzen Sie die fehlenden Wörter.

Verb	Nomen	Person	Adjektiv/Partizip	Gegenteil
lieben	*die Liebe*	*der/die Liebende* *der/die Geliebte*	*verliebt*	*hassen*
sich anfreunden mit jemandem				
heiraten				
sich verloben				

`AB`

3   Wortbildung
Mit dem Nomen *Liebe* können viele zusammengesetzte Wörter gebildet werden.

als Bestimmungswort	als Grundwort
Liebe-s-Nomen	Nomen-(s)-*liebe*
Liebesleben	*Tierliebe*

Bilden Sie maskuline, feminine und neutrale Nomen zum Thema *Liebe*.

der Liebesent-............................   die Liebesna-............................   das Liebesverh-............................

der Liebesro-............................   die Liebesbez-............................   das Liebesp-............................

der Liebesku-............................   die Liebeshei-............................   das Liebesob-............................

`AB`

4   Welche Wörter passen nicht?
a der Bräutigam – der Pfarrer – der Trauzeuge – der Taufpate – die Braut
b der Geburtstag – die Hochzeit – Ostern – die Taufe – die Verlobung

`AB`

SCHREIBEN

schätzchen

Liebchen

Herzchen

Liebling

Bärchen

Mausi

Stinker

mein kleiner...

__1__ Lesen Sie die Zuschrift eines Lesers, die in einer deutschsprachigen Zeitschrift zum Thema „Kosenamen" abgedruckt wurde.

Markus Schmidt, 19, Erfurt

*Leider habe ich die Gabe, mich selten, aber dafür um so intensiver in Frauen zu
verlieben, die schon vergeben sind. Schatzi, Hasi, Mausi würde ich meine Möchte-
gern-Freundin nie nennen. Aber Pünktchen! Sie ist klein (wie ich) und hat im
Gesicht lauter Sommersprossen. Pünktchen eben, die ihr Gesicht viel interessanter
machen. Am liebsten würde ich all ihre Pünktchen küssen.*

__2__ Bringen Sie die folgenden Sätze einer weiteren Zuschrift
in die richtige Reihenfolge.

ⓐ Markieren Sie zuerst alle Wörter, die zwei Sätze oder Nebensätze
verbinden können (z.B. *dann*).

ⓑ Setzen Sie danach den Text richtig zusammen.

⬜ Er nennt mich auch immer Martina.

⬜ *Dann* geht mir das Herz über vor Liebe.

⬜ Ich heiße eigentlich Martina.

⬜ Aber in Momenten, in denen er richtig glücklich ist,
sagt er manchmal „meine kleine Prinzessin" zu mir.

⬜ Natürlich sagen alle Tina oder Tini zu mir.

⬜ Denn ich finde, dass dieser Name wirklich was Besonderes ist.

⬜ Mein Freund Christian hasst es eigentlich,
wenn man sich irgendwelche Kosenamen gibt.

__3__ Formulieren Sie selbst eine Zuschrift an die Zeitschrift.

Anschrift Redaktion der Zeitschrift Berliner
Wannseestraße 8
10756 Berlin

Ort, Datum

Betreff Kosenamen/Ihr Artikel vom 17.09.19..

Anrede Sehr geehrte Damen und Herren,
Einleitung Wer sind Sie und woher kommen Sie?
Hauptteil Warum schreiben Sie?
Welche Kosenamen sind in Ihrer Sprache typisch (zwei Beispiele)?
Was bedeuten sie?
Welchen Kosenamen finden Sie persönlich originell und warum?

Grußformel Mit freundlichen Grüßen

Unterschrift _____

__4__ Kontrollieren Sie nach dem Schreiben Ihren Brief.
Fragen Sie sich dabei: Habe ich Anrede, Datum und Grußformel richtig
geschrieben? Habe ich alle Inhaltspunkte behandelt? Habe ich die Sätze
miteinander verbunden, d.h. Wörter wie *dann, deshalb* usw. verwendet?

AB

__1__   **Sprechen Sie über die Fotos.**
Beschreiben Sie, was Sie sehen. Äußern Sie danach
Vermutungen über folgende Fragen:

a Welche Situation ist dargestellt?
b Wann und wo wurden die Aufnahmen gemacht?
c Welche Beziehung besteht zwischen den Personen?

__2__   **Begründen Sie diese Vermutungen.**

Etwas beschreiben
Auf dem ersten Bild sieht man ...
Da ist ... zu sehen.
Man erkennt ...

Vermutungen äußern
Das ist wahrscheinlich ...
Das könnte ... sein.
Es scheint, dass ...
Es sieht so aus, als ob ...
Vermutlich ...

AB

__1__ **Sehen Sie sich die Fotos auf der vorangegangenen Seite an.**

(a) Welches Bild gefällt Ihnen besonders gut? Warum?
(b) Wie würde diese Situation in Ihrem Heimatland aussehen?
Was wäre anders?

`AB`

__2__ **Hören Sie die folgende Gesprächsrunde.**
Charakterisieren Sie die drei Gesprächspartner.

(a) Welchen Typ verkörpern die Sprechenden?
(b) Welche Einstellung zum Heiraten haben sie? Begründen Sie Ihre Antwort.

Gesprächspartner	Typ	Einstellung
Frau Schüller	*frisch verheiratet*	*positiv*
Herr Klotz	*single*	
Herr Dreyer	*2 Mal verheiratet*	

__3__ **Lesen Sie die Aussagen unten.**
Hören Sie das Gespräch noch einmal. Entscheiden Sie während des
Gesprächs oder danach, wer was sagt.

Wer sagt was?

Aussagen	Frau Schüller	Herr Klotz	Herr Dreyer
1. Ich habe mir den Entschluss zu heiraten gut überlegt.	X		
2. Ehe und Familie sind heutzutage schwer mit den persönlichen Interessen zu vereinbaren.		X	X
3. Das Eheleben kann schnell langweilig werden.			X
4. Die Ehe hat für mich etwas mit Sicherheit zu tun.	X		
5. Meine Unabhängigkeit bedeutet mir persönlich sehr viel.		X	
6. Mit Mitte Zwanzig war ich einfach noch nicht bereit für eine feste Bindung.	X		
7. Während des Studiums war für mich das Eheleben etwas sehr Schönes.		X	X
8. Wenn man Kinder hat, ändert sich die Einstellung zur Ehe.	X		
9. Es ist möglich, dass Ehepartner in Freundschaft auseinandergehen.			X
10. Man muss nicht unbedingt heiraten, wenn man mit einem Partner zusammenleben möchte.		X	

`AB`

__4__ **Was raten die drei jungen Leuten?**
Hören Sie dazu den Schluss des Gesprächs und notieren Sie.

Frau Schüller: _____
Herr Klotz: _____
Herr Dreyer: _____

__5__ **Meinungen über das Heiraten**
Welche der drei Ansichten über das Heiraten gefällt Ihnen am besten?
Warum?
Sprechen Sie zuerst kurz zu zweit darüber und sagen Sie Ihre Meinung
danach in der Klasse.

___1___ Machen Sie diesen Test.

BIST DU EINE KLETTE?

In diesem Test kannst du herausfinden, ob du deinem Partner/
deiner Partnerin genügend Freiheiten zugestehst. Kreuze bitte
bei den folgenden Satzergänzungen und Fragen jeweils
die Antwort an, die am ehesten auf dich zutrifft.

1. WENN ICH DIE BEZIEHUNG ZU
MEINEM PARTNER/MEINER
PARTNERIN IN EINEM EINZIGEN SATZ
AUSDRÜCKEN MÜSSTE, WÜRDE ICH
SAGEN, ER/SIE IST ...

A der Mittelpunkt meines
Lebens.

D jemand, mit dem ich in den
wichtigsten Dingen überein-
stimme.

C jemand, mit dem ich die Zeit
genieße, solange wir ineinan-
der verliebt sind.

B nicht ganz so wichtig wie
meine beste Freundin/mein
bester Freund.

2. WENN ICH STREIT MIT MEINEM
PARTNER/MEINER PARTNERIN HABE,

D gebe ich keine Ruhe, bevor
wir die Sache geklärt haben.

C kann er/sie mir den Buckel
runterrutschen und ich
erwarte, dass er/sie sich bei
mir entschuldigt.

A grüble ich darüber nach,
was ich falsch gemacht habe.

B ziehe ich mich erst mal
verärgert zurück.

3. AUF EINER FETE FLIRTET ER/SIE
HEMMUNGSLOS MIT SEINER
EXFREUNDIN/IHREM EXFREUND.

C Ich strafe ihn/sie durch
Nichtachtung.

B Ich weiche keinen Moment
von seiner/ihrer Seite und
verscheuche jede Konkurrenz.

A Ich werde rasend eifersüchtig
und stelle ihn/sie noch an
Ort und Stelle zur Rede.

D Ich lasse ihm/ihr seinen/ihren
Spaß und amüsiere mich
anderweitig.

4. ER/SIE GEHT INS KINO. ICH BIN
ERKÄLTET UND KANN NICHT MIT.

C Schlecht gelaunt koche ich
mir eine Tasse Tee und ver-
ziehe mich ins Bett.

A Ich bin enttäuscht, dass er/sie
sich ohne mich amüsiert, und
denke den ganzen Abend immer wieder daran.

D Ich wünsche ihm/ihr viel Spaß
und kuriere mein Fieber aus.

B Ich finde es im Grunde schade,
dass er/sie nicht bei mir ist.

5. WENN ICH MIT MEINEM PART-
NER/MEINER PARTNERIN ZUSAM-
MEN ESSEN GEHE,

A bestelle ich gern das Gleiche
wie er/sie.

C weiß ich meistens sofort, was
ich will, und bestelle es.

B kann ich mich nur schwer
entscheiden.

D probiere ich am liebsten mal
was Neues aus, das ich nicht
kenne.

6. DEN GEBURTSTAG MEINES
PARTNERS/MEINER PARTNERIN

B feiere ich am liebsten mit
ihm/ihr zu zweit.

D feiere ich mit einer großen
Überraschungsparty, die ich
organisiere.

C feiere ich ganz spontan, zur
Not auch mit einem Geschenk
in letzter Minute.

A plane ich schon lange im
Voraus und zerbreche mir
den Kopf über ein Geschenk.

7. DER SCHLIMMSTE LIEBESKILLER
IST FÜR MICH,

B wenn wir oft streiten.

D wenn ich mich mit ihm/ihr
langweile.

A wenn ich ihn/sie selten sehe.

C wenn ich mich eingeengt
fühle.

Klette, die: an Wegrändern wachsende Pflanze mit hakigen Stacheln, die
leicht an Kleidern haften; *Du hast dich wie eine K. an ihn gehängt* (umgangs-
sprachlich): in lästiger Weise an ihn geklammert.

___2___ Zählen Sie zusammen, wie viele Antworten Sie zu den
Buchstaben A, B, C und D haben.
Zu welchem Buchstaben haben Sie die meisten Antworten?
Das ist Ihr Typ. Lesen Sie nun Ihre Auflösung des Tests auf Seite 78.

TYP A	**TYP B**	**TYP C**	**TYP D**
Nähe und Harmonie in der Beziehung gehen dir über alles. Du neigst dazu, deinen Freund/deine Freundin zum Mittelpunkt deines Lebens zu machen und ihn/sie durch eine rosarote Brille wahrzunehmen. Dabei zeigst du viel Einfühlungsvermögen und bist bereit, für den anderen Opfer auf dich zu nehmen. Aber du machst dich zu sehr von deinem Freund/deiner Freundin abhängig, was so weit gehen kann, dass du nicht mehr in der Lage bist, eigene Entscheidungen zu treffen. Spannungen und Konflikte in der Beziehung machen dir Angst und eine andere Meinung erlebst du nicht als mögliche Bereicherung, sondern als Bedrohung. Deshalb schließt du dich eher der Meinung des anderen an, als einen Streit zu riskieren.	Du fühlst dich in deinen eigenen Bedürfnissen, Wünschen und Urteilen oft unsicher und traust dich nicht, dich auch mal gegen heftigen Widerstand durchzusetzen. Deshalb ist es dir wichtig, jemanden an deiner Seite zu haben, an dem du dich orientieren kannst. Du bist ziemlich tolerant und lässt deinem Partner/deiner Partnerin Raum für Aktivitäten, ohne gleich eifersüchtig zu werden oder dich verlassen zu fühlen. Unter Umständen profitierst du sogar von seinen/ihren Unternehmungen. Aber was ist mit deiner ganz persönlichen Entfaltung? Klebst du da nicht zu sehr an deinem Freund/deiner Freundin und kümmerst dich zu wenig um deine eigenen Interessen?	Du wirkst unabhängig und machst jedem klar, dass andere in deinem Leben nur die zweite Geige spielen. Du achtest sehr darauf, niemanden zu brauchen und auf niemanden angewiesen zu sein. Du hast gelernt, Menschen auf Distanz zu halten und in deinen Liebesbeziehungen den Ton anzugeben. Bei Unstimmigkeiten fürchtest du keinen Streit, kannst dich aber auch aus Ärger beleidigt zurückziehen. Eifersucht begegnest du mit kleinen Flirts. Droht eine Trennung, hast du schnell selbst den Schlussstrich gezogen, bevor es der andere tut. Hinter dieser Souveränität verbirgt sich jedoch auch deine Angst vor wirklicher Nähe. Du befürchtest, verletzt zu werden, wenn du tiefere Gefühle für jemanden entwickelst.	Klammern ist nicht deine Sache. Du liebst deine Freiheit und Unabhängigkeit und gestehst sie auch deinem Partner/deiner Partnerin zu. Im Gegenteil, jemand, der sich zu eng an dich bindet und dauernd nach deiner Pfeife tanzt, langweilt dich und geht dir schnell auf die Nerven. Du magst Risiko und Abwechslung und suchst dir dein Maß an Nervenkitzel auch außerhalb der Beziehung. Du bist Flirts nicht abgeneigt, solange sie unverbindlich bleiben. Allerdings verlierst du dabei leicht aus dem Auge, wann der Spaß für deinen Partner/deine Partnerin verletzend wird, und setzt eure Beziehung aufs Spiel, ohne es zu wollen. Trennungen machen dir nicht allzu viel Angst, weder kurzfristige noch endgültige.

`AB`

3 Fassen Sie mündlich die wichtigsten Informationen zusammen.

> *Über Typ A wird gesagt, dass er ...*
> *Laut der Testauflösung sind Menschen dieses Typs ...*
> *Für diese Menschen ist angeblich wichtig, dass sie ...*

4 Trifft die Charakterisierung auf Sie zu?

GR S. 82/4

GR 5 Ordnen Sie folgende Nomen.

Text: TYP A	**Text: TYP B**	**Text: TYP C**	**Text: TYP D**
die Nähe – die Harmonie – die Entscheidung – die Spannung – die Meinung – die Bereicherung – die Bedrohung	das Bedürfnis – der Wunsch – das Urteil – der Widerstand – die Aktivität – die Unternehmung – die Entfaltung	die Beziehung – die Unstimmigkeit – der Ärger – die Trennung – der Streit – die Souveränität	die Freiheit – die Unabhängigkeit – die Abwechslung – der Nervenkitzel – das Spiel

Wortstamm *-ung*	Verb		Wortstamm *-*	Verb		Wortstamm *-ität*	Adjektiv
Beziehung	*beziehen*		*Wunsch*	*wünschen*		*Aktivität*	*aktiv*

Wortstamm *-nis*	Verb		Wortstamm *-e*	Adjektiv		Wortstamm *-(ig)keit/heit*	Adjektiv
Bedürfnis	*bedürfen*		*Nähe*	*nah*		*Unabhängigkeit*	*unabhängig*

`AB`

GR 6 Welches Genus haben die Nomen der verschiedenen Gruppen?

GR 7 Finden Sie zu jeder Gruppe zwei bis drei weitere Beispiele.

1 **Wann greife ich zum Wörterbuch?**

Bevor Sie ein Wörterbuch zu Hilfe nehmen, sollten Sie folgende Fragen klären:

a **Muss ich das unbekannte Wort wirklich kennen,** Ja/ Nein
- um den Sinn der Aussage des Satzes
  bzw. der Textpassage zu erfassen? ☐ ☐

Falls „Ja": Frage b

b **Kann ich die Bedeutung des Wortes ableiten**
- durch Analogie zu anderen Wörtern? ☐ ☐
- durch die Kenntnis der Wortbildung? ☐ ☐
- durch Raten? ☐ ☐

Falls jeweils „Nein": Nehmen Sie Ihr Wörterbuch.

2 **Wie finde ich das gesuchte Wort?**

a Als Eintrag steht das Nomen im Wörterbuch immer in der Nominativ-Singular-Form. Genus (maskulin, feminin oder neutral) und Plural-endung sind in jedem Wörterbuch nach dem Wort angegeben.

Beispiele: *Signal*, n, *-e* neutral Plural: *Signale*
Frau, f, *-en* feminin Plural: *Frauen*
Ehemann, m, *⁻er* maskulin Plural: *Ehemänner*

b Wenn Sie ein zusammengesetztes Nomen suchen, ist dies oft nicht zu finden. Schlagen Sie dann den letzten Teil des Nomens nach, der die allgemeine Bedeutung trägt (das Grundwort).

c Was schlagen Sie in den folgenden Fällen im Wörterbuch nach?
das Familienidyll
das Ehescheidungsverfahren

3 **Welche Bedeutung passt?**

Häufig hat ein Wort mehrere Bedeutungen.
Sie müssen aus dem Kontext erschließen, welche im Text passt.

a Das Verb *vorgehen* aus dem Text *Signale der Liebe*, Seite 68, Zeile 12 hat laut Wörterbuch sechs Bedeutungen. Welche Bedeutung ist im Text gemeint?

☐ *handeln: In diesem Fall muss man behutsam vorgehen.*
☐ *geschehen, vor sich gehen: Was geht hier eigentlich vor?*
☐ *(Uhr): Meine Uhr geht vor.*
☐ *nach vorne gehen: Könnten Sie bitte ein Stückchen vorgehen?*
☐ *als Erster gehen: Du kannst ruhig schon mal vorgehen.*
☐ *Priorität haben: Bei meinem Mann geht die Arbeit immer vor.*

b Schlagen Sie folgende Verben nach: *bemerken – aufführen – wiegen*
Wie viele Bedeutungen können Sie finden?
Welche Bedeutungen passen im Text *Signale der Liebe* auf Seite 68?

c Machen Sie die Gegenprobe im anderen Teil des Wörterbuchs (Ihre Muttersprache – Deutsch).

4 Das einsprachige Wörterbuch

Vorteil des einsprachigen Wörterbuches ist, dass viele Zusammensetzungen und Redewendungen aufgeführt sind.

a Lesen Sie den Artikel *Heirat* aus dem *Großen Wörterbuch der deutschen
Sprache* und beantworten Sie folgende Fragen.

- Was stellen Sie sich unter einer Heiratsvermittlung vor?
- Wie nennt man es, wenn ein Mann eine Frau bittet,
  ihn zu heiraten (oder umgekehrt!)?
- Wie bezeichnet man eine Person, die den Heiratswunsch
  nur vortäuscht?
- Wie heißt die Ankündigung der Eheschließung in der Zeitung?
- Wie nennt man das Dokument, das man bei der Eheschließung
  erhält?

---

heirats, Heirats: ~absicht, die <meist Plural>: -en haben: jemandes -en durchkreuzen; ~alter, das a) *Alter, in dem üblicherweise Ehen eingegangen werden;* das durchschnittliche H. *ist gesunken;* b) *Alter, in dem jemand [nach geltendem Recht] heiraten kann;* das H. erreicht haben; ~annonce, die: *Annonce in einer Zeitung o.ä., in der man einen geeigneten Partner für die Ehe sucht;* ~antrag, der: *von einem Mann einer Frau unterbreiteter Vorschlag, miteinander die Ehe einzugehen;* er machte ihr einen H.; sie hat schon mehrere Heiratsanträge bekommen, abgelehnt; ~anzeige, die: 1. *die Namen u. das Hochzeitsdatum u.a. enthaltende Briefkarte, mit der ein Hochzeitspaar seine Heirat Freunden u. Bekannten mitteilt; Anzeige in einer Zeitung, durch die ein Hochzeitspaar seine Heirat offiziell mitteilt;* eine H. in die Zeitung setzen; -n verschicken. 2. svw ↑~annonce; ~buch, das: *Personenstandsbuch, das zur Beurkundung der Eheschließungen dient;* ~büro, das: svw ↑~institut; ~erlaubnis, die; ~fähig <Adjektiv ohne Steigerung; nicht adv.> *das Alter: [erreicht] habend, in dem eine Heirat [nach geltendem Recht] möglich ist;* sie ist noch nicht h.; er, sie ist jetzt im -en Alter (ist alt genug, um zu heiraten); ~fähigkeit, die <ohne Plural> svw Ehemündigkeit; ~freudig <Adjektiv; ohne Steigerung; nicht adv.>: vgl. ~lustig; ~gedanke, der <meist Plural.> svw ↑~absicht; sich mit -n tragen; ~gesuch, das; ~gut,

das <ohne Plural>; ~institut, das: *gewerbliches Unternehmen, durch das Ehepartner vermittelt werden; Eheanbahnungsinstitut;* ~kandidat, der (scherzhaft): a) jemand, der kurz vor der Heirat steht, b) noch unverheirateter, heiratswilliger (junger) Mann; ~kontrakt, der; ~lustig <Adjektiv; ohne Steigerung; nicht adv.> (scherzhaft): *gewillt, gesonnen zu heiraten;* damals war er ein -er junger Mann; ~markt, der (scherzhaft): a) <ohne Plural> *Rubrik in einer Zeitung, Zeitschrift, unter der Heiratsannoncen abgedruckt sind;* b) *Veranstaltung o.ä., bei der viele Leute im heiratsfähigen Alter zusammentreffen, bei der sich die Gelegenheit zum Kennenlernen eines möglichen Ehepartners ergibt;* ihre Feste sind die reinsten Heiratsmärkte; ~plan, der <meist Plural>: svw ↑~absicht: jemandes Heiratspläne billigen; ~schwindel, der: *das Vorspiegeln von Heiratsabsichten zu dem Zweck, von dem Partner Geld oder andere Werte zu erschwindeln;* dazu: ~schwindler, der: *jemand, der Heiratsschwindel betreibt;* sie war einem H. zum Opfer gefallen; ~urkunde, die: *Urkunde, die bescheinigt, dass eine Ehe auf dem Standesamt geschlossen wurde;* ~urlaub, der: *Urlaub, den ein Soldat zum Zweck der Eheschließung erhält;* ~vermittler, der: *jemand, der gewerbsmäßig Ehen vermittelt (Berufsbezeichnung);* ~vermittlung, die: *gewerbsmäßige Eheanbahnung.*

---

b Nehmen Sie ein einsprachiges Wörterbuch. Schreiben Sie zu Wörtern, die mit dem Bestimmungswort *Ehe*, *Braut* und *Hochzeit* gebildet sind, insgesamt fünf Fragen. Stellen Sie Ihre Fragen als Aufgaben in der Klasse.

c Schreiben Sie selbst einen Wörterbucheintrag.
Was bedeutet die Redensart: *nicht auf zwei Hochzeiten tanzen können?*
Schreiben Sie zu zweit auf, was Sie sich darunter vorstellen. Benutzen Sie **nicht** Ihr Wörterbuch! Sieger ist das Paar, das der richtigen Bedeutung am nächsten kommt.

GRAMMATIK – *Nomen*

1   Genus der Nomen

Das Genus der Nomen gehört zu den Fakten der Grammatik, die man nicht selbst bilden oder erschließen kann. Man muss das Genus zusammen mit dem Artikel lernen. Es gibt jedoch einige Regeln, wie man an der Endung eines Nomens das Genus erkennen kann. Im Punkt 2, 3 und 4 finden Sie die wichtigsten Regeln. Sie gelten allerdings nicht ohne Ausnahmen.

2   Pluralendungen

Im Deutschen unterscheidet man **fünf** Typen der Pluralbildung. Eine Flexionsendung bekommt nur der Dativ Plural (z.B. *die Forscher - den Forschern*), sofern das Wort nicht auf *-n* oder *-s* endet (z.B. *die Taxis - den Taxis*).

Typ	Plural-Endung	Singular	Plural	Kennzeichnung	Genus-Regeln
1	ohne	*der Forscher* *das Mädchen* *das Fenster*	*die Forscher* *die Mädchen* *die Fenster*	*der Forscher, -* *das Mädchen, -* *das Fenster, -*	• maskuline Nomen auf -er, -en, -el, -ler • neutrale Nomen auf -er, -en, -el, -chen, -lein
	¨	*der Vater* *der Garten* *der Apfel*	*die Väter* *die Gärten* *die Äpfel*	*der Vater, ¨* *der Garten, ¨* *der Apfel, ¨*	
2	-e	*der Kommentar* *das Regal* *das Ereignis*	*die Kommentare* *die Regale* *die Ereignisse*	*der Kommentar, -e* *das Regal, -e* *das Ereignis, -se*	• maskuline und neutrale Nomen auf -ent, -al, -ar • maskuline Nomen auf -ich, -ling • neutrale Nomen auf -nis
	¨e	*der Kopf* *die Brust*	*die Köpfe* *die Brüste*	*der Kopf, ¨e* *die Brust, ¨e*	
3	-er	*das Kind* *das Bild*	*die Kinder* *die Bilder*	*das Kind, -er* *das Bild, -er*	• einsilbige neutrale Nomen • maskuline und neutrale Nomen auf -tum • einige maskuline Nomen
	¨er	*der Reichtum* *der Mann* *das Haus* *das Wort*	*die Reichtümer* *die Männer* *die Häuser* *die Wörter*	*der Reichtum, ¨er* *der Mann, ¨er* *das Haus, ¨er* *das Wort, ¨er*	
4	-(e)n	*die Freundschaft* *die Forscherin* *die Sympathie* *der Autor* *der Student*	*die Freundschaften* *die Forscherinnen* *die Sympathien* *die Autoren* *die Studenten*	*die Freundschaft, -en* *die Forscherin, -nen* *die Sympathie, -n* *der Autor, -en* *der Student, -en*	• feminine Nomen auf -ie, -rei, -in, -heit, -keit, -schaft, -ung, -ion, -ur, -ette • maskuline Nomen auf -or, -ant, -ent, -ist
5	-s	*der Flirt* *die Kamera* *das Hotel*	*die Flirts* *die Kameras* *die Hotels*	*der Flirt, -s* *die Kamera, -s* *das Hotel, -s*	

3   Zusammengesetzte Nomen

a Ein zusammengesetztes Nomen wird aus zwei oder mehr Wörtern gebildet:

Nomen + Nomen	Adjektiv + Nomen	Verb + Nomen	Präposition + Nomen
Party + Stimmung (f) die Partystimmung	neu + Orientierung (f) die Neuorientierung	lernen + Problem (n) das Lernproblem	gegen + Argument (n) das Gegenargument

Das letzte Wort des zusammengesetzten Nomens ist das Grundwort. Es bestimmt den Artikel. Der erste Teil des zusammengesetzten Nomens spezifiziert das Grundwort und heißt Bestimmungswort.

ⓑ Fugenelement: Manchmal sind die Teile des zusammengesetzten Nomens mit einem *-s-* oder einem *-n-* verbunden. Beispiele: *der Liebesbrief, der Sonnenschirm*. Nach Nomen mit der Endung *-heit*, *-ung*, *-ion*, *-keit*, *-ling*, *-schaft*, *-tät*, *-ung* wird immer ein Fugen-*s* eingefügt.

4 Nominalisierung

Die Nominalisierung ist im Deutschen häufig, besonders in geschriebenen Texten. Dabei wird eine andere Wortart zum Nomen.

aus dem Verb	aus dem Adjektiv
leben – das Leben	nah – die Nähe
erkennen – die Erkenntnis	zweideutig – die Zweideutigkeit

ⓐ deutsche Nominalisierungen ohne Endung

Infinitiv	Wortstamm	Vorsilbe *Ge-*	dekliniertes Adjektiv
das Essen (essen), das Leben (leben)	der Flug (fliegen) der Gang (gehen)	das Gefühl (fühlen) der Gesang (singen)	das Gute (gut) das Schöne (schön)

ⓑ Endungen deutscher Nominalisierungen

Endung	Beispiel	Endung	Beispiel
-e	die Lage (liegen)	-nis	das Erlebnis (erleben)
-t	die Fahrt (fahren)	-sal	das Schicksal (schicken), die Mühsal (mühen)
-ei	die Schlägerei (schlagen)	-sel	das Rätsel (raten)
-heit	die Freiheit (frei)		
-keit	die Eitelkeit (eitel)	-tum	der Reichtum (reich), das Wachstum (wachsen)
-igkeit	die Lieblosigkeit (lieblos)	-er	der Sender (senden)
-schaft	die Bereitschaft (bereit)	-ling	der Lehrling (lehren)
-ung	die Bedeutung (bedeuten)		

Plural: feminine auf -n/-en.

ⓒ Endungen fremdsprachlicher Nominalisierungen

Das Deutsche hat viele Wörter aus anderen europäischen Sprachen, insbesondere dem Englischen und Französischen übernommen. Diese Wörter nennt man Internationalismen.

Endung	Beispiel	Endung	Beispiel	Endung	Beispiel
-ade	die Limonade	-esse	das Interesse, die Delikatesse	-ant	der Emigrant*
-age	die Reportage			-ar	der Kommissar
-anz	die Toleranz	-ing	das Marketing	-är	der Funktionär
-enz	die Tendenz	-(i)um	das Studium	-at	der Bürokrat
-ette	die Tablette	-ma	das Thema	-ent	der Student
-ie	die Harmonie	-ment	das Parlament	-eur/-ör	der Friseur, Frisör
-ik/-atik	die Lyrik, Problematik	-ar	das Vokabular	-iker	der Physiker
-ion/-ation	die Region, Isolation	-är	das Militär	-ist	der Optimist
-ose	die Diagnose	-ismus	der Kapitalismus	-loge	der Archäologe
-ität	die Souveränität	-asmus	der Enthusiasmus	-nom	der Ökonom
-ur/-üre	die Literatur, Lektüre	-us	der Zyklus	-or/-ator	der Autor, Diktator

*Personen in femininer Form mit Nachsilbe -in, Beispiel: die Emigrantin

1   **Beantworten Sie zu zweit folgende Fragen.**
     Besprechen Sie die Antworten in der Klasse.

a   Was ist an diesem Bild ungewöhnlich? Warum?
b   Welchen Beruf übt diese Person aus?
c   Woran haben Sie das erkannt?
d   Kennen Sie noch andere typische Männer-
     oder Frauenberufe?

2   **Welche Möglichkeiten hat man, einen Arbeits-
     platz zu finden?**
     Machen Sie Vorschläge und berichten Sie von Ihren
     persönlichen Erfahrungen.

<u>1</u> Stellenangebote

Folgende Personen möchten sich auf Stellenangebote
in der Zeitung bewerben. Welche Stelle passt zu welcher Person?
Berücksichtigen Sie dabei sowohl die geforderten Qualifikationen als
auch die Wünsche der Bewerber.

Bewerber	A	B	C	D	E	F
Anzeige	4	5	6	5	1	3

A Jürgen Roth (23) ist ein kontaktfreudiger Einzelhandelskaufmann, der den Umgang mit Computern nicht scheut.
Er war bisher in der Kundenberatung einer Lederwarenfirma tätig und
würde am liebsten weiterhin viel mit Menschen zu tun haben.

B Erika Wagner (28) möchte nach mehreren „Babyjahren" wieder
ins Berufsleben einsteigen. Sie hat einige Semester Sprachen
(Englisch, Französisch) studiert und in den Semesterferien im Büro als
Schreibkraft gearbeitet. Sie muss ihre Kinder täglich um 14 Uhr mit
dem Auto vom Kindergarten abholen.

C Sabine Lang (21) hat nach dem Abitur im Ausland (Italien und
Frankreich) Sprachen studiert und sucht nun einen krisensiche-
ren Arbeitsplatz. Sie ist karriereorientiert und bereit, eine Berufsausbildung zu machen bzw. berufsbezogen zu lernen.

D Markus Baumeister (25) ist Student und sucht zur Finanzie-
rung seines Sportwagens einen Nebenjob, der ihm noch Zeit für
sein Studium lässt. Er hat EDV-Kenntnisse und ist gern mit anderen
Menschen zusammen.

E Hermann Hecht (35) ist Speditionskaufmann und hat Berufserfahrung in der Auslandsabteilung einer Möbelfirma gesam-
melt. Dort verhandelte er häufig auf Englisch, er spricht aber auch
einige romanische Sprachen. Seine Hobbys sind Radfahren, Fischen
und Wandern.

F Martina Esser (34) arbeitet bei einer Reifenfirma als Vertreterin.
Dabei stört sie, dass sie viel mit dem Auto unterwegs ist und
häufig im Hotel übernachten muss. Sie sucht einen festen Arbeitsplatz,
bei dem sie ihre Qualitäten im Umgang mit Kunden einsetzen kann.

GR S. 103/104

<u>GR 2</u> **Ergänzen Sie die Sätze mit Hilfe der Personenbeschreibungen.**
Herr Roth sollte sich um die Stelle als Verkaufsassistent bewerben,

a weil (da) *er eine Berufsausbildung als Einzelhandelskaufmann hat.*
b denn _____
c _____ nämlich _____

Jürgen Roth war bereits in einer Lederwarenfirma tätig,

d deshalb _____
e folglich _____
f Aufgrund *seiner Berufserfahrung* eignet er sich als Verkaufsassistent.
g Wegen _____ sollte er sich um die Stelle als
Verkaufsassistent bewerben.

1

Wir sind einer der führenden europäischen Hersteller von Angelsportgeräten

Da wir kontinuierlich unsere Marktanteile in Deutschland und Europa ausweiten, suchen wir zum schnellstmöglichen Eintritt für unsere Abteilung Einkauf ein(e)n

Zentral
EINKÄUFER/IN

In dieser Schlüsselfunktion werden Sie ein kleines Team führen und eine Zentralfunktion zwischen Vertrieb Inland, unseren Auslandsfirmen, dem Produktmanagement und den Lieferanten bilden

Wir legen Wert auf Teamarbeit, eine kaufmännische Ausbildung mit dem Schwerpunkt Import/Export in Verbindung mit mehrjähriger Erfahrung im **Einkauf**. Sie sind bis 40 Jahre alt und beherrschen die englische Sprache in Wort und Schrift. Grundkenntnisse in Französisch und Italienisch wären neben anglerischen Kenntnissen von Vorteil. Branchenkenntnisse werden nicht vorausgesetzt.

Wenn Sie diese hochinteressante Aufgabe reizt, bewerben Sie sich bitte mit aussagekräftigen Unterlagen bei unserer Personalabteilung.

I.A.M.
Internationale Angelgeräte Manufaktur
Hellmuth Mohr GmbH & Co. KG
Postfach, 91709 Gunzenhausen

2

Ein Hotel ist nur so gut wie seine Mitarbeiter und deshalb suchen wir für das Hotel International einen

HOTELDIENER
mit Führerschein Klasse III

Wenn Sie gerne in zentraler Lage arbeiten möchten, sich Ihr gepflegtes Äußeres mit sicherem Auftreten paart und Sie darüber hinaus über Englischkenntnisse verfügen, senden Sie Ihre schriftliche Bewerbung mit Lichtbild, Zeugnis und Lebenslauf an unsere Personalleiterin Frau Brigitte Wolke, oder Sie kontaktieren uns ab Montag unter Telefon: 089/ 55 15 71 19.

HOTEL INTERNATIONAL
Schützenstraße 8 · 80335 München
Tel.: 089/ 55 15 7-0

3

Hans Nauhaner
sucht

zur Verstärkung des Neuwagenverkaufsteams einen Profi als

Automobilverkäufer/in

Wir erwarten Erfahrung im Verkauf, Teamgeist, sympathisches Auftreten, Abschlusssicherheit sowie selbständiges Handeln und Zielstrebigkeit, um unsere Marktposition weiter auszubauen. Haben Sie Interesse an dieser abwechslungsreichen Position, dann senden Sie Ihre Bewerbungsunterlagen an Herrn Siegfried König. Wir werden uns mit Ihnen in Verbindung setzen, da wir diese Stelle schnellstens besetzen werden.

Hans Nauhaner GmbH
Leonrodplatz 1, 80636 München, Tel. 089/ 17 30 536

4

David

WIR SIND EIN DYNAMISCHES UNTERNEHMEN IM YOUNG FASHION-BEREICH. WIR SUCHEN FÜR UNSEREN SHOWROOM EINE/N

VERKAUFSASSISTENT/IN

ZUR VERSTÄRKUNG DES VERKAUFSTEAMS. SIE HABEN EINE FUNDIERTE BERUFSAUSBILDUNG SOWIE EDV-KENNTNISSE, SIND SCHON HEUTE IM VERKAUF ERFOLGREICH TÄTIG, NEUKUNDEN-AKQUISITION IST FÜR SIE KEIN FREMDWORT, DER UMGANG MIT KUNDEN IST IHNEN VERTRAUT UND SIE HABEN EIN ÜBERDURCHSCHNITTLICHES GESPÜR FÜR MODE UND TRENDS. WENN SIE DIESE CHANCE REIZT, IN EINEM ERFOLGREICHEN UND JUNGEN TEAM MITZUARBEITEN, BITTEN WIR UM IHRE AUSSAGEFÄHIGE SCHRIFTLICHE BEWERBUNG MIT LICHTBILD AN DIE UNTEN STEHENDE ANSCHRIFT.

DAVID SHOWROOM · Z.HD. REINER WINTER
FASHION ATRIUM RAUM 116 · NEUBIBERGER STR. 44 · 81737 MÜNCHEN

5

Infratest sucht
Interviewer/innen

als freie Mitarbeiter für die Durchführung von Interviews, vorwiegend in Privathaushalten auf Erfolgsbasis, bei freier Zeiteinteilung.
Wenn Sie älter als 24 Jahre sind und Ihnen ein Pkw zur Verfügung steht, bewerben Sie sich (Postkarte genügt) bei der

Infratest AG,
Abt. HZ, Landsberger Str. 33,
80687 München
Wir informieren Sie schnell, unverbindlich und kostenlos!

6

Die KV ist mit über 2,6 Mio. Versicherten Europas führender Spezialist für die private Krankenversicherung. Wir expandieren weiter und suchen Sie als Kaufleute für den Vertrieb.

Mitdenken, Mitwachsen, Mitverantworten

- Sie haben Interesse am Verkauf
- Sie verfügen über Engagement, denken unternehmerisch und handeln zielorientiert
- Sie haben Motivation, sich zum Leiter des eigenen Versicherungsfachgeschäftes zu entwickeln.

Wir vermitteln Ihnen während einer fundierten 12-monatigen Ausbildung zum/zur geprüften Versicherungsfachmann/-fachfrau die Grundlage für Ihre Tätigkeit.

Reizt Sie diese Herausforderung? Dann freuen wir uns auf Ihre Bewerbung. Ihr Ansprechpartner ist Herr Schön unter Telefon 089/ 5 14 07-854

Geschäftsstelle München
Kaiser-Ludwig-Str. 11 · 80336 München

Krankenversicherung AG
Die Nr. 1 unter den Privaten.

7

Telekommunikation hat Zukunft

Wir sind eines der führenden Systemhäuser im stark expandierenden Markt der Daten- und Telekommunikation. Wir suchen zum nächstmöglichen Zeitpunkt für den Empfang

2 Telefonistinnen

die sich im Jobsharing die Arbeitszeit von 8.00 - 17.30 Uhr teilen. Sie sind ein wichtiges Aushängeschild für unser Unternehmen. Deshalb wünschen wir uns freundliche und vor allem sehr engagierte Kolleginnen, die auch in hektischen Situationen nicht aus der Ruhe kommen.

Natürlich beherrschen Sie Englisch in Wort und Schrift und haben ausreichend PC-Erfahrung (Winword). Über die Tätigkeit in der Telefonzentrale und dem Empfang hinaus werden Sie auch für den Posteingang und -ausgang, den Einkauf des Büromaterials sowie die Eingabe/Pflege von Daten unseres Adress- und Archivierungssystems verantwortlich sein.

Wir bieten Ihnen einen modern ausgestatteten Arbeitsplatz, ein leistungsorientiertes Gehalt, gute Sozialleistungen sowie ein angenehmes Betriebsklima.

Sind Sie interessiert? Dann senden Sie uns Ihre Bewerbungsunterlagen an: Telebit GmbH Kommunikationssysteme, Edith Schlechter Ungererstr. 148, 80805 München,
Tel. 089/ 3 60 73-321

GR 3 **Die farbig gedruckten Wörter in Aufgabe 2 nennt man Konnektoren und Präpositionen.**
Wiederholen Sie die Regeln zu kausalen und konsekutiven Satzverbindungen.

1.	Hauptsatz *Er bewirbt sich,*	*denn*	Hauptsatz *er interessiert sich für die Stelle.*
2.	Hauptsatz + Hauptsatz *Er bewirbt sich. Er interessiert sich*	*nämlich*	Präpositionalergänzung *für die Stelle.*
3.	Hauptsatz *Er bewirbt sich,*	*weil*	Nebensatz *er sich für die Stelle interessiert.*
4.	Hauptsatz *Er interessiert sich für die Stelle,*	*deshalb*	Hauptsatz mit Inversion *bewirbt er sich.*
5.	Hauptsatz *Er interessiert sich so sehr für die Stelle,*	*dass*	Nebensatz *er sich bewirbt.*
6.		Präposition + Nomen *Aufgrund seines Interesses*	Hauptsatz mit Inversion *bewirbt er sich.*

GR 4 **In welche der sechs Gruppen gehören folgende Konnektoren und Präpositionen?**

wegen – deshalb – weil – deswegen – darum – so dass
nämlich – folglich – denn – aufgrund – da

GR 5 **Formulieren Sie zu zwei anderen Bewerbern je drei Sätze.**
Verwenden Sie dabei die sechs Satzkategorien aus Aufgabe 3.

`AB`

6 **Was ist für Sie bei einem Beruf wichtig?**
Kreuzen Sie an.

- ☐ gute Verdienst- und Aufstiegschancen
- ☐ hohes Prestige bzw. Ansehen
- ☐ gute Arbeitsbedingungen
- ☐ viel Freizeit
- ☐ dass ich mit Menschen zu tun habe
- ☐ dass ich anderen helfen kann
- ☐ ein sicherer Arbeitsplatz
- ☐ dass ich kreativ sein kann

7 **Sprechen Sie nun zu zweit darüber.**
Begründen Sie Ihre Wahl.
Beispiele:

Für mich ist der Verdienst besonders wichtig, denn ich gebe gerne Geld aus, zum Beispiel für schnelle Autos.

Das Ansehen eines Berufes ist für mich wichtiger als der Verdienst. Deshalb würde ich lieber Professor an einer Universität werden als zum Beispiel Barbesitzer.

SCHREIBEN

1   **Hermann Hecht möchte sich auf die Anzeige der Firma I. A. M. bewerben.**

Er informiert sich in der Zeitschrift *Berufswahl-Magazin* vorher darüber, wie man sich heute richtig bewirbt.
Lesen Sie, was Personalexperten raten.

1

Friedrich Knoll,
Bayer AG, Leverkusen

Das „Bewerbungspaket" muss ein persönliches Anschreiben enthalten. Darin sollte kurz beschrieben werden, für welche Stelle man sich bewirbt und warum man sich dafür geeignet hält. Außerdem sind ein tabellarischer Lebenslauf sowie Kopien der letzten Zeugnisse in chronologischer Reihenfolge beizulegen. Absolvierte Praktika oder besondere Kenntnisse, beispielsweise Fremdsprachen oder EDV[1], sollten aufgeführt und durch Zeugnisse bestätigt werden. Zu einer guten Bewerbung gehört natürlich auch ein neueres Passfoto.

[1] Elektronische Datenverarbeitung, d.h. Computer

2

Sabine Schätze,
Barmer Ersatzkasse, Wuppertal

Je individueller die Bewerbung ist, desto größer sind die Chancen, unter vielen Bewerbungen aufzufallen. Für das Bewerbungsschreiben ist eine Seite völlig ausreichend. Also heißt es, sich kurz zu fassen und trotzdem alle wichtigen Informationen unterzubringen. In den Briefkopf kommen Vor- und Familienname des Absenders mit vollständiger Adresse und Telefonnummer, die Anschrift des Empfängers sowie Ort und Datum. Auch wenn der Begriff „Betreff" heute nicht mehr verwendet wird, nennt man doch den Grund des Schreibens. Zum Beispiel: *Bewerbung um einen Ausbildungsplatz als Industriekauffrau.* In der Einleitung sollte der Anlass des Schreibens erwähnt werden. Danach stellt man sich kurz vor. Dabei werden die Fakten genannt, die den Stellenwunsch unterstützen. Dazu kommen Angaben zur derzeit ausgeübten Tätigkeit. Am Schluss des Briefes steht die Hoffnung, positiven Bescheid zu bekommen.

2   **Hermann Hecht notiert sich, was er alles braucht.**

Er kommt dabei auf vier Dinge. Unterstreichen Sie diese in Text 1.   `AB`

3   **In welcher Reihenfolge stehen folgende Teile in einem formellen Brief?**

Lesen Sie Text 2 noch einmal und werfen Sie einen Blick auf das Bewerbungsschreiben von Hermann Hecht auf Seite 88.

- ☐ die Anrede
- ☐ die Grußformel
- ☐ der Ort, das Datum
- ☐ die Einleitung
- [1] der Absender
- ☐ die Unterschrift
- ☐ der Hauptteil
- ☐ der Betreff
- ☐ der Schlusssatz
- ☐ die Anlagen
- ☐ der Empfänger

4   **Lesen Sie das Bewerbungsschreiben auf Seite 88 nun genau.**

Kreuzen Sie an, auf welche Punkte Herr Hecht besonders eingeht.

- ☒ auf die Qualifikationen, die für die Stelle verlangt werden
- ☒ auf die Bereiche seiner Berufserfahrung, die für die Stelle wichtig sind
- ☐ warum er seine letzte Stelle aufgegeben hat
- ☐ in welchen Bereichen er weniger gern arbeiten würde
- ☒ auf Kenntnisse und Fähigkeiten, die er außerhalb des Berufslebens erworben hat
- ☐ auf verschiedene private Interessen

Hermann Hecht · Forellenweg 12 · 98553 Fischbach · Tel. 036841/7784

I.A.M.
Internationale Angelgeräte
Manufaktur
Postfach
91709 Gunzenhausen

Fischbach, den 29.3.19..

Ihr Stellenangebot - Zentraleinkäufer

Sehr geehrte Damen und Herren,
mit großem Interesse habe ich Ihre Anzeige in der SZ vom 26.3.19.. **gelesen.** Sie **suchen** für Ihre Einkaufsabteilung einen Zentraleinkäufer.

Für diese verantwortungsvolle **Aufgabe bringe ich alle Voraussetzungen mit.** Als ausgebildeter Speditionskaufmann **war ich bereits** einige Jahre im Import-Export-Bereich einer Möbelfirma **tätig.** Dabei **konnte ich** auch **Erfahrung in** der Einkaufsabteilung **sammeln,** wo Gespräche mit ausländischen Lieferanten häufig auf Englisch, aber auch auf Französisch oder Italienisch geführt wurden.

Ich arbeite bevorzugt mit Kollegen in einem Team. **Da ich mich** in meiner Freizeit **gerne mit** Angeln **beschäftige, habe ich mir auch** einige **Kenntnisse über** Fische und Anglerausrüstung **angeeignet.**

Über eine Einladung zu einem Vorstellungsgespräch würde ich mich sehr freuen.

Mit freundlichen Grüßen

Hermann Hecht
Hermann Hecht

Anlagen:
Lebenslauf
Zeugnisse

---

5   Bewerbung

Schreiben Sie nun mit Hilfe der **fett** gedruckten Textstellen
ein Bewerbungsschreiben für eine der Personen auf Seite 84.

- ■ Achten Sie auf den richtigen Aufbau eines formellen Briefs.
- ■ Beziehen Sie sich auf die in der Anzeige geforderten Qualifikationen und Fähigkeiten.
- ■ Begründen Sie, warum die Person für diese Stelle geeignet ist.
- ■ Lesen Sie Ihren Text Korrektur. Achten Sie beim ersten Lesen besonders auf den Satzbau, die Endungen sowie Groß- und Kleinschreibung.

HÖREN 1

__1__ **Nähere Informationen einholen**

Frau Schwarz hat die Stellenanzeige eines Ingenieurbüros
in der Zeitung gelesen. Sie hätte gern weitere Informationen
zu der Stelle. Deshalb ruft sie die Firma an.
Hören Sie das Gespräch und notieren Sie Stichpunkte.

ⓐ Grund für den Anruf: *Stellenanzeige in der Zeitung*

ⓑ Die Firma Unger u. Co sucht: *Empfangsassistent*

ⓒ Voraussetzungen für die Tätigkeit: *Erfahrungen in Empfangs-Bereich*

ⓓ Beruf der Interessentin: *Fremdsprache Correspondentin*

ⓔ Aufgaben: *verantwortlich für Telefonat führen. Bewirtung*

ⓕ Der Arbeitsplatz befindet sich:

ⓖ Arbeitszeit: *Halb Tag*

ⓗ Die Interessentin soll schicken: *Bewerbungsbrief + Photo*

__2__ **Um Auskunft bitten**

Franz Förs findet eine viel versprechende Annonce in der
Zeitung. Er ruft unter der angegebenen Telefonnummer an
und möchte einige Auskünfte.

ⓐ Hören Sie das Gespräch.
Notieren Sie beim ersten Hören, mit welchen Worten er
das Informationsgespräch beginnt.

Was genau
sagt er am Ende
des Telefonats?

ⓑ Hören Sie das Gespräch ein zweites Mal in Abschnitten und ergänzen
Sie jeweils den Anfang der Fragen, mit denen man *um Auskunft bitten*
kann.

1. *Können sie mir vielleicht* etwas über die Tätigkeit sagen?

2. _____, wie die Arbeitszeiten in etwa aussehen?

3. _____ zwischen 8 und 22 Uhr?

4. _____, ob man mit dem eigenen Wagen fährt
oder einen Firmenwagen bekommt?

5. *Wie ist es* mit der Einarbeitung?

6. *Frau Lerch,* dass ich Sie noch mal anrufe?

AB

SPRECHEN 1

5

1 Ordnen Sie zu.

a Wie leitet man ein Telefongespräch ein?
b Wie bittet man um Vermittlung zu einem anderen Gesprächspartner?
c Wie beendet man ein Gespräch?

a Hier spricht Olaf Meier. Ich habe Ihre Anzeige in der Zeitung gelesen.

b Guten Tag, ich hätte gern mit jemandem von der Personalabteilung gesprochen.

c Verbleiben wir also so, dass ich Ihnen die Unterlagen schicke?

a Ja, hallo, hier ist Marta Beck. Bin ich mit der Firma Bayer verbunden?

b Guten Tag. Hier spricht Herbert Fischer. Könnten Sie mich bitte mit Herrn Kugler verbinden?

c Dann will ich Sie nicht weiter stören. Auf Wiedersehen, Herr Strauß.

2 Wählen Sie zu zweit eine der folgenden Anzeigen aus.

Fitnessclub Arabellapark su. Sportlehrer/in f. freiberufl. Tätigkeit Tel: 0871/ 33 64 31

DETEKTIV/IN für besondere Aufgaben gesucht. Tel: 089/ 89 75 63

Raubtierdompteur/in für Wanderzirkus gesucht. Sehr gute Bezahlung. Tel: 23 66 85

Wohlhabendes älteres Ehepaar sucht Hausdiener mit Referenzen in Festanstellung. Tel: 08171/ 2234

3 Bereiten Sie nun selbst ein Telefongespräch vor.

Einer übernimmt die Rolle des Anrufers, der sich für eine Stellenanzeige interessiert. Gesprächspartner ist eine Mitarbeiterin/ein Mitarbeiter der Firma bzw. der Inserent. Das Gespräch sollte folgende Punkte behandeln: Ausbildung, Berufserfahrung, derzeitige Tätigkeit, Arbeitszeit, Gehalt, erwünschte Kenntnisse und Fähigkeiten. Lesen Sie zuvor die folgenden Sätze und klären Sie unbekannte Wörter oder Ausdrücke. Proben Sie dann den Dialog und spielen Sie ihn der Klasse vor.

Anrufer ▶◀ Mitarbeiter der Firma/Inserent `AB`

ein Telefongespräch einleiten
... ist mein Name. Sie haben inseriert, ...
Hier spricht ... Ich rufe an wegen ...
Guten Tag, Anna Klein, ich interessiere mich für ...

Begrüßung des Anrufers
Guten Tag, Frau/Herr ...
auf eine Anfrage reagieren
Ja, wir brauchen ...
Für diese Stelle suchen wir ...

um Auskunft bitten
Ich würde gern wissen, ...
Besteht denn die Möglichkeit, ...
Wie ist das eigentlich mit ...

Auskunft erteilen
Also, das ist folgendermaßen: ...
Wir haben das so geregelt, dass ...
Gegenfragen formulieren
Dürfte ich Sie auch etwas fragen? ...
Woran haben Sie bei ... gedacht?

auf Gegenfragen antworten

weitere Fragen des Anrufers einleiten
Haben Sie sonst noch Fragen?
Möchten Sie vielleicht sonst noch etwas wissen?

weitere Fragen stellen
Was mich noch interessieren würde, ...
Außerdem wollte ich noch fragen, ...

auf Fragen antworten

Gespräch beenden
Also, können wir so verbleiben? ...
Ich schicke Ihnen dann ... Auf Wiederhören.
Danke für das Gespräch. Auf Wiederhören.

sich verabschieden
Ja, gut. Ich hoffe, wieder von Ihnen zu hören.
Danke für Ihren Anruf. Auf Wiederhören!

__1__ Lesen Sie den folgenden Text.
Ordnen Sie die Sätze 1 bis 5 den Absätzen A bis E zu.

Berufsporträt

Anja Noack, Empfangskassiererin im Hotel

Während Anja Noack einem Japaner am anderen Ende der Leitung auf Englisch erklärt, dass für diese Nacht die Hotelsuite belegt ist, klingelt das zweite Telefon. Gleichzeitig bildet sich eine Schlange vor dem Tresen:

4 A Vor ihr stapeln sich unabgelegte Rechnungen und andere Papiere. Manchmal kommt man ganz schön ins Schwitzen. „Aber auch bei sehr viel Arbeit darf man sich den Stress nicht anmerken lassen", sagt Anja. Nach ihrer Lehre als Hotelfachfrau in Würzburg hat sie vor wenigen Monaten begonnen, an der Rezeption des Elysee-Hotels zu arbeiten.

2 B An der Rezeption, der ersten und letzten Anlaufstelle des Hotels, arbeiten neben Anja noch ein weiterer Kassierer, ein Telefonist, ein Chef vom Dienst und der Empfangschef. Anjas Aufgabe ist es, die Gäste ein- und auszuchecken. Bei der Ankunft begrüßt sie die Leute, füllt das Anmeldeformular aus und überreicht die Schlüssel.

5 C Sie hofft, dass ihr so etwas nie wieder passieren wird. Wenn Anja die Gäste auscheckt, muss sie die Rechnungen erstellen, kassieren und die Belege kontrollieren. In ruhigen Momenten bringt sie die Adressenkartei auf den neuesten Stand. „Wir an der Rezeption sind wichtig für den ersten und letzten Eindruck, den die Gäste von unserem Hotel haben. Darum müssen wir in jeder Situation freundlich und souverän bleiben." Wenn der Gast nicht zufrieden war – egal womit – wird an der Rezeption gemeckert. Außerdem ist die Rezeption eine Art Info-Stand.

1 D Das ist für die 20-jährige Würzburgerin nicht ganz einfach in einer Stadt, die ihr selbst noch fremd ist. Aber zum Glück gibt es den Portier, der seit Jahren in Hamburg lebt. Bei Bedarf kümmert er sich um Tischreservierungen oder Kartenvorbestellungen. Anja macht die Arbeit ungeheuren Spaß. „Jeder Tag ist anders." Der Beruf hat ihre Persönlichkeit geprägt. „Ich bin viel offener und selbstbewusster geworden. Es fällt mir nicht mehr schwer, auf fremde Menschen zuzugehen." Die junge Frau hat sich vorgenommen, noch in möglichst vielen Hotels Berufserfahrung zu sammeln.

3 E Sie will auch nicht immer Empfangskassiererin bleiben, steuert aber kein bestimmtes Ziel an. „Falls ich mal ein tolles Angebot bekomme, kann ich mir einen Aufstieg zur Hotelmanagerin durchaus vorstellen. Doch ich mache keine großen Pläne, denn trotz der Arbeit sollte das Leben nicht zu kurz kommen!"

1 So wird Anja mit Fragen nach Museen oder guten Restaurants geradezu bombardiert.

2 In diesem großen Hamburger Luxushotel gibt es täglich bis zu 200 An- und Abreisen.

3 Das möchte sie vor allem im Ausland machen.

4 Gäste, die ein- und auschecken wollen oder irgendwelche Fragen haben.

5 „Einmal habe ich einem Gast einen Raum zugeteilt, der noch nicht gereinigt war. Peinlich!"

5

2   Textgrammatik

Markieren Sie die Wörter, die Ihnen geholfen haben, die richtige Stelle
für die Sätze 1 bis 5 zu finden.

Satz 1	
Satz 2	
Satz 3	
Satz 4	*eine Schlange vor dem Tresen* + Doppelpunkt *bedeutet, es müssen Beispiele folgen – Gäste, die ...*
Satz 5	

3   Hauptinformationen entnehmen

Was erfahren wir über Anja Noack? Notieren Sie Stichworte.

Alter	*20 Jahre*
Heimatstadt	
Stadt, in der sie jetzt arbeitet	
Ausbildung	
normale Aufgaben einer Empfangskassiererin	
außergewöhnliche Aufgaben	
Charakter	
Zukunftspläne	

4   Worterklärung

Erschließen Sie folgende Ausdrücke aus dem Kontext oder aus
Bestandteilen des Wortes. Beispiel: *ein- und auschecken* von englisch:
to check in/out = die Formalitäten bei der An- und Abreise erledigen

bildet sich eine Schlange – sich den Stress nicht anmerken lassen –
Hotelfachfrau – Anlaufstelle – kein bestimmtes Ziel ansteuern

GR S. 103/104

GR 5   Ergänzen Sie aus dem Text folgende Bedingungssätze.

wenn/falls	bei/im Falle
Wenn der Gast nicht zufrieden war, *wird an der Rezeption gemeckert.*	*Aber auch bei sehr viel Arbeit* *darf man sich den Stress nicht anmerken lassen.*
kann ich mir einen Aufstieg zur Hotelmanagerin *durchaus vorstellen.*	*kümmert er sich um Tischreservierungen oder* *Kartenvorbestellungen.*

GR 6   Ergänzen Sie den Satzbauplan.

Bilden Sie Nebensätze mit *wenn* oder *falls* bzw. Satzglieder
mit *bei* oder *im Falle*.

Position 1	Verb	Position 3, 4 ...	Endposition
Aber auch bei sehr viel Arbeit *Aber auch wenn man sehr viel Arbeit hat,*	*darf*	*man sich den Stress nicht*	*anmerken lassen.*
Wenn der Gast nicht zufrieden war,	*wird*	*an der Rezeption*	*gemeckert.*
	kümmert	*er sich um Tischreservierungen.*	
	kann	*ich mir einen Aufstieg zur Hotelmanagerin durchaus*	*vorstellen.*

AB

92

SPRECHEN 2 – *Projekt Berufsporträt*

1 **Worüber sollte ein Berufsporträt Ihrer Meinung nach Auskunft geben?**
Sammeln Sie Stichpunkte und bringen Sie sie in eine sinnvolle Reihenfolge.

- *Ausbildung*
- *Arbeitsplatz*
- *Arbeitszeit*
- *Zufriedenheit*
- *...*

2 **Bereiten Sie ein Interview mit einer/einem Berufstätigen aus einem deutschsprachigen Land vor.**

a Wählen Sie jemanden aus Ihrem Bekanntenkreis, Ihrem Sprachinstitut, Ihrer Schule bzw. Universität. An einem deutschsprachigen Kursort können Sie das Interview auch auf der Straße mit Unbekannten durchführen.

b Formulieren Sie zu jedem Stichpunkt (vgl. Aufgabe 1) eine Frage.

- *Könnten Sie mir/uns bitte etwas zu Ihrer Ausbildung erzählen?*
- *Welcher Schulabschluss war Voraussetzung für ...?*
- *Wie lange dauerte die Ausbildung?*
- *...*

c Überlegen Sie auch, wie man jemanden höflich darum bitten kann, diese Fragen zu beantworten. Stellen Sie sich selbst vor, erklären Sie, warum Sie das Interview machen wollen, und bitten Sie die ausgewählte Person um Mithilfe.

- *Entschuldigen Sie, dürften wir Sie mal für ein paar Minuten stören?*
- *Wir besuchen gerade einen Deutschkurs und suchen jemanden, den wir zum Thema Beruf befragen können.*
- *Würde es Ihnen etwas ausmachen, wenn wir Ihnen ein paar Fragen stellen?*
- *...*

d Bedanken Sie sich am Ende des Interviews.

- *Vielen Dank für Ihre freundlichen Auskünfte!*
- *Das war sehr interessant für uns. Wir möchten Ihnen ganz herzlich danken.*
- *...*

3 **Tragen Sie Ihre Ergebnisse in der Klasse vor.**

1   Service – Dienstleistungsbetrieb
Welche Arbeitsplätze und Berufe fallen Ihnen dazu ein?

Service-
Berufe

2   **Sie hören jetzt einen Ausschnitt aus einer Radiosendung.**
Sie hören den Text in Abschnitten. Lesen Sie die Fragen zum
jeweiligen Textabschnitt vor dem Hören und beantworten Sie sie
während des Hörens.

Abschnitt 1   **a**   In was für einem Betrieb arbeitet Felix Krull, der Romanheld
von Thomas Mann?
     b   Welches Problem ist bei der Arbeit in solchen Betrieben immer noch
aktuell?

Abschnitt 2   **c**   Welchen Beruf haben die Personen, die zu Wort kommen?
Ergänzen Sie die Berufe während des Hörens.

Name	Beruf
Norbert Huemer	Kellner
Elke Wieland	
Erich Koeberl	
Michael Specking	
Hans Resch	

Abschnitt 3   **d**   Was gefällt Erich Koeberl an seinem Beruf?
     e   Warum arbeiten in seinem Beruf mehr Männer als Frauen?
     f   Was ist die Maxime für alle Hotelberufe?

Abschnitt 4   **g**   Welcher Raum ist für den Gast besonders wichtig?
     h   Für welche der folgenden Probleme muss
die Empfangsdame Frau Schneider-König eine
Lösung finden?

     ☐   Der Gast kann nicht bezahlen.
     ☐   Das Hotel liegt verkehrsungünstig.
     ☐   Im Zimmer hört man den Verkehrslärm.
     ☐   Die Einrichtung gefällt dem Gast nicht.
     ☐   Es fehlt eine Parkmöglichkeit.
     ☐   Das Frühstück ist nicht zufrieden stellend.

3   Könnten Sie sich vorstellen, in einem Hotel zu arbeiten?
Warum? Warum nicht?

AB

WORTSCHATZ - *Arbeit und Beruf*

1 Welche Berufe üben die abgebildeten Personen aus?
Woran haben Sie das erkannt?

2 Spiel: Berufsalphabet
Die Kursleiterin/Der Kursleiter beginnt. Sie/Er nennt einen Beruf, der
mit dem Buchstaben A beginnt, und eine passende Tätigkeit, zum Beispiel: *Ein Architekt zeichnet Pläne für Häuser.*
Dann ist eine Kursteilnehmerin/ein Kursteilnehmer an der Reihe. Sie/Er
muss nun einen Beruf mit dem Buchstaben B suchen und einen Satz
bilden. Die/Der Nächste macht weiter mit C usw. Wer keinen Beruf mit
„seinem" Buchstaben findet oder keine Tätigkeit nennen kann, scheidet
aus. Gewonnen hat, wer übrig bleibt.

3 Wer übt diese Tätigkeiten aus?

a
- vor Gericht gehen
- Mandanten verteidigen
- jemanden in Gesetzesfragen
  beraten

c
- Einschreiben überbringen
- Briefe zustellen
- Post sortieren

e
- auf Fahrgäste warten
- Koffer einladen
- den Fahrpreis kassieren

b
- Briefe nach Diktat schreiben
- Termine absprechen
- Telefonate entgegennehmen

d
- Geräte anschließen
- Stromleitungen verlegen
- Leitungsdefekte reparieren

f
- Studenten betreuen
- Vorlesungen halten
- in einem Fachgebiet forschen

`AB`

4 Erstellen Sie selbst eine Aufgabe für die anderen
Kursteilnehmer.
Nennen Sie drei Tätigkeiten und lassen Sie den Beruf erraten.

5 Welches Verb passt?

sich auf ein Fachgebiet	bewerben
einen Arbeitsplatz	verdienen
sich um eine Stelle	sammeln
eine Gehaltserhöhung	formulieren
einen Beruf	einsetzen
seinen Lebensunterhalt	ausüben
sich für seine Firma	unterschreiben
Berufserfahrung	finden
ein Bewerbungsschreiben	vorstellen
sich persönlich	fordern
eine Beförderung	anstreben
einen Arbeitsvertrag	spezialisieren

`AB`

<u>6</u> **Was passt zusammen?**
Ergänzen Sie folgende Bezeichnungen.

Lehrling
Vorgesetzter
Abteilungsleiter
Sekretärin

Meister
Lehrling

Arbeitgeber
Arbeitnehmer

Vorgesetzter
Mitarbeiter

Chef
Sekretärin

Abteilungsleiter
Sachbearbeiter

Ausbilder
Auszubildender

Ausbilder
Selbständiger
Arbeitnehmer

Selbständiger
Angestellter

AB

<u>7</u> **Spiel: Ballonfahrt**
Einige Teilnehmer setzen sich in die
Mitte des Zimmers. Stellen Sie sich vor,
Sie sitzen in einem Ballon, die anderen
sind Beobachter. Die Beobachter schreiben
Berufe auf Kärtchen. Jeder „Ballonfahrer"
zieht eine Berufskarte. Nun beginnt plötzlich
der Ballon zu sinken. Es können nur zwei
Passagiere an Bord bleiben, die anderen müssen
aus dem Ballon springen.
Jeder im Ballon muss nun so überzeugend
wie möglich argumentieren, warum sein Beruf
so bedeutend ist, dass er nicht springen kann.
Die anderen Ballonfahrer können auch Gegen-
argumente einbringen. Nach etwa zehn
Minuten wird die Diskussion beendet.
Die Beobachter entscheiden, wer im Ballon
bleiben darf.

So können Sie argumentieren:

Es ist äußerst wichtig, dass ich überlebe, denn ...
Aufgrund ... kann man nicht auf mich verzichten.
Ich darf auf keinen Fall springen, weil ich ...
Finden Sie nicht, dass ...

Ihre Gründe finde ich nicht überzeugend, weil ...
Was Sie sagen, ist nicht richtig, denn ...
Das kann ja jeder behaupten! Können Sie
das beweisen?

1 Welche Kleidungsstücke tragen Sie persönlich bzw.
was trägt man Ihrer Meinung nach bei den unten aufgelisteten
Gelegenheiten?
Berichten Sie in der Klasse.

Gelegenheit	Kleidungsstück
beim Abendessen im Restaurant	ausgewaschenes Sweatshirt
beim Sport im Freien	Anzug und Krawatte
im Büro	Dirndl oder Trachtenanzug
beim Kochen	luftige Windjacke
auf dem Silvesterball	fleckige Jeans und zerrissenes T-Shirt
in der Diskothek	Zweireiher oder Dinnerkleid
bei der Gartenarbeit	Sandalen
beim Stadtbummel	Lackschuhe und Maßarbeit von Pariser Schneidern
in der Freizeit	Baseball-Käppi, Kapuzenjacke, Shorts und Turnschuhe
am Strand	piekfeiner Nadelstreifenanzug, Krawatte
	grob kariertes Holzfällerhemd

> *Im Büro trägt man häufig ...*
> *Am Strand bin ich am liebsten in ...*
> *Wenn man bei uns in die Diskothek geht, trägt man ...*
> *Für den Stadtbummel ziehe ich ... an.*

2 Überlegen Sie: Was tragen besonders kreative Menschen?
Was tragen „langweilige Typen"?

3 Sehen Sie sich den Text auf der folgenden Seite an.
Was erwarten Sie vom Inhalt? Was verrät der Untertitel?

Das englische Wort *outfit* wird von jungen Leuten häufiger gebraucht
als das deutsche Wort *Kleidung*.

Faulenzerkleidung macht fleißig

Vom Zusammenhang zwischen Outfit und Kreativität

Wir Journalisten haben es relativ leicht in Kleidungsfragen. Meistens würden wir auch dann noch nett begrüßt werden, wenn wir 5 direkt vom selbst gemachten Ölwechsel in fleckigen Jeans und zerrissenem T-Shirt zu einem Termin kämen. Denn der Gastgeber will ja, dass wir nett über ihn 10 schreiben, und deshalb lächelt er höchstens etwas gequält, falls wir unpassend gekleidet bei der Veranstaltung auftauchen, weil wir auf der Einladungskarte leider den 15 Vermerk „Dirndl, Trachtenanzug oder dunkler Anzug" übersehen haben.

Andere Berufsgruppen tun sich da schon härter. Wer nach dem 20 Abitur eine Banklehre beginnt, muss in Anzug und Krawatte schlüpfen und wird von einem Tag auf den anderen von seinen ehemaligen Klassenkameraden nicht 25 mehr wieder erkannt, wenn er sie zufällig bei der morgendlichen S-Bahn-Fahrt zur Arbeit trifft. Da sollte er es schleunigst schaffen,

im Kollegenkreis neue Bekannt-30 schaften zu schließen; sonst wird er schon bald hilflos und verlassen umherirren. Und so jemand soll gut gelaunt und effektiv seine Arbeit verrichten?!
35 So kann jenes Untersuchungsergebnis nicht weiter verwundern, das kürzlich die „Financial Times" veröffentlicht hat: Je legerer die Kleidung, desto größer die Leis-40 tung im Beruf. Das haben britische Wissenschaftler jetzt herausgefunden.

Wir, die wir fast alles schon immer gewusst haben, können das 45 nur bestätigen an Hand einiger Beispiele aus unserem alltäglichen Arbeitsumfeld. Kollege F. zum Beispiel schreibt ganz besonders schnell und ganz besonders viel, 50 wenn er sein ausgewaschenes Segel-Sweatshirt anhat. Und Kollegin T. vom Konkurrenzblatt ist immer die Schnellste in der Setzerei, wenn sie ihre luftige Wind-55 jacke trägt, die in Fachkreisen auch als „Einmannzelt" oder „form-

schöner Kartoffelsack" bekannt ist. Dagegen haben andere, die wir immer nur in piekfeinen Nadel-60 streifenanzügen mit teuersten Krawatten antreffen, schon seit Jahren keine Zeile mehr geschrieben. Na, muss man noch mehr sagen?

Ganz klar, Personalchefs, wo die 65 Richtung langgeht: Erscheint ein Bewerber im Zweireiher oder im Dinnerkleid zum Vorstellungsgespräch, dann könnt ihr ihn gleich vergessen. Sicher ein Faulenzer, 70 der einen ruhigen Job sucht. Baseball-Käppi, Kapuzenjacke, Shorts und Turnschuhe hingegen verraten das spontane Arbeitstier, das sich aufarbeiten wird für das 75 Unternehmen.

Sandalen statt Lackschuhe, grob karierte Holzfällerhemden statt langweiliger Maßarbeit von Pariser Schneidern! Sollte jemand 80 heute noch glauben, schicke Kleidung sei ein Garant für den geschäftlichen Erfolg, so wird er sich schon bald Sorgen um seinen Arbeitsplatz machen müssen.

_4_ **Um was für eine Textsorte handelt es sich?**

❏ um eine Empfehlung für die passende Kleidung am Arbeitsplatz
❏ um einen Bericht zu den neuesten Forschungsergebnissen zur Effektivität am Arbeitsplatz
❏ um einen ironischen Kommentar zum Thema Kleidungsfragen am Arbeitsplatz

_5_ **Einen Zeitungsartikel in diesem Stil nennt man** *Glosse.*
Welche der folgenden Definitionen ist passend?
Eine Glosse ist

❏ eine sachliche Darstellung oder Wiedergabe von Tatsachen.
❏ ein Kommentar in Tageszeitungen mit oft ironischer Stellungnahme.
❏ eine wissenschaftliche oder künstlerische Beurteilung.

<u>6</u> **Ironie wird häufig durch Übertreibungen ausgedrückt.**
Ein Beispiel aus dem Text: *Wer nach dem Abitur eine Banklehre beginnt, muss in Anzug und Krawatte schlüpfen und wird von einem Tag auf den anderen von seinen ehemaligen Klassenkameraden nicht mehr wiedererkannt, wenn er sie zufällig bei der morgendlichen S-Bahn-Fahrt zur Arbeit trifft.*
Suchen Sie weitere Übertreibungen im Text und geben Sie jeweils die Zeilen an.

GR S.103,2/104

<u>GR 7</u> **Konditionalsätze**
Unterstreichen Sie Konditionalsätze im Text, die mit *wenn – falls – sonst – je … desto* gebildet sind und solche, in denen das Verb an Position 1 steht bzw. die mit *sollte* eingeleitet sind.
Ergänzen Sie folgende Übersicht.

Konnektor oder Satzanfang	Beispiel
wenn	*Meistens würden wir auch dann noch nett begrüßt werden, wenn wir … zu einem Termin kämen.*
falls	
sonst	
je … desto	
Verb/*sollte* an Position 1	

<u>GR 8</u> **Nennen Sie die Bedingungen und die Folgen in den Sätzen aus Aufgabe 7.**

Bedingung	Folge
Wir kommen direkt vom selbst gemachten Ölwechsel in fleckigen Jeans … zu einem Termin.	*wir würden auch dann noch nett begrüßt werden.*

<u>GR 9</u> **Ergänzen Sie die folgenden Erläuterungen zu Bedingungs- bzw. Konditionalsätzen.**

a Konditionalsätze werden mit Konnektoren wie zum Beispiel .... gebildet.

b Man kann aber auch den Konnektor weglassen; dann muss das Verb an Position .... stehen. Der Hauptsatz wird dann meist mit *dann* oder *so* eingeleitet.

c Einem Satz mit *falls* entspricht ein Satz, der mit .... beginnt. Das Verb steht am Ende des Nebensatzes.

d Vergleicht man zwei Komparative miteinander, so benutzt man ....

e Einen negativen Bedingungssatz kann man entweder mit *wenn … nicht* formulieren oder den Folgesatz mit .... beginnen.

AB

1 Lesestile

Man geht nicht an jeden Text gleich heran. In welchem Stil man einen Text liest, hängt vielmehr davon ab, mit welcher Absicht man ihn liest. Wie genau lesen Sie folgende Texte?

Zeitung – Krimi – Kleinanzeige – Gedicht – Werbeanzeige

(a) Globales oder überfliegendes Lesen

Will man wissen, worum es in einem Text geht, sich einen ersten Überblick verschaffen, dann überfliegt man ihn zuerst einmal. Diese Technik verwendet man zum Beispiel bei der ersten Seite einer Zeitung, die die Nachrichten enthält, oder bei einem Text wie dem Berufsporträt (Seite 91). Man versucht, rasch die wichtigsten Informationen zu entnehmen, hält sich aber nicht bei den Einzelheiten auf.

(b) Selektives oder suchendes Lesen

Sucht man dagegen zum Beispiel in den Stellenanzeigen der Zeitung ein geeignetes Angebot, dann interessiert man sich nur für bestimmte Informationen aus einem Text, etwa für die Art der Tätigkeit, die Arbeitszeit usw. Man sucht die Anzeigen nach diesen Vorgaben oder Schlüsselbegriffen ab. Wenn man etwas Geeignetes gefunden habt, liest man die Anzeige dann genauer. Auch dieser Lesevorgang geschieht relativ rasch.

(c) Detailliertes oder genaues Lesen

Bei einem Gedicht oder einer Glosse will man meistens alles genau verstehen. Alle Einzelheiten und Nuancen sind bei diesen Texten wichtig. Man liest sie Wort für Wort. Dazu braucht man hohe Konzentration, Zeit und eventuell Hilfsmittel wie das Wörterbuch. Liest man einen Text in der Fremdsprache, verwendet man vielleicht außerdem noch Stifte zum Markieren bzw. Unterstreichen und macht sich Notizen.

2 Textsorte und Lesestil

Ordnen Sie jeder der folgenden Textsorten einen möglichen Lesestil zu und nennen Sie einen Grund.

Textsorte	Lesestil global	selektiv	detailliert	Grund
Stellenanzeigen				
Übung im Lehrbuch				
Gedicht				
Zeitungsnachrichten				
Gebrauchsanweisung				
Beipackzettel für Medikamente				
Katalog				

3   Strategien beim Lesen

Es gibt zahlreiche Möglichkeiten, etwas über den Inhalt eines Textes herauszufinden. Folgende Tipps können Ihnen dabei helfen, einen fremdsprachigen Text zu „knacken". Lesen Sie zunächst die Tipps und versuchen Sie anschließend, die Fragen *a* - *h* auf den Zeitungstext auf der folgenden Seite anzuwenden.

a Welche optischen und graphischen Besonderheiten sagen auf den ersten Blick etwas über den Text? Beispiele: Überschriften, Untertitel, Bilder, Graphiken, Bildunterschriften, Layout.

b Um welche Art von Text handelt es sich, d.h., welche Textsorte liegt vor? Ist es ein Gedicht, Zeitungsartikel, Brief (formell oder persönlich), Werbetext usw.? Stellen Sie sich folgende Fragen: Worum könnte es inhaltlich bei dieser Textsorte gehen? Wer hat den Text eventuell für wen geschrieben?

c Welche „Schlüsselwörter" findet man im Text? Schlüsselwörter sind Wörter, die meist mehrmals im Text wiederkehren, oft auch in Form synonymer Ausdrücke. In den Schlüsselwörtern stecken die Hauptinformationen. Oft findet man sie schon in der Überschrift.

d Finden sich im Text Zahlen und Zahlwörter? Man erhält dadurch häufig wichtige sachliche Informationen zum Textinhalt.

e Gibt es unter den schwierigen Wörtern vielleicht Internationalismen oder Eigennamen? Auch darunter finden sich zahlreiche „Informationsträger".

f Versuchen Sie, unbekannte Wörter mit Hilfe des Kontextes oder der bekannten Teile des Wortes zu verstehen. Dazu müssen Sie die Umgebung des unbekannten Wortes genau lesen bzw. erkennen.
Ein Beispiel aus dem Zeitungstext auf Seite 102: *leisten* (Text 1, Zeile 3). Es ist die Rede von Frauen, die ebenso viel können wie Männer oder sogar noch mehr, weil sie neben der Berufstätigkeit einen Haushalt führen und Kinder erziehen. *leisten* hat also damit zu tun, wie viel man schafft oder erreicht. Häufig kann man einen Teil eines unbekannten Wortes verstehen, zum Beispiel *die Fluggerätebauerin* (Text 2, Zeile 4) besteht aus den Begriffen *Flug*, *Geräte* und *Bauerin*. Eine *Bauerin* ist in dem Fall eine Frau, die etwas baut, und zwar Geräte, die fliegen.

g Wie lauten Konnektoren und Präpositionen, die Satzteile, Sätze und Textteile miteinander verbinden? Welcher Art ist die Verbindung? Textkonnektoren und Präpositionen können unter anderem
■ zeitlich aneinander reihen *(dann, anschließend, nachdem, vor, ...)*.
■ begründen *(da, deshalb, nämlich, wegen, ...)*.
■ Gegensätze ausdrücken *(aber, obwohl, jedoch, trotz, ...)*.
■ Ziel oder Zweck angeben *(damit, um ... zu, ...)*.
■ Bedingungen ausdrücken *(wenn, im Falle, falls, sonst, ...)*.

h Welche weiteren Elemente können Sätze verknüpfen? Dazu zählen zum Beispiel Personalpronomen, Demonstrativpronomen, unbestimmte Zahlwörter und synonyme Ausdrücke. Sie verweisen häufig auf ein Nomen im letzten Satz zurück.

Leseraktion/Ergebnis

Als Frau in einem Männerberuf?

In unserer letzten Ausgabe stellten wir diese Frage und traten eine Lawine los – ganze Schulklassen beschäftigten sich mit dem Thema. Die Antworten – mehr Zustimmungen als Ablehnungen – waren stark emotional.

Anja aus Grödnitz:

Ich bin der Meinung, dass Frauen ebenso viel leisten können wie Männer. Frauen werden oft als „schwaches Geschlecht" dargestellt, obwohl viele neben ihrem Beruf auch noch einen Haushalt führen und Kinder erziehen.

Nikolaia aus Hamburg:

Ich fange dieses Jahr nach dem Abitur mit der Ausbildung zur Fluggerätebauerin an. Beim Eignungstest war ich die einzige Frau, und beim Vorstellungsgespräch wurde ich gefragt, ob ich wisse, dass bei der Arbeit die Hände schmutzig werden.

Wiebke aus Münster:

Ihre Frage kann ich mit Nein beantworten. Ich habe nämlich den Beruf Industriemechanikerin erlernt und mit der Note „gut" abgeschlossen. Trotzdem war es für mich nicht möglich, eine Arbeitsstelle zu bekommen. Immer wieder wurde ich mit Entschuldigungen abgelehnt wie „keine Tätigkeiten für Frauen vorhanden". Jetzt gehe ich wieder zur Schule und will gar nicht mehr als Frau in einem typischen Männerberuf arbeiten.

__4__　Welche der oben genannten Strategien haben Sie beim Lesen des Textes anwenden können?

1 Satzgliedstellung nach Konnektoren

Konnektoren verbinden Sätze oder Satzteile miteinander. Es gibt drei
Typen von Konnektoren, die unterschiedliche Regeln für die Satzglied-
stellung bedingen.

		Konnektor	
ⓐ	**Hauptsatz** *Viele Bewerber* *bekommen keine Stelle,*	*denn*	**Hauptsatz** *sie haben zu geringe Kenntnisse.*
ⓑ	**Hauptsatz** *Viele Bewerber haben zu* *geringe Kenntnisse,*	*deshalb*	**Hauptsatz mit Inversion** *bekommen sie keine Stelle.*
ⓒ	**Hauptsatz** *Viele Bewerber* *bekommen keine Stelle,*	*weil*	**Nebensatz*** *sie zu geringe Kenntnisse haben.*

* Konnektor und Nebensatz können auch vor dem Hauptsatz stehen;
dann folgt dieser mit Inversion.
Beispiel: *Weil sie zu geringe Kenntnisse haben,*
bekommen viele Bewerber keine Stelle.

2 Inhaltliche Funktion von Konnektoren

Konnektoren können unterschiedliche
inhaltliche Beziehungen herstellen.
In dieser Lektion werden kausale, konsekutive
und konditionale Konnektoren behandelt.
Weitere Konnektoren siehe Lektion 7.

ⓐ Kausale Beziehung: *warum?*

Martina Esser kündigt.
Grund   *Sie hat keine Gehaltserhöhung bekommen.*

Martina Esser kündigt, denn sie hat keine Gehaltserhöhung bekommen.
Martina Esser hat keine Gehaltserhöhung bekommen, deshalb kündigt sie.
Martina Esser kündigt, weil/da sie keine Gehaltserhöhung bekommen hat.
Martina Esser kündigt. Sie hat nämlich keine Gehaltserhöhung bekommen.

ⓑ Konsekutive Beziehung: *mit welcher Folge?*

Martina Esser hat keine Gehaltserhöhung
bekommen.
Folge   *Sie kündigt.*

Martina Esser hat keine Gehaltserhöhung bekommen, folglich kündigt sie.
Martina Esser hat keine Gehaltserhöhung bekommen, so dass sie kündigt.
Martina Esser hat so wenig verdient, dass sie kündigt.

ⓒ Konditionale Beziehung: *unter welcher Bedingung?*

Martina Esser kündigt.
Bedingung   *Sie bekommt keine Gehaltserhöhung.*

Wenn Martina Esser keine Gehaltserhöhung bekommt, kündigt sie.
Martina Esser verlangt eine Gehaltserhöhung, sonst kündigt sie.
Im Falle, dass Martina Esser keine Gehaltserhöhung bekommt, kündigt sie.

3 Variation: Konnektor oder Präposition

Häufig können Sätze mit Konnektoren und präpositionale Konstruktionen denselben Inhalt ausdrücken. Das bedeutet: Inhaltlich gleiche oder ähnliche Sätze haben verschiedene Strukturen. Dem Konnektor folgt ein Haupt- oder Nebensatz, der Präposition ein nominales Satzglied.

Bedeutung	Konnektor	Präposition
kausal	*Weil Hermann Hecht Berufserfahrung hat, bekommt er die Stelle.*	*Wegen (Aufgrund) seiner Berufserfahrung bekommt er die Stelle.*
konsekutiv	*Frau Zimmer war so erkältet, dass sie nicht zur Arbeit gehen konnte.*	*Infolge ihrer Erkältung konnte sie nicht zur Arbeit gehen.*
konditional	*Wenn der Gast nicht zufrieden war, wird an der Rezeption gemeckert.*	*Bei Unzufriedenheit des Gastes wird an der Rezeption gemeckert.*
	Falls Sabine länger abwesend ist, muss jemand ihre Arbeit übernehmen.	*Im Falle (Bei) einer längeren Abwesenheit muss jemand Sabines Arbeit übernehmen.*
	Wenn man keine Berufsausbildung hat, kann man nur schwer eine Arbeit finden.	*Ohne Berufsausbildung kann man nur schwer eine Arbeit finden.*

4 Konnektoren und Präpositionen auf einen Blick

Bedeutung	Konnektor + Nebensatz	Konnektor + Hauptsatz		Präposition
		Inversion	ohne Inversion	
kausal	da	daher darum deshalb deswegen	denn nämlich*	wegen + Gen.
	weil	aus diesem Grund		aufgrund + Gen.
konsekutiv	so ... dass so dass zu ... , als dass (+ Konj. II)	also folglich infolgedessen		infolge + Gen.
konditional	wenn wenn nicht falls falls nicht im Falle, dass je ... desto (+ Komparativ)	sonst		bei + Dat. ohne + Akk.

Beachten Sie die Wortstellung: *nämlich* nach dem Verb.
* Beispiel: *Er hat nämlich keine Stelle.*

ZUKUNFT

__1__ **Sehen Sie sich das Bild eine Minute lang an.**
Schlagen Sie dann das Buch zu. Beschreiben Sie,
was zu sehen war.

__2__ **Was hat das Bild Ihrer Meinung nach mit dem**
Thema *Zukunft* **zu tun?**

Vielleicht gibt es in Zukunft ...
Der Künstler will damit wohl sagen, dass ...
Die beiden Figuren symbolisieren ...

1   **Welche Idee eines Erfinders ist hier wohl dargestellt?**
Wozu könnte sie dienen?

2   **Überfliegen Sie die Texte 1 bis 4.**

a Welche Prophezeiung hat welche Überschrift?

b Welche Stellungnahme aus heutiger Sicht (A bis D) passt dazu?

Überschrift	Der Mensch wird immer älter – letztlich ist er unsterblich	Fliegen statt fahren – mit Propellern auf dem Rücken in die Luft	Affen als Ernte- arbeiter einsetzen	Mit einer riesigen Glaskuppel eine Großstadt vor Kälte schützen
Prophezeiung	4	3	1	2
heutige Sicht	D	A	C	B

Erinnerungen an die Zukunft

Was wurde uns nicht alles prophezeit! Und zwar nicht von Sciencefiction-Autoren, sondern von seriösen Wissenschaftlern. Wo bleibt denn nun das Zeug?

Die Prophezeiungen:

Dies war der Wunsch einiger renommierter Wissenschaftler.

Wieso eigentlich sollen Tiere immer nur auf der faulen Haut liegen? Der Nobelpreisträger G. Thomson meinte 1955: „Die Hand des Affen stellt ein wertvolles Werkzeug dar. Denken wir an die Masse von Elektronik, die erforderlich wäre, um mit der Maschine eine Orange vom Baum zu pflücken – der trainierte Affe könnte es für eine tägliche Ration Nüsse." Möglicherweise müsste man vorher in das Erbgut der Tiere eingreifen.

Davon träumte der amerikanische Architekt R. Fuller, der ebenso simple wie utopische Großprojekte plante. Anfang der sechziger Jahre erregte er Aufsehen mit dem Vorschlag, eine Käseglocke über Manhattan zu stülpen. Die im Durchmesser drei Kilometer große Halbkugel mit transparenter Außenhaut sollte Unwetter, Schneemassen und Luftverschmutzung abhalten.

Daran glaubte der Ingenieur C.H. Zimmermann.
Ein senkrecht startendes, leichtes Fluggerät würde Menschen stehenden Fußes in die Luft heben und alle Transportprobleme lösen. 1951 unternahm man die ersten Versuche mit „Hubstrahlern" und „Fliegenden Kuchenblechen", 1954 experimentierten französische Techniker mit Rückenrotoren.

Das sah der Zukunftsautor A. Clarke voraus.
Nicht alle Wissenschaftler gingen so weit. Weitgehend einig waren sich die Mediziner jedoch vor einigen Jahrzehnten darüber, dass Krebs und Herzinfarkt bis 1990 besiegt wären und die Lebensdauer bis zum Jahre 2050 um 50 Jahre ansteigen würde. „Amputierte Arme und Beine werden wieder nachwachsen, denn der Mensch wird die Baupläne organisierter Zellen in der Injektionsspritze zur Hand haben", erläuterte die Zeitschrift „Der Spiegel" in einer Vorausschau im Dezember 1966. Die „Kommission 2000" erklärte: Es gibt keinen Grund für die Annahme, dass der Lebensdauer eines Menschen durch unabänderliche Faktoren Grenzen gesetzt sind.

3   **Welche dieser Prophezeiungen halten Sie für die realistischste?**

Die heutige Sicht:

Woran ist das gescheitert, Herr Noltemeyer?

Wir haben früher gesagt, es fliegt sogar ein Garagentor, wenn das Triebwerk stark genug ist. Technisch wäre es möglich, ein solches Fluggerät zu bauen. Zusammen mit einem kleinen Motor könnte man das Gesamtgewicht auf 40 Kilo beschränken. Gesteuert werden müsste der Helikopter durch Gewichtsverlagerung. Eine mechanische Steuerung wäre zu teuer, zu kompliziert und zu schwer. Das wirkliche Problem aber sind die Luftfahrtgesetze: In den meisten Ländern dürfen Fluggeräte nur auf öffentlichen Flugplätzen starten und landen. Und das ist auch sinnvoll. Wenn jeder so ein Ding auf den Rücken schnallt und losfliegt – das wäre ja das totale Chaos. Man bräuchte Ampeln und Verkehrspolizisten da oben – ganz zu schweigen von dem schrecklichen Lärm und der Luftverpestung.

Werner Noltemeyer, 74, ist Hubschrauberpilot und Leiter des einzigen deutschen Hubschraubermuseums in Bückeberg.

Warum ist daraus nichts geworden, Herr Professor Otto?

Ein technisches Problem ist es im Grunde nicht. Das habe ich schon in meiner Dissertation von 1954 nachgewiesen. Ich habe für ein Projekt in der Antarktis durchgerechnet, dass wir eine zwei Kilometer große Konstruktion problemlos bauen könnten. Die Schwierigkeiten sind ökologischer Art. Ob sich unter einer Kuppel bessere Luft erzeugen ließe, als wir sie heute in den Städten haben, ist fraglich. Und wenn, dann nur unter großem Energieaufwand. Darum halte ich es ökologisch nicht für sinnvoll, Großstädte einzukapseln.

Der Architekt Prof. Dr. Frei Otto gilt als einer der führenden Erforscher von pneumatischen Konstruktionen.

Was war das Problem dabei, Herr Dr. Kaumanns?

Diese Tiere sind in der Tat zu erstaunlichen Leistungen fähig. Sie wurden erfolgreich in der Raumfahrt eingesetzt, bedienen behinderte Menschen oder pflücken Kokosnüsse. Genau wie die Menschen lassen sie sich aber nur schlecht zu langweiligen Tätigkeiten motivieren. Die würden sie nicht auf Dauer zuverlässig ausführen. Außerdem ist das Training von solchen Primaten extrem zeitaufwendig und teuer. Es gerät auch schnell mit einem – inzwischen gewandelten – Bewusstsein für den Tier- und Artenschutz in Konflikt. Viele Arten sind vom Aussterben bedroht. Abgesehen davon sind stupide Tätigkeiten von computergesteuerten Maschinen billiger, zuverlässiger und schneller auszuführen.

Dr. Werner Kaumanns ist Mitarbeiter des Deutschen Primatenzentrums in Göttingen.

Worin lag der Irrtum, Herr Professor Schütz?

Früher haben viele Mediziner ihre Möglichkeiten überschätzt: Es gab ständig neue Entwicklungen bei Antibiotika und Hormonen, die Genforschung fing damals an. Einige glaubten, sie hätten den Stein der Weisen gefunden. Natürlich können wir heute viele Krankheiten mit mehr Erfolg bekämpfen und damit auch die Lebenserwartung steigern. In meiner Zeit als junger Arzt war eine Lungenentzündung bei alten Menschen eine lebensbedrohliche Krankheit. Das ist heute meist nicht mehr der Fall. Doch trotz aller Fortschritte ist die durchschnittliche Lebenserwartung in den letzten 100 bis 150 Jahren nur um etwa sieben Jahre gestiegen, von 71 auf 78. Das Alter ist keine Krankheit, die sich beseitigen lässt. Untersuchungen an Zellkulturen deuten darauf hin, dass die normale menschliche Lebensspanne etwa neun Jahrzehnte beträgt. Immer mehr Menschen werden dieses Alter erreichen. 120 Jahre ist die biologisch oberste Grenze. Auch die Gentherapie wird das Altern nicht stoppen.

Professor Dr. Rudolf Schütz ist Präsident der Gesellschaft für Gentechnologie und Geriatrie.

6

__4__   Die vier Utopien wurden aus unterschiedlichen Gründen nicht verwirklicht.

Ergänzen Sie.

a Theoretisch realisierbar: _das Fluggerät auf dem Rücken_
Gründe, warum das nicht verwirklicht wurde: _das wäre das Totale Chaos_

b Nur schwer realisierbar: _Affen als Erntearbeiter_
Gründe: _Zeitaufwendig, teuer, gefährlich!_

c Nicht realisierbar: _eine Kuppel über eine Stadt_
Gründe: _Ökologischer Art; Luft und Energie_

LESEN 1

GR S. 120/121

GR 5 Etwas Irreales ausdrücken

a Welche sprachliche Form drückt in den Texten aus, dass es sich um Ideen handelt, die *nicht* verwirklicht worden sind?

☐ indirekte Rede   ☐ Konjunktiv I
☐ Futur   ☐ Indikativ
☐ Konjunktiv II   ☐ Imperativ

b Unterstreichen Sie im Text alle Formen, die etwas Irreales ausdrücken. Ordnen Sie die Formen zu.

Verben im Konjunktiv II	Umschreibung mit *würde*
wäre	*würde ... heben*

GR 6 Utopien entwickeln sich meist auf Grund eines Wunsches.

Man will zum Beispiel:

- bequemer leben
- Krankheiten bekämpfen
- Naturkatastrophen verhindern
- sein Leben verlängern
- nicht so schwer arbeiten
- sich schneller bewegen

Überlegen Sie sich für jeden dieser Wünsche eine Erfindung. Formulieren Sie Ihre irrealen Projekte im Konjunktiv II.
Beispiel: *Wenn man Roboter hätte, würde man sich viel Arbeit sparen.*

`AB`

GR S. 122

GR 7 Verweiswörter im Text

a Mit welchem Wort beginnen die Prophezeiungen und wie lautet das passende Verb dazu?

Verweiswort	Verb
Dies	*war*

b Was ist die gemeinsame Funktion dieser vier Verweiswörter?

☐ Sie hängen alle von einem Verb mit Präposition ab.
☐ Sie lassen sich alle durch das Pronomen *es* ersetzen.
☐ Sie beziehen sich alle auf etwas, was im Satz davor steht.

c Wie lauten die Fragewörter in den Fragen an die Experten? Ergänzen Sie die Verben und – wenn vorhanden – auch die Präpositionen.

Fragewort	Verb	Präposition
woran	*scheitern*	*an*

d Welche dieser Fragewörter bildet man nach der gleichen Regel?
Die Regel lautet: .... + (r) + ...
Die Präposition hängt vom .... ab.

GR 8 Worauf bezieht sich jeweils das Pronomen *es* in den folgenden Sätzen?

- *Technisch wäre es möglich, ein solches Fluggerät zu bauen.*
- *Darum halte ich es ökologisch nicht für sinnvoll, Großstädte einzukapseln.*

`AB`

__1__ Versuchen Sie, jemanden aus Ihrer Klasse möglichst höflich um etwas zu bitten.
Falls die Frage nicht höflich genug war, lehnt die/der Gefragte Ihre Bitte ab.

> ***Beispiele für Fragen:***
>
> *Würdest du mir bitte mal dein Wörterbuch leihen?*
> *Hättest du etwas dagegen, wenn ich die Hausaufgabe von dir abschreibe?*
> *Könntest du vielleicht ...*
>
> ***Beispiele für Antworten:***
>
> *Bedien dich einfach!*
> *Nein, das geht leider nicht!*

GR S. 121/2d

_GR__2__ Vergleichen Sie die beiden Fragen.
Was ist der Unterschied?

Variante 1	Variante 2
Leihst du mir dein Wörterbuch?	*Würdest du mir mal dein Wörterbuch leihen?*

__3__ Drei Varianten
Stellen Sie sich folgende Situation vor:
Sie sitzen mit einer Bekannten im Café und essen Kuchen.
Sie würden gerne den Kuchen Ihrer Bekannten probieren.
Was sagen Sie?

Lass mich doch mal von deinem Kuchen probieren! ← *direkte Bitte (Imperativ)*

Würdest du mich vielleicht einmal von deinem Kuchen probieren lassen? ← *höfliche Frage (Konjunktiv II)*

Oh, dein Kuchen sieht aber richtig lecker aus! ← *indirekte Aufforderung*

Formulieren Sie nun zu den Bildern unten jeweils eine direkte Bitte, eine höfliche Frage und eine indirekte Aufforderung. Redemittel für höfliche Fragen finden Sie in Aufgabe 1.

AB

HÖREN

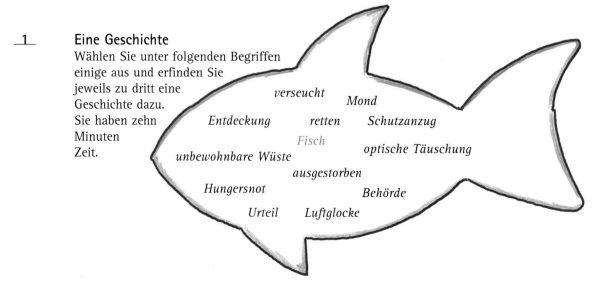

1 **Eine Geschichte**
Wählen Sie unter folgenden Begriffen einige aus und erfinden Sie jeweils zu dritt eine Geschichte dazu. Sie haben zehn Minuten Zeit.

verseucht   *Mond*

Entdeckung   *retten*   *Schutzanzug*

Fisch

unbewohnbare Wüste   *optische Täuschung*

ausgestorben

Hungersnot   *Behörde*

Urteil   *Luftglocke*

2 **Hören Sie eine Ankündigung im Radio.**
(a) Was ist *Der Fisch*?
(b) Was erhielt diese Sendung im Jahre 1972?

3 **Hören Sie nun den Text in Abschnitten.**
Lösen Sie die Aufgaben nach jedem Abschnitt.

Abschnitt 1 (a) Wer befindet sich alles im Raum?
☐ Eine Kommission aus mehreren Personen.
☐ Ein Mann, der von einer Sensation zu berichten hat.
☐ Eine Person, die dem Mann Fragen stellt.
☐ Eine Kommission, die aus Computern besteht.

(b) Welche Aussagen sind richtig (r), welche sind falsch (f)?
☐ Die beiden Personen streiten sich, wer von ihnen einen Fisch gesehen hat.
☐ Der Vertreter der Behörde, der die Fragen stellt, behauptet, seit mehr als einem halben Jahrtausend gebe es keine Fische mehr.
☐ Die Menschen leben im Jahre 2972 nicht mehr in natürlicher Atmosphäre, sondern unter abgeschlossenen künstlichen Luftglocken.
☐ Der vor die Kommission geladene Mann ist nicht mehr sicher, was er gesehen hat.

Abschnitt 2 (c) Warum zweifelt der Geladene (G.) an der offiziellen Theorie über das Leben auf der Erde?
☐ Er glaubt nicht, dass es auf der Erde so leblos und unfruchtbar wie auf dem Mond sein muss.
☐ Er meint, die Menschheit braucht noch mehr technische Hilfsmittel, um zu überleben.

(d) Wofür brauchen die Menschen eine Schutzgarnitur, Schutzhelme und Sauerstoffbehälter?

(e) Der Vertreter der Behörde (V.) sagt zu G.: „*Der Fisch könnte auch eine optische Täuschung gewesen sein. Sie sollten sich das noch mal überlegen.*" Was will er damit wohl sagen?
☐ Er will ihn vor einer Enttäuschung bewahren.
☐ Er will ihm einen guten Rat geben.
☐ Er droht ihm indirekt.
☐ Er denkt, G. hat Halluzinationen.

HÖREN

hoffnungsvoll

begeisterungsfähig

kalt   drohend

machtbewusst

nüchtern   erstaunt   schockiert

ahnungslos

ehrlich

autoritär   gefühllos

Abschnitt 3   **f** Ordnen Sie die Adjektive den beiden
Personen zu (V. = Vertreter der Behörde,
G. = Geladener).

g Warum ist der Fisch für G.
eine „*ungeheure Hoffnung*"?

h V. ist von der Entdeckung
des Fisches gar nicht begeistert.
Was behauptet er über das Leben
der heutigen Menschen?

i Was glauben Sie? Warum soll der Fisch aus dem Gedächtnis von G.
gelöscht werden?

Abschnitt 4   **j** G. sagt: „*Ich Idiot! Allmählich beginne ich zu begreifen.*"
Was meint er damit?

☐ Er hat endlich verstanden, dass seine Entdeckung für die Behörde
unbequem ist.

☐ Er ist froh. Er hat lange gebraucht, um zu verstehen,
dass die Fische am Strand künftig beobachtet werden und sein Fall
endlich erledigt wird.

k Was bedeutet wohl die „Revision des Urteils nach Kennziffer 15"?

Abschnitt 5   **l** Wie lautet das Urteil?

m Was passiert mit G.? Warum?

AB

4   **Hören Sie das Hörspiel nun noch einmal ganz.**
Welche der folgenden Aussagen ist Ihrer Meinung nach richtig?
Begründen Sie Ihre Meinung.

☐ Das Hörspiel hat mit der heutigen Realität nichts zu tun.

☐ Es spricht bereits bestehende Probleme an und verdeutlicht sie
durch eine Zukunftsvision.

☐ Ähnliche Lebensbedingungen wie im Hörspiel könnten
bald auf der Erde herrschen.

☐ Die Problematik ist veraltet, da das Hörspiel vor über 25 Jahren
geschrieben wurde.

5   **Warum hat der Autor gerade das Jahr 2972 für die Handlung
gewählt?**

GR S. 121/2c

GR **6**   **Sätze mit *als ob***
Beispiel: Auf der Erde ist natürliches Leben wieder möglich.
*Aber der Vertreter der Behörde tut so, als ob natürliches Leben
auf der Erde nie wieder möglich wäre.*
Formulieren Sie die folgenden Aussagen nach diesem Muster.

a Der Geladene hatte den Fisch wirklich gesehen. *Aber V. tut so, als ob ...*

b Die Menschen brauchen die Vorschriften der Behörde in Wirklichkeit
nicht.

c Das Leben unter Glasglocken ist eintönig und unbefriedigend.

d Die Entdeckung des Fisches bedeutet eine große Gefahr für die Macht
der Behörde.

AB

111

1 Radiokritik

Das Sciencefiction-Hörspiel *Der Fisch* wurde im Rundfunk gesendet.
Verfassen Sie dazu nun einen Kommentar für eine deutschsprachige
Schülerzeitung. Geben Sie zunächst ein paar allgemeine Informationen,
fassen Sie den Inhalt in einigen Sätzen zusammen und interpretieren
Sie, was mit dem Hörspiel ausgesagt werden soll. Machen Sie schließlich Ihre eigene Meinung deutlich. Verwenden Sie beim Schreiben
einige der folgenden Redemittel.

worüber ich etwas schreiben will	wie ich es ausdrücken kann
☐ was für eine Sendung	*... ein Hörspiel aus dem Jahr ...*
	... ersten Preis in einem Hörspielwettbewerb ...
☐ welche Handlung	*spielt im Jahr ..., also genau ...*
	Das Hörspiel besteht hauptsächlich aus einem Dialog zwischen ...
	Neben den beiden Personen spielen ... eine Rolle. Sie ...
	Es handelt von ... (davon, dass ...)
	Das Stück bietet ...
☐ welche Aussage/Bedeutung	*Hier wird eine Zukunftsvision entworfen, das heißt ...*
	Der Fisch steht als Symbol für ...,
	Der Entdecker des Fisches ist eine ... Figur, da ...
	Der Vertreter der Behörde stellt ... dar.
	Die Computer symbolisieren ...
☐ Bewertung	*Das Hörspiel ist meiner Meinung nach ...*
	... eine gelungene Vision ...
	... eine allzu übertriebene Darstellung ...
	...
	Die Handlung finde ich ...
	... nicht besonders einfallsreich.
	... spannend, weil man sich gut in die Rolle des Geladenen versetzen kann.

2 Korrigieren Sie Ihren Text nach dem Schreiben.
Kontrollieren Sie

ⓐ beim ersten Lesen, ob Sie alle vier Punkte angesprochen haben.
ⓑ beim zweiten Lesen alle Verben: Numerus, Tempus, Stellung im Satz.
ⓒ beim dritten Lesen alle Adjektive und Nomen.
ⓓ Überprüfen Sie auch,
■ ob die Handlung so dargestellt ist, dass ein Leser, der das Hörspiel
   nicht kennt, sie nachvollziehen kann.
■ ob Ihre Meinung über das Hörspiel deutlich wird.

AB

WORTSCHATZ - *Zeit*

1   **Noch rechtzeitig oder schon zu spät?**
Wie beurteilen die Menschen in Ihrem Heimatland folgende Situationen?
Diskutieren Sie zuerst mit Ihrer Lernpartnerin/Ihrem Lernpartner,
danach in der Klasse.

a   Die Unterrichtsstunde beginnt laut Stundenplan um neun Uhr.
Der Teilnehmer X trifft ungefähr drei Minuten später ein.

b   Sie haben sich mit einem Freund/einer Freundin in einem Café für acht
Uhr verabredet. Er/Sie kommt um Viertel nach acht.

c   Sie sind zu einem Vorstellungsgespräch in einer Firma um 14 Uhr eingeladen. Sie kommen um 14.05 Uhr.

d   Sie kommen fünf Minuten nach dem offiziellen Beginn der Arbeitszeit
ins Büro.

e   Sie sind zum ersten Mal zum Abendessen bei der Familie eines Freundes oder Kollegen eingeladen. Sie haben sich für 20 Uhr verabredet
und kommen etwa 25 Minuten später.

f   Laut Fahrplan kommt der Zug um 16.30 Uhr. Er läuft um 16.34 Uhr im
Bahnhof ein.

2   **Sie unterhalten sich mit Freunden darüber, wie oft Sie
ins Kino gehen.**
Beispiel: *Ich gehe regelmäßig ins Kino. Oder: Ich gehe selten ins Kino.*

a   Bringen Sie die Wörter in eine Reihenfolge zwischen *immer* und *nie*.
Verteilen Sie dazu Nummern von 8 bis 1.

b   Welche Bedeutung haben diese Angaben für Sie?

Adverb	Reihenfolge	Bedeutung
immer	8	
selten	2	
häufig	6	
manchmal	5	4
gelegentlich	3	
ständig	7	
regelmäßig	4	5 z.B. einmal im Monat
nie	1	

3   **Welches Wort bzw. welcher Ausdruck passt nicht?**

a   demnächst – gestern – neulich – vor einer Woche – vor kurzem
b   bald – damals – morgen – nächste Woche – zukünftig
c   gerade – heute – im Augenblick – jetzt – kürzlich
d   halbjährlich – monatlich – pünktlich – stündlich – täglich

AB

4   **In welcher Situation sagt man das?**
Erklären Sie vier der folgenden Ausdrücke und Redewendungen.

Ausdruck	Situation
Kommt Zeit, kommt Rat.	
Es ist höchste Zeit.	Ich bin spät dran.
Jetzt wird es aber Zeit.	
mit der Zeit	
Zeit gewinnen	
Zeit verlieren	

Gibt es entsprechende Ausdrücke auch in Ihrer Muttersprache?
Übersetzen Sie sie ins Deutsche.

AB

LESEN 2

__1__   Sehen Sie sich das Titelbild an.
Wovon könnte der Roman handeln?

__2__   Für welchen Kulturkreis ist der Roman geschrieben?
Lesen Sie dazu den sogenannten *Klappentext*, d.h. die
Zusammenfassung auf dem Umschlag des Buches.

Ein Mandarin aus dem China des 10. Jahrhunderts versetzt sich mit Hilfe
eines Zeitkompasses in die heutige Zeit. Er überspringt nicht nur tausend
Jahre, sondern landet auch in einem völlig anderen Kulturkreis: in einer moder-
nen Großstadt, deren Name in seinen Ohren wie Min-chen klingt und die in Bayan liegt.
Verwirrt und wissbegierig stürzt sich Kao-tai in ein Abenteuer, von dem er nicht weiß, wie es ausgehen wird. In Briefen an seinen Freund im Reich der Mitte schildert er seine Erlebnisse und Eindrücke,
erzählt vom seltsamen Leben der „Großnasen", von ihren kulturellen und technischen Leistungen und
versucht, Beobachtungen und Vorgänge zu interpretieren, die ihm selbst zunächst unverständlich sind.

__3__   Warum wählt der Autor wohl diese „fremde Perspektive"?

__4__   Lesen Sie nun den *dritten Brief*.

Geliebter Freund Dji-gu

... Die Reise selber verlief ganz ohne Schwierigkeiten und war das Werk eines Augenblicks. Unsere vielen
Experimente haben sich gelohnt. Nachdem ich Dich auf jener kleinen Brücke über den „Kanal der blauen
Glocken" – die wir als den geeignetsten Punkt ausgesucht und errechnet hatten - umarmt und alles getan
hatte, was notwendig war, war es mir, als höbe mich eine unsichtbare Kraft in die Höhe, wobei ich gleich-
5 zeitig wie von einem Wirbelwind gedreht wurde. Ich sah noch Dein rotes Gewand leuchten, dann wurde es
Nacht. Einen Augenblick danach saß ich, natürlich etwas benommen, auf eben der Brücke; aber es war alles
anders. Kein einziges Gebäude, keine Mauer, kein Stein von dem, was ich eben noch gesehen hatte, war
noch vorhanden. Ungeheurer Lärm überfiel mich. Ich saß am Boden neben meiner Reisetasche, die ich
krampfhaft festhielt. Ich sah Bäume. Es war – es ist – Sommer wie vor tausend Jahren. Eine fremde Sonne
10 schien über dieser Welt, die so sonderbar, so völlig unbegreiflich ist, daß ich zunächst gar nichts wahrnahm.
Ich saß da, hielt meine Reisetasche fest, und wenn ich gekonnt hätte, wäre ich sofort wieder zurückgekehrt.
Aber Du weißt, das geht nicht.

Die Brücke, auf der ich erwachte oder ankam, ist ganz anders als die Brücke, auf der ich Dich verließ. Sie ist
nicht mehr aus Holz, sondern aus Stein, offensichtlich ziemlich lieblos zusammengefügt. Alles „hier" ist lieb-
15 los gemacht. Ich dachte: Zum Glück haben die nach tausend Jahren immer noch eine Brücke an derselben
Stelle. Es hätte ja sein können, daß sie, nachdem die alte Holzkonstruktion verfault oder sonst zusammenge-
brochen war, den neuen Übergang etwas weiter oben oder unten errichtet hätten. Dann wäre ich ins Wasser
gefallen, was natürlich unangenehm, aber nicht gefährlich gewesen wäre, denn der „Kanal der blauen
Glocken" ist längst nicht mehr so tief, wie Du ihn kennst, allerdings äußerst schmutzig. So ziemlich alles
20 hier ist äußerst schmutzig. Schmutz und Lärm – das beherrscht das Leben hier. Schmutz und Lärm ist der
Abgrund, in den unsere Zukunft mündet.
...

Ich richtete mich also auf, stellte meine Reisetasche ab und schaute mich um. ... Es näherte sich, erschrick
nicht, ein Riese. Er war ganz in komische graue Kleider gehüllt, die völlig unnatürlich waren, hatte eine
25 enorm ungesunde bräunliche Gesichtsfarbe und als auffallendstes eine riesige, eine unvorstellbar große Nase;
mir schien, seine Nase mache die Hälfte des Körpervolumens aus. Der große Fremde blickte aber, wie mir
schien, nicht unfreundlich. Er wollte über die Brücke gehen, blieb jedoch stehen, als er mich sah.

LESEN 2

__5__ **Wie geht der Text weiter?**

ⓐ Was glauben Sie? Was wird der „Riese" wohl jetzt machen?
ⓑ Vergleichen Sie Ihre Ideen mit der Fortsetzung des Textes.

Ich kann das Mienenspiel unserer Nachfahren noch nicht richtig deuten. (Sie sind uns so unähnlich, daß ich mich frage: Sind sie es wirklich? Wirklich unsere Nachfahren, unsere Enkel?) Ich lerne auch erst, ihre Ge-
30 sichter zu unterscheiden. Das ist sehr schwer, denn sie sehen alle gleich aus und haben alle gleich große Nasen. Daß jener Riese – oder jene Riesin, auch das Geschlecht ist kaum zu unterscheiden –, der erste Mensch, den ich nach meiner Reise von tausend Jahren sah, keine drohende Haltung einnahm, glaubte ich zu erkennen. Vermutlich war er so erstaunt, mich zu sehen, wie ich ihn. Ich ging auf ihn zu, verbeugte mich und fragte: „Hoher Fremdling, oder hohe Fremdlingin! ... Kannst du mir sagen, ob hier einst das Gartenhaus mei-
35 nes Freundes, des erhabenen Mandarins Dji gu, stand?"

Der Riese verstand aber offensichtlich nichts von meiner Rede. Er sagte etwas in einer mir völlig unverständlichen Sprache, das heißt: er brüllte mit so tiefer Stimme, daß es mich fast über das Brückengeländer warf, und ich hätte sofort die Flucht ergriffen, wenn sich nicht inzwischen eine größere Anzahl weiterer Riesen angesammelt hätte, die mich alle anstarrten. Ich war ganz verzweifelt. Wenn ich gekonnt hätte, wäre ich
40 sofort wieder in die Vergangenheit – in Deine und meine Gegenwart – geflüchtet. Aber das geht ja nicht. Ich muß ausharren. Es ist auch gut so, denn das ist der Zweck meiner Reise. So umklammerte ich meine Reisetasche und fragte sie alle: „Ist nicht einer unter euch, der die Sprache der Menschen versteht?" Es war keiner dabei.

... Der Zeitpunkt ist gekommen, um diesen Brief an den Kontaktpunkt zu legen. Ich schließe deshalb für
45 heute. Es umarmt seinen geliebten Dji-gu

sein Freund Kao-tai

__6__ **Beantworten Sie folgende Fragen in Stichpunkten und geben Sie die Textstellen an.**

Frage	Antwort	Textstellen (Zeilen)
ⓐ Wo beginnt die Reise, wo endet sie?	auf einer Brücke an einem Fluss	Z. 2/3 und 6
ⓑ Was sieht der Reisende bei seiner Ankunft?	eine andere Brücke	6
ⓒ Was berichtet er von der Brücke?	Gebäude, Mauer, kein Sch...	7 + 8/12-15
ⓓ Wem begegnet er gleich nach der Ankunft?	einer Riese	24
ⓔ Wie sieht die Person in den Augen des Erzählers aus?	komische Kleidung, riesige Nase, bräunliche Gesichtsfarbe	24 - 26
ⓕ Wie verläuft die Kontaktaufnahme?	sie können einander nicht verstehen	34-37
ⓖ Warum ist Kao-tai am Ende verzweifelt?	Niemand kann ihn verstehen	39 - 43

__7__ **Was könnte der „Riese" zu Kao-tai gesagt haben?**
Formulieren Sie einige Fragen und Bemerkungen.

__8__ **Verfassen Sie einen Antwortbrief an Kao-tai.**
Dji-gu, der Freund des zeitreisenden chinesischen Mandarins, erhält den Brief. Einerseits ist er erfreut über das gelungene Experiment, andererseits aber besorgt um seinen geliebten Freund Kao-tai.

Geliebter Freund Kao-tai,
soeben habe ich Deinen Brief an meinem Kontaktpunkt gefunden.
Bitte sei nicht verzweifelt. ...
In Gedanken begleitet seinen geliebten Kao-tai
sein Freund Dji-gu

GR S. 122/3a,c

GR 9 „Wortketten"

Ab Zeile 23 wird die Begegnung mit dem „Riesen" thematisiert.

ⓐ Unterstreichen Sie im Text alle Nomen und Pronomen für diese Person
und ergänzen Sie die „Wortkette": *ein Riese – er – der große Fremde – ...*

ⓑ Suchen Sie eine weitere „Wortkette" im zweiten Absatz (Zeile 13–21).

`AB`

GR S. 120/121

GR 10 Unterstreichen Sie alle Verben im zweiten Absatz (Zeile 13–21)
und im letzten Absatz (Zeile 36–45)

Bestimmen Sie Modus und Zeit.

Verb	Modus	Zeit
erwachte	*Indikativ*	*Vergangenheit*
...		
errichtet hätten	*Konjunktiv*	*Vergangenheit*
...		

6

GR 11 Ergänzen Sie folgende Regel zum Konjunktiv II
der Vergangenheit.

Der Konjunktiv II hat _____ verschiedene Zeitstufen: den
Konjunktiv der Gegenwart und den Konjunktiv der _____. Man
bildet den Konjunktiv der Vergangenheit aus der _____-Form
der Verben *haben* oder _____ und dem Partizip II.

GR 12 Was drückt der Briefschreiber mit folgenden Sätzen jeweils aus?

Textstelle	Bedeutung
Wenn ich gekonnt hätte, wäre ich sofort wieder zurückgekehrt. (Zeile 11)	■ eine Möglichkeit
Es hätte ja sein können, dass sie (...) den neuen Übergang etwas weiter oben oder unten errichtet hätten. (Zeile 16/17)	■ eine Wahrscheinlichkeit ■ ein irrealer Wunsch
Dann wäre ich ins Wasser gefallen, was (...) nicht gefährlich gewesen wäre, (Zeile 17/18)	■ eine irreale Bedingung bzw. Folge

`AB`

GR 13 Wünsche

Der Mandarin Kao-tai wünscht sich in manchen Momenten, nicht in
der Fremde zu sein. Er wünscht sich vielleicht:
Wenn ich nur wieder nach Hause zurückkehren könnte!
Wäre mein Freund bloß bei mir!

Formulieren Sie weitere irreale Wünsche des Briefschreibers.
Wenn ... doch (nur, doch nur, bloß) ... + Konjunktiv II
oder
Konjunktiv II *... bloß (doch, nur, doch nur) ...*

`AB`

__1__ Spiel: Was hättest du gemacht, wenn ...

Gruppe A
im alten Rom (zur Welt kommen)
als Kind jeden Wunsch (erfüllt bekommen)
König im letzten Jahrhundert (sein)
am 9. November 1989 die Maueröffnung
in Berlin (erleben)
...

Gruppe B
eine deutsche Stadt 1945 (sehen)
die Tochter (der Sohn) von Einstein (sein)
in der Steinzeit (leben)
eine Million Mark (gewinnen)
...

Die Klasse teilt sich in zwei Gruppen. Jedes Team bildet
sechs Fragesätze nach folgendem Muster:
Was hättest du gemacht, wenn du Kolumbus gekannt hättest?
Die Gruppen stellen einander abwechselnd Fragen, die spontan
beantwortet werden.
Beispiel: *Wenn ich Kolumbus gekannt hätte, wäre ich mit
ihm nach Amerika gesegelt.*

Für jede richtige Frage und Antwort gibt es einen Punkt.
Gewonnen hat die Gruppe mit den meisten Punkten.

__2__ **Spiel: Lasst uns ein bisschen träumen!**
Eine Kursteilnehmerin/Ein Kursteilnehmer beginnt damit, wer oder was
sie/er gern einmal wäre. Das kann zum Beispiel ein Tier oder etwas
ganz Verrücktes sein. Dann fragt sie/er quer durch den Raum eine
andere Teilnehmerin/einen anderen Teilnehmer, was sie/er gern wäre.
Beispiel: *Ich wäre gern einmal ein Affe, dann könnte ich
auf Bäumen sitzen.
Und du, was wärst du gern? ...*

__3__ **Was hätten Sie in Ihrer Kindheit gerne gemacht oder besessen?**
Was war damals noch nicht erfunden oder nicht in Gebrauch?
Beispiele: *Als ich ein Kind war, gab es noch keine Computerspiele.
Ich hätte gern damit gespielt.*

Damals konnte man noch nicht ...

__4__ **Zukunft**
Sprechen Sie nun über die Zeit, die noch vor Ihnen liegt.
Beispiel: *Wenn ich etwas Verrücktes machen könnte,
würde ich gern einmal mit einem Ufo fliegen.* **AB**

1 Rolle des Fremdsprachenlerners als Zuhörer

Wenn man eine Fremdsprache hört, ist man entweder aktiv am Gespräch beteiligt oder man ist nur passiver Zuhörer, zum Beispiel in einer Vorlesung an der Universität, als Fernsehzuschauer, als Radiohörer, bei einem Vortrag, beim Cassettenhören usw. Je nach Situation gibt es unterschiedliche Möglichkeiten, zu kontrollieren, ob man das Gehörte richtig verstanden hat. Ordnen Sie die einzelnen Aktivitäten richtig zu.

aktiv Beteiligter	passiver Zuhörer	Aktivität
☐	☐	um Wiederholung des Gesagten bitten
☐	☐	Stichpunkte mitnotieren
☐	☐	das Gehörte im Frageton wiederholen
☐	☐	das Gehörte neu formulieren und bestätigen lassen
☐	☐	den Sprecher bitten, langsamer zu sprechen
☐	☐	das Gehörte in einzelnen Abschnitten noch einmal hören
☐	☐	das Gehörte nachsprechen oder mitsprechen

2 Zuhören – aber wie?

Wie genau man einen Hörtext verstehen muss, hängt von der Textsorte und von der Hörintention ab. Meist ist es nicht nötig, jedes Wort zu verstehen. Man unterscheidet wie beim Lesen zwischen globalem, selektivem und detailliertem Hören.

Globales Hören

Man konzentriert sich nicht auf jedes Wort, sondern nur darauf,
- welche Personen sprechen.
- wo und wann das Gespräch stattfindet.
- worüber gesprochen wird.
- mit welcher Absicht gesprochen wird.

Selektives Hören

Man sucht nach bestimmten Informationen.
- Man wartet auf bestimmte Schlüsselwörter und hört erst dann genauer hin.
- Man beachtet den Rest des Textes nur so weit, dass man den Faden nicht verliert.

Detailliertes Hören

Es ist wichtig, jedes Wort zu verstehen.
- Man hört den Text mehrmals.
- Man macht Pausen und unterteilt den Text – wenn möglich – in Abschnitte.

Welche Art zu hören eignet sich im Allgemeinen am besten für welchen Text? Begründen Sie.

Textsorten	globales Hören	selektives Hören	detailliertes Hören	Begründung
Verkehrsmeldung im Radio				
Rezept für einen Cocktail				
erstes Hören eines Dialogs/Hörspiels im Fremdsprachenunterricht				
Durchsage über Fahrplanänderungen				
Nachrichten im Radio				

__3__ ## Strategien zum Hören in der Fremdsprache

Es gibt Strategien, unbekannte Wörter in Hörtexten zu erschließen.
Beim ersten Hören sollte man sich auf die Wörter, die man kennt, kon-
zentrieren, nicht auf Wörter, die man nicht sofort versteht.

a Die Textsorte erkennen und Wissen darüber aktivieren
Oft hilft es bereits, wenn man weiß, um welche Textsorte es sich handelt. Dann kann man passende Themen und Inhalte zuordnen. Ergänzen Sie die folgende Tabelle.

Textsorte	mögliche Themen	mögliche Inhalte
Sciencefiction-Hörspiel	*zukünftige Lebensbedingungen auf der Erde, Entwicklung des Menschen und der Tiere usw.*	*Verschmutzung, Unfruchtbarkeit, Roboter usw.*
Radionachrichten	...	...
Dialog unter Ehepartnern	*Schulprobleme der Kinder, ...*	...

b Geräusche deuten
Beim Hören ist nicht nur der Inhalt des gesprochenen Textes wichtig.
Geräusche können Ihnen helfen, eine Sprechsituation näher zu bestim-
men. An welche Situation denken Sie bei folgenden Geräuschen?

- Schritte auf einer Holztreppe
- Schlüsselklappern
- Tür fällt ins Schloss

Notieren Sie einige Geräusche, die Ihnen zu einer bestimmten Situation
einfallen, und lassen Sie die anderen die Situation erraten.

c Schlüsselwörter finden
Schlüsselwörter nennt man die wichtigsten Wörter im Text. Es ist wichtig, sie schnell zu erkennen und zu verstehen. Kreuzen Sie jeweils die
richtige der beiden Aussagen über Schlüsselwörter an.

Schlüsselwörter stehen eher am Anfang (a) / am Ende (e) eines Textes.	a	e
Sie sind meist unbetont (u) / betont (b).	u	b
Der Sprecher nennt sie mehrmals (m) / nur einmal (l) im Text.	m	l
Häufig (h) / Fast nie (n) werden sie durch Synonyme oder Pronomen ersetzt.	h	n

d Textlücken erschließen durch Kombinieren
Es kommt vor, dass man nicht jedes Wort eines gesprochenen Textes
genau gehört hat. Man muss dann versuchen, die „fehlenden" Wörter
logisch zu erschließen. Das gelingt, wenn man den Kontext erkennt,
d.h. wenn man sich den Inhalt der vorangehenden bzw. nachfolgenden
Informationen klar macht.
Ergänzen Sie die Lücken in den folgenden Sätzen.

1. Der wochenlange Regen und der graue Himmel! Langsam bekomme

ich wirklich schlechte ....! 2. Sabine war immer sehr fleißig in

der Schule; deshalb hat sie auch nur gute .... 3. Würdest du

mir bitte mal helfen, die schwere Kiste in den fünften Stock zu ....

Es gibt hier leider keinen .... 4. Ich leihe dir das Buch gerne,

aber ich bitte dich, es mir in drei Wochen ....

1 Formen des Konjunktivs II

a Formen der Gegenwart

In der Gegenwartsform benutzt man beim Konjunktiv II verschiedene Formen: die Originalform des Konjunktivs II oder die Umschreibung mit *würde* + Infinitiv.

Originalform des Konjunktivs II

Diese Form wird vom Präteritum abgeleitet. Die meisten starken Verben, die im Präteritum a/o/u haben, erhalten im Konjunktiv II einen Umlaut. Die Konjunktiv II-Formen der schwachen Verben entsprechen den Formen im Präteritum. Die **Originalform** benutzt man vor allem bei den Hilfsverben *sein* und *haben*, bei den Modalverben und bei einigen starken Verben wie *kommen, geben, brauchen, schlafen, wissen, lassen, nehmen, halten.*

	Hilfsverben		Modalverben		starke Verben	schwache Verben
	sein	haben	müssen	können		
ich	wäre	hätte	müsste	könnte	ginge	kaufte
du	wär(e)st	hättest	müsstest	könntest	käm(e)st	machtest
er/sie/es	wäre	hätte	müsste	könnte	bräuchte	fragte
wir	wären	hätten	müssten	könnten	wüssten	zählten
ihr	wär(e)t	hättet	müsstet	könntet	ließest	spieltet
sie/Sie	wären	hätten	müssten	könnten	nähmen	erzählten

Umschreibung mit *würde* + Infinitiv

Diese Form benutzt man heute häufig, um den Konjunktiv II auszudrücken, da viele Originalformen des Konjunktiv II, besonders die der starken Verben, veraltet klingen. Bei den schwachen Verben ist die *würde*-Form üblicher, weil man die Originalform nicht vom Präteritum unterscheiden kann.

ich	würde	helfen
du	würdest	fliegen
er/sie/es	würde	fragen
wir	würden	umsteigen
ihr	würdet	ausführen
sie/Sie	würden	lösen

b Formen der Vergangenheit

Der Konjunktiv II hat nur eine Vergangenheitsform.

Indikativ	Konjunktiv	Indikativ	Konjunktiv
er erlebte er hat erlebt er hatte erlebt	er hätte erlebt	ich flog ich bin geflogen ich war geflogen	ich wäre geflogen

Man bildet die Vergangenheitsform aus dem Konjunktiv II der Verben *haben* oder *sein* + **Partizip II**.

ich	hätte	gewartet	ich	wäre	gekommen
du	hättest	erzählt	du	wär(e)st	geflogen
er/sie/es	hätte	vergessen	er/sie/es	wäre	gegangen
wir	hätten	bekommen	wir	wären	geblieben
ihr	hättet	aufgeräumt	ihr	wär(e)t	erschrocken
sie/Sie	hätten	probiert	sie/Sie	wären	abgereist

_2_ Verwendung des Konjunktivs II

ⓐ Irreale Bedingung

Gegenwart	
real	*Die Menschen bewegen sich auf der Erde zu Fuß oder mit Fahrzeugen fort.*
irreal	*Wenn jeder Mensch sich ein Fluggerät auf den Rücken schnallen würde, (dann) wäre in der Luft das totale Chaos.*
	Würde jeder Mensch mit einem kleinen Fluggerät durch die Luft fliegen, (dann) bräuchte man da oben Ampeln und Verkehrspolizisten.

Vergangenheit	
real	*Die neue Brücke befand sich an der gleichen Stelle wie die alte.*
irreal	*Wenn sie die neue Brücke etwas weiter unten errichtet hätten, wäre ich ins Wasser gefallen.*
	Hätte der Zeitreisende gewusst, dass er nicht in China, sondern in München gelandet ist, wäre er nicht so erstaunt gewesen.

ⓑ Irrealer Wunsch
Einen Wunsch, dessen Erfüllung unwahrscheinlich ist, betont man mit
Partikelwörtern wie *doch, nur, doch nur, bloß.*

Realität	Wunsch
Der Reisende kann nicht nach Hause zurückkehren.	*Wenn ich nur (bloß) nach Hause zurückkehren könnte!*
Sein Freund ist zu Hause geblieben.	*Wäre mein Freund doch mitgekommen!*
Niemand versteht seine Worte.	*Würde mich doch nur jemand verstehen!*

ⓒ Irrealer Vergleich
In irrealen Vergleichen steckt häufig auch etwas Kritik.
Mit *als ob* oder *als wenn* wird ein Nebensatz eingeleitet.
Steht nur *als,* so folgt das Verb im Konjunktiv II.

> *Jemand hat im Jahre 2972 einen Fisch gesehen.*
> *Aber der Mann von der obersten Behörde tut so,*
> · *als ob der Zeuge zu viel Phantasie hätte.*
> · *als wenn es Fische und andere natürliche Lebewesen nie mehr geben könnte.*
> · *als hätte man die Probleme der Menschheit bereits gelöst.*

ⓓ Vorsichtige, höfliche Bitte
Bei der höflichen Bitte benutzt man entweder die Modalverben *könnte*
und *dürfte,* die Hilfsverben *wäre* und *hätte* oder die Umschreibung mit
würde.

> *Dürfte ich Sie um Hilfe bitten?*
> *Könnten Sie mir sagen, wie spät es ist?*
> *Ich hätte gern ein Stück Schweizer Käse!*
> *Würdest du mir bitte meine Uhr zurückgeben?*
> *Hätten Sie einen Moment Zeit für mich?*

_3_ **Textgrammatik**

Die Struktur eines Textes, der innere Zusammenhang seiner einzelnen Sätze lässt sich nicht nur an **inhaltlichen**, sondern auch an **formalen Elementen** erkennen. Dazu gehören **Verweiswörter**, die sich auf ganze Sätze, Satzteile oder Wörter beziehen. Auch „Wortketten" in Form von Synonymen oder **Umschreibungen** markieren einen inhaltlichen Zusammenhang innerhalb eines Textes.

ⓐ Verweiswörter auf Wortebene

Dazu zählen **Pronomen** und **Artikelwörter ohne Nomen**. Sie ersetzen gewöhnlich ein Nomen und stehen im Folgesatz, d. h. sie **verweisen zurück**.

Pronomen:	*Ein Riese stand plötzlich vor mir. Er war in komische graue Kleider gehüllt.*
Artikelwörter:	*Affen lassen sich nur schlecht zu langweiligen Tätigkeiten motivieren. Die würden sie nicht auf Dauer zuverlässig ausführen.*
	Früher haben viele Mediziner ihre Möglichkeiten überschätzt. Einige glaubten, sie hätten den Stein der Weisen gefunden.

ⓑ Verweiswörter auf Satzebene

Die Pronomen *das*, *dies* und *es* stehen im Nominativ oder Akkusativ. *Das* und *dies* verweisen auf etwas, was schon vorher im Text stand, und stehen meist in Position 1. *Es* verweist gewöhnlich auf etwas, was noch folgt. Im Akkusativ kann *es* nicht in Position 1 stehen.

Affen als Erntearbeiter einsetzen. Dies war der Wunsch einiger renommierter Wissenschaftler.

Im Jahre 2000 ist der Mensch unsterblich. Das sah der Zukunftsautor A. C. Clarke voraus.

Es wäre technisch möglich, ein solches Fluggerät zu bauen.

Ich halte es nicht für ökologisch sinnvoll, Großstädte einzukapseln.

Präpositionalpronomen stehen in Sätzen, in denen das Verb mit einer **festen Präposition** verbunden ist. Man bildet sie nach der Regel: *da(r)-* + Präposition. Sie können sowohl *zurück* als auch *nach vorne* verweisen.

Eine riesige Glaskuppel wird New York vor Kälte schützen. Davon träumte der Architekt R. Fuller.

Mit Propellern auf dem Rücken in die Luft. Daran glaubte der Ingenieur C. H. Zimmermann.

Es geht im Alter darum, aktiv und möglichst selbständig zu leben.

Untersuchungen an menschlichen Zellen deuten darauf hin, dass die normale menschliche Lebensspanne etwa neun Jahrzehnte beträgt.

ⓒ Synonyme und Umschreibungen

Wichtige Nomen im Text (**Schlüsselwörter**) kommen meist in mehreren aufeinander folgenden Sätzen vor. Sie werden dann sowohl durch Verweiswörter als auch durch **Synonyme** oder **Umschreibungen** ersetzt. Dadurch entstehen so genannte „Wortketten" im Text.

Es näherte sich, erschrick nicht, ein Riese. (...) Ich kann das Mienenspiel unserer Nachfahren noch nicht richtig deuten. (...) Der erste Mensch, den ich nach meiner Reise von tausend Jahren sah, (...) Ich ging auf ihn zu, verbeugte mich und fragte: „Hoher Fremdling oder Hohe Fremdlingin! ...

GO!

GO

7

Für welches Medium wird hier Werbung gemacht?
Was meinen Sie?
Was steht wohl in dem Text zu diesem Foto?

Es könnte sich hier um … handeln.
Im Text zu diesem Foto könnte es um … gehen.
Das ist eine Werbung für …, denn auf dem Foto
sieht man …

1 **Lesen Sie nun den Text unten.**

ⓐ Welche Begriffe aus dem Werbetext beziehen sich auch auf das Foto?

ⓑ Was fällt an der Sprache des Werbetextes noch auf?

ⓒ Welche Begriffe finden Sie sicher nicht in einem deutschen Wörterbuch? Warum?

GO COMPUTER: Schwierigkeiten mit der Maus?
Kahle Stellen auf der Festplatte? Kein Problem.

GO!

Bei CompuServe finden Sie in über 800 Foren Support
für Ihre Hard- und Software. Dazu Shareware zum Downloaden.

If Online – **Go CompuServe.** Info und Gratissoftware gibt's auf Anfrage.

Http://info.CompuServe.de

---

2 **Wie heißen die einzelnen Teile eines Computers?**
Ordnen Sie zu.

1	2	3	4	5	6
die Diskette	die Tastatur	der Monitor	der Rechner	der Drucker	die Taste

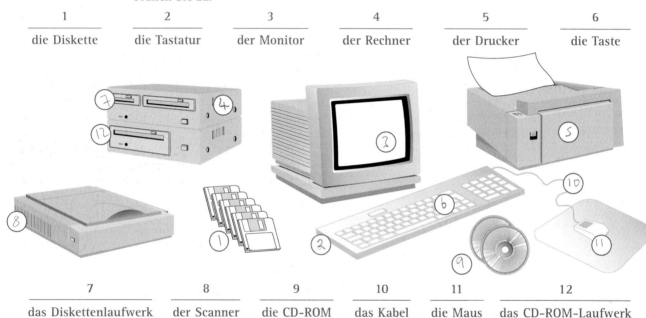

7	8	9	10	11	12
das Diskettenlaufwerk	der Scanner	die CD-ROM	das Kabel	die Maus	das CD-ROM-Laufwerk

3 **Welche Bezeichnungen für Teile des Computers kennen Sie noch?**

4 **Sie schreiben einen Brief mit dem Computer und wollen ihn auf Diskette speichern und anschließend drucken.**
Was müssen Sie machen? Bringen Sie die Vorgänge in die richtige Reihenfolge.

☐ den fertigen Text speichern ☐ die Daten auf Diskette kopieren
☐ den Netzschalter einschalten ☐ das Programm schließen
☐ eine Diskette einlegen ☐ den Text ausdrucken
☐ ein Textverarbeitungsprogramm ☐ die Diskette herausnehmen
aufrufen und etwas schreiben

AB

<u>1</u>   Lesen Sie Titel, Untertitel und Vorspann des folgenden Textes.

ⓐ Womit wird der Computer hier in Zusammenhang gebracht?

ⓑ Aus welcher Quelle stammt wohl der Text?

Computer-Sucht

DIE DROGE
DES 21. JAHRHUNDERTS

Der Computer kann psychisch abhängig machen. Wissenschaftler forschen an neuen Krankheitsbildern, ähnlich dem Alkoholismus und der Spielsucht.

Es gab mal eine Zeit, als der Heimcomputer nur ein dienstbares Instrument und dem Menschen untertan war. Ein Büromöbel, mehr nicht. Knöpfchen an, Diskette rein, schon tippten wir im autodidaktischen Dreifingersystem Liebesbriefe, Diplomarbeiten, Flugblätter für die Demonstration und, weil's so flott aussah, die Einkaufsliste für den Wochenmarkt. Ein bloßer Schreibapparat oder, je nach Bedarf, eine Rechenmaschine. Hauptsache, die Shift-Taste war am Platz und die Floppy-Disk beschriftet. Wir hatten den schnurrenden Kasten im Griff, nicht umgekehrt.

Es war eine Zeit, in der wir noch Macht über die Maschine spürten. Dann kam das Modem. Die Box, aus der es pfeift und knarzt, hauchte dem seelenlosen Objekt Leben ein, indem sie es via Telefonkabel mit seinen Artgenossen verband. Wir traten in Kontakt mit anderen „Bedienern", deren wahre Gesichter sich hinter Codes und Zahlenkürzeln verbargen. Eine Parallelwelt, die wir erst müde belächelt haben, dann bestaunt und schließlich forsch erkundet: E-Mail, Online-Dienste, Internet, World Wide Web ...

Seitdem hängen wir an der elektronischen Nadel – zur Freude der Computerbranche. Wir können nicht mehr ohne, selbst wenn wir es wollten. Wir brauchen unsere tägliche Dosis Computer. Die alten Machtverhältnisse haben sich gewendet. Längst hat der Computer uns im Griff. Wir richten den Tagesplan nach ihm, prägen den Umgangston nach seiner Kunstsprache, nötigen den „traditionellen" Medien wie Zeitschrift oder Fernsehen seine pseudodreidimensionale Optik auf.

Wir sind, nach jüngsten Erkenntnissen von Psychologen und Medizinern, reif für die Therapeutencouch. Die Diagnose: „Computersucht".

Machen Computer krank? Erste Studien besagen: Etwa 3% der amerikanischen Online-Gemeinde betreiben ihr „Hobby" unter suchtähnlichem Zwang, den sie nicht mehr kontrollieren können. Sobald sie sich durchs Bildschirmfenster ins virtuelle Jenseits hineinsaugen lassen, nehmen sie die Koordinaten des Diesseits nicht mehr wahr: Zeit und Raum, Wahrheit und Lüge, Haupt- und Nebensache. Sie stöbern bis zum Morgengrauen durch Datenbanken – und verschlafen Geschäftstermine. Ohne wirklich miteinander in engeren Kontakt zu treten, flirten sie mit einem Bildschirmgegenüber am anderen Ende der Welt – während das reale Gegenüber im Nebenzimmer harrt. Sie zappen sich, Nacken gebeugt, Handgelenke verdreht, die Augen matt, dumpf von Web-Site zu Web-Site – und die Gebührenuhr rattert und rattert.

Psychologen vergleichen die Symptome der Online-Abhängigkeit in wissenschaftlichen Abhandlungen mit Spielsucht und Alkoholismus: Probleme am Arbeitsplatz, Beziehungskrisen, Verlust des Zeitgefühls, Entzugserscheinungen. Virtuell gehörnte Ehefrauen reichen die Scheidung ein; Selbsthilfegruppen diskutieren, nach der Art der anonymen Alkoholiker, die Web-Manie – ausgerechnet! – im Internet.

__2__ Setzen Sie jeweils einen Satzteil aus der linken und der rechten Spalte zu Sätzen zusammen.
Bringen Sie anschließend die Sätze in die richtige Reihenfolge des Lesetextes.

[2] Das Gerät hatte also vor allem die Funktion,	[ ] zu Hause zum Schreiben und Rechnen.
[ ] Die Computersucht kann so weit gehen,	[ ] mit anderen Computern in Verbindung zu treten.
[1] Früher benutzte man den PC	[ ] dass man die reale Welt nicht mehr wahrnimmt.
[ ] Das änderte sich, als es möglich wurde,	[ ] in Abhängigkeit von einer Maschine gebracht.
[ ] Im Extremfall zeigen die Süchtigen	[ ] ähnliche Symptome wie Spieler und Alkoholiker.
[ ] Damit hat sich der Mensch	[ ] dem Menschen zu dienen.

__3__ Wie heißen folgende Formulierungen im Text?

a Wir beherrschten den Computer.
Wir hatten den schnurrenden Kasten im Griff. (Zeile 13/14)

b Das Gerät, das seltsame Geräusche von sich gibt, belebte ... *Die Box, aus der er pfeift und*

c ... die wir anfangs nicht ernst genommen haben *die wir erst müde belächelt haben, knarrt*

d ... sind wir abhängig von der Computerelektronik *Seitdem hängen wir ...*

e wir sprechen miteinander schon in Computersprache *Prüfen den Ultplanten nach einer Kurztpack*

f ... registrieren sie nicht mehr, was in der Realität passiert *Nehmen sie die koordinaten der dianeit ...*

g ... und es kostet immer mehr *die Gebührenuhr rattert und rattert*

h ... betrogene Partnerinnen ... *Virtuell gehörnte Ehefrauen.*

__4__ Erstellen Sie „Wortfelder".
Suchen Sie alle Wörter aus dem Text, die mit der *Welt des Computers* einerseits und mit *Sucht* andererseits zusammenhängen.

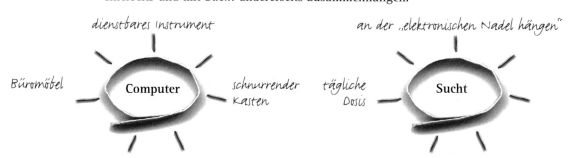

dienstbares Instrument — Büromöbel — Computer — schnurrender Kasten

an der „elektronischen Nadel hängen" — tägliche Dosis — Sucht

__5__ Erklären Sie in eigenen Worten den im Text dargestellten Zusammenhang von *Computer* und *Sucht*.

__6__ Wie sehen Sie die Situation in Ihrem Heimatland?
Gibt es dort auch eine „Computersucht"?

AB

LESEN 1

GR S. 142,1,3/143,5

GR 7   **Temporale Konnektoren und Präpositionen**

ⓐ Suchen Sie im Text Sätze mit *als – dann – seitdem – sobald – bis zu.*

ⓑ Ordnen Sie diese Konnektoren und Präpositionen in die folgende Übersicht ein.

Nebensatzkonnektor	Hauptsatzkonnektor	Präposition
als + seitdem sobald	dann (seitdem)	bis zu

ⓒ Mit welchen Konnektoren oder Präpositionen kann man die Sätze umformulieren?
bis – seit – da – danach

■ *... als der Heimcomputer nur ein dienstbares Instrument (...) war.* (Zeile 4/5)
_____Da_____ war der Heimcomputer nur ein dienstbares Instrument.

■ *Dann kam das Modem.* (Zeile 16)
Danach kam das Modem.

■ *Seitdem hängen wir an der elektronischen Nadel.* (Zeile 25)
_____Seit_____ dieser Zeit hängen wir an der elektronischen Nadel.

■ *Sie stöbern bis zum Morgengrauen durch Datenbanken.* (Zeile 48-50)
Sie stöbern durch Datenbanken, _____bis_____ der Morgen graut.

`AB`

GR 8   *Während*

ⓐ Was wird hier ausgedrückt?
... flirten sie mit einem Bildschirmgegenüber am anderen Ende der Welt – während das reale Gegenüber im Nebenzimmer harrt.

❑ Vorzeitigkeit
❑ Gleichzeitigkeit
❑ Addition
❑ Gegensatz

ⓑ Formulieren Sie den Satz neu mit den Konnektoren *gleichzeitig aber* bzw. *gleichzeitig jedoch.*

`AB`

GR 9   **Modale Konnektoren und Präpositionen**

ⓐ Wie wird der folgende Satz im Text ausgedrückt?
Die Box, aus der es pfeift und knarzt, hauchte dem seelenlosen Objekt dadurch Leben ein, dass sie es via Telefonkabel mit seinen Artgenossen verband.

ⓑ Welche Präposition kann hier anstelle des Konnektors *dadurch ..., dass* stehen? Formulieren Sie den Satz entsprechend um.

❑ für
❑ durch
❑ bei

`AB`

WORTSCHATZ 2 - *Medienverhalten und Gesundheit*

1 **Ergänzen Sie die passenden Wörter.**
Bilden Sie danach Beispielsätze zu den Begriffen.
Beispiel: *Wer zu viel raucht, schadet seiner Gesundheit.*

Nomen	Adjektiv	Verb bzw. verbaler Ausdruck
die Gesundheit	gesund	gesund sein / gesunden
die Sucht	süchtig	süchtig werden/machen
die Heilung	heilend / heil	heilen / geheilt werden
die Krankheit	krank	erkranken
die Gefahr	gefährlich	gefährlich sein / gefährden
der Schaden	schädlich	schaden
der Missbrauch	missbräuchlich	missbrauchen
der Nutzen	nützlich	nützen
die Abhängigkeit	abhängig	abhängen von + dat.

AB

2 **Sehen Sie sich die Karikatur an und beschreiben Sie das Verhalten des Mannes.**
Ist das noch normal?

3 **Ist das noch normal oder schon krankhaft?**
Diskutieren Sie in der Klasse.

Symptom	normal	krankhaft
■ Herr A. sieht täglich fünf Stunden fern.		
■ Frau B. macht täglich eine Stunde Computerspiele.		
■ Der achtjährige Christian spielt lieber mit dem Computer als mit Nachbarskindern.		
■ Frau D. hört den ganzen Tag Radio.		
■ Herr F. hört jede Stunde die Nachrichten im Radio.		
■ Frau G. sieht bestimmte Horror-Videos mehr als zehn Mal.		
■ Herr H. liest täglich drei Zeitungen.		
■ Frau I. hat den Film „Casablanca" schon 24-mal gesehen.		
■ Herr J. kann ohne Musik nicht einschlafen.		
■ Frau K. joggt nur noch mit Walkman.		

Das Verhalten von Herrn A. scheint mir (noch nicht) krankhaft, da ...

Ich denke, dass Frau B. sich ... verhält.

Ein achtjähriger Junge, der ...

Das ist in meinen Augen ...

AB

__1__ Ergänzen Sie das Diagramm.

elektronische Medien — **Medien** — *Printmedien* — *Presse*

__2__ **Welche Medien spielen in Ihrem Heimatland eine besonders wichtige Rolle? Warum?**
Welches Medium spielt noch keine wichtige Rolle bzw. keine wichtige Rolle mehr? Warum?

__3__ **Welche Medien gibt es seit langem, welche erst seit kurzer Zeit?**
Ergänzen Sie die „Treppe".

Radio
20er Jahre

__4__ **Sehen Sie sich die Graphik an.**
Welche Informationen finden Sie besonders interessant?

Durchschnittliche tägliche Mediennutzung der Bundesbürger (in Minuten)

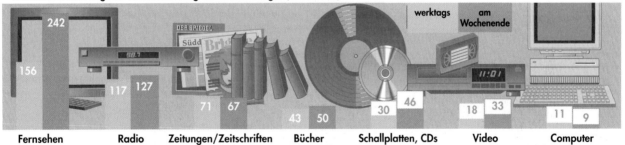

werktags am Wochenende

242						
156						
117	127					
		71	67			
			43	50		
				30	46	
					18	33
						11 9

| Fernsehen | Radio | Zeitungen/Zeitschriften | Bücher | Schallplatten, CDs | Video | Computer |

Mehr als die Hälfte der freien Zeit verbringen die Deutschen mit der Nutzung von Medien. Dabei dominiert das Fernsehen – weit vor der Presse und den Büchern. Für die meisten Verbraucher ist TV-Konsum zur täglichen Gewohnheit geworden. Nach einer neuen Untersuchung des Hans-Bredow-Instituts sitzen die Deutschen überwiegend allein vor dem Bildschirm. Nur rund drei Prozent der Haushalte schauen überhaupt nicht fern. Einen „tendenziellen Rückgang des Lesestandards" in den Industriestaaten beobachtet die Stiftung Lesen und fordert eine neue Abgabe, aus der die Verbreitung von Büchern mitfinanziert werden soll – den „Lesegroschen".

__5__ **Welche Informationen liefert die Graphik über den Text hinaus?**
Informieren Sie darüber mit Hilfe der folgenden Redemittel.

Die Graphik zeigt ...
Aus der Graphik ist zu entnehmen, dass ...
Dieses Schaubild gibt Auskunft (informiert) über ...
Man erfährt hier etwas über ...
An erster Stelle steht ...
... ist von großer (geringer) Bedeutung.
Im Vergleich zum Fernsehen spielt ... (k)eine wichtige Rolle.

AB

1 Betrachten Sie die Karikatur.

Was fällt Ihnen zu dem Bild ein?

Hier wird gezeigt, wie (dass) ...
Der Zeichner spielt darauf an, dass ...
Er vergleicht ... mit ...
Er kritisiert ...

2 Für welches Medium stehen die folgenden umgangssprachlichen Ausdrücke wohl?

Glotze – Röhre – Flimmerkasten – Pantoffelkino

a Auf welches Merkmal dieses Mediums wird damit angespielt?
b Warum gibt es wohl so viele negative Ausdrücke dafür?

3 Was stellen Sie sich unter interaktivem Fernsehen vor?
Suchen Sie dafür Beispiele aus dem folgenden Text.

Die Glotze *l*e**b***t* !

Gerade heute Morgen haben Sie den letzten Rest Zahnpasta aus der Tube gequetscht. Am Abend schalten Sie den Fernseher ein, und was flimmert da geballt über den Bildschirm? Werbung für Zahnpasta.
5 Zufall? Im Konsumparadies der Zukunft vielleicht nicht mehr. Amerikanische Marktforscher wissen längst, dass eine Zahnpastatube durchschnittlich sechs Wochen hält. In der digitalen Welt von morgen hat die Supermarktkasse Ihren Einkauf registriert, als
10 Sie mit Ihrer Chipkarte bezahlt haben, und exakt nach fünfeinhalb Wochen sorgt ein Computer der Handelskette dafür, dass Sie in Ihrem ganz persönlichen Fernsehprogramm mit entsprechender Werbung zugeschüttet werden. Zur gleichen Zeit wird Ihr
15 Nachbar vielleicht via Bildschirm daran erinnert, dass sein Auto neue Reifen braucht.

Dieses Szenario präsentiert Robert Carberry, Chef der IBM-Multimedia-Tochter Fireworks, auf einem Symposium von Industriemanagern zum Thema „Fernsehen der Zukunft". Das Beispiel zeigt, dass es um mehr 20 geht als um zusätzliche Kanäle, ein besseres Bild und digitale Techniken: Das Fernsehen der Zukunft bietet nicht nur 500 Programme, sondern ist auch interaktiv. Das Wort suggeriert die Abkehr vom passiven Fernsehkonsum. Der Zuschauer als Akteur, der 25 selbst darüber entscheidet, ob in seinem Film der Böse siegt oder der Held. Ob der Galan einen Kuss bekommt oder eine Ohrfeige. Ob der Dinosaurier die Zähne fletscht oder mit dem Schwanz wedelt. Jedem sein eigenes Programm. 30

4 Textrekonstruktion

a Bringen Sie die folgenden Sätze in die richtige Reihenfolge.

- ☐ Die Kasse registriert den Einkauf.
- ☐ Man sieht Werbung für Zahnpasta.
- ☐ Man kauft Zahnpasta.
- ☐ Man merkt, dass die Tube leer ist.
- ☐ Man bezahlt mit Chipkarte.
- ☐ Der Nachbar sieht Reifenwerbung.

b Verbinden Sie die Sätze und verwenden Sie dabei zum Beispiel:
*zuerst – anschließend – gleichzeitig – danach – schließlich – nachdem
– bevor – während*

5 Diskutieren Sie über das Fernsehen der Zukunft und seine Möglichkeiten.

SCHREIBEN 1

1 Film und Fernsehen

Gibt es in Ihrem Heimatland deutschsprachige Sendungen im Fernsehen oder Filme im Kino? Welche? Beschreiben Sie eine Sendung oder einen Film kurz und geben Sie eine Beurteilung ab.

2 Ein Brief

Sie haben vor kurzem im Fernsehen eine deutschsprachige Sendung bzw. im Kino einen deutschsprachigen Spielfilm gesehen und berichten nun Ihrer Brieffreundin davon.

Sagen Sie in Ihrem Brief etwas darüber,

- was für ein Typ von Sendung bzw. was für ein Film es war (zum Beispiel Krimi, Unterhaltungssendung, Show, Nachrichtensendung, Spielfilm usw.).
- worum es darin ging.
- wie Ihnen die Sendung bzw. der Film gefallen hat und warum.
- was für Sendungen aus Deutschland, Österreich oder der Schweiz Sie gerne im Fernsehen Ihres Heimatlandes sehen würden.

Schließen Sie Ihren Brief mit einem Gruß.

Schreiben Sie folgenden Brief einfach weiter.

> Liebe ...
>
> schön, mal wieder was von dir zu hören. Ich freue mich immer riesig, wenn ich einen Brief von dir bekomme. Mir geht es ganz gut. Ich habe jetzt wieder etwas mehr Zeit und komme deshalb öfter mal dazu, fernzusehen und ins Kino zu gehen.
>
> Gestern habe ich ...

3 Korrigieren Sie nun selbst.

Tauschen Sie Ihren Brief mit Ihrer Lernpartnerin/ Ihrem Lernpartner aus.

- **a** Prüfen Sie nach dem ersten Durchlesen, ob alle Punkte aus Aufgabe 2 erwähnt werden.
- **b** Markieren Sie beim zweiten Lesen Fehler, die Ihnen auffallen.
- **c** Korrigieren Sie gemeinsam die markierten Fehler.
- **d** Diskutieren Sie, was Ihnen an den Briefen inhaltlich aufgefallen ist.

HÖREN 1

1   **Sie hören jetzt eine Radiosendung über Analphabetismus.**

Machen Sie zu zweit eine Liste.

Was ich über Analphabetismus weiß	Was ich darüber wissen möchte

2   **Hören Sie den Beitrag zuerst einmal ganz.**

Achten Sie beim ersten Hören darauf,

(a) wie viele Personen zu hören sind.

(b) welche der Punkte in Ihrer Liste erwähnt werden.

3   **Sie hören den Text nun noch einmal in Abschnitten.**

Beantworten Sie während des Hörens oder danach die folgenden Fragen.

Abschnitt 1 (a) Was bedeutet *funktional* im Zusammenhang mit Analphabetismus?

(b) Wie viele „funktionale Analphabeten" gibt es ungefähr in Deutschland?

(c) Nach einer Klischeevorstellung verbringen die meisten Jugendlichen ihre Freizeit mit:

....

(d) Manche junge Leute lesen auch gern. Was lesen die befragten Berufsschüler gern? Nennen Sie mindestens drei Antworten.

1) ....

2) ....

3) ....

4) ....

Abschnitt 2 (e) Welche Gefahr besteht, wenn Kinder in den ersten Lebensjahren schon Computerfreaks sind?

(f) Warum ist es nach dem 14. Lebensjahr viel schwerer, gut lesen und schreiben zu lernen?

Abschnitt 3 (g) Was sind mögliche Gründe für große Lese- und Schreibschwächen? Kreuzen Sie an.

     ☐ Diese Menschen sind weniger intelligent.

     ☐ Sie haben oft soziale und familiäre Probleme.

     ☐ Man kümmert sich zu wenig um sie.

     ☐ Ihre Eltern können auch nicht lesen und schreiben.

     ☐ Sie haben oft die Schule gewechselt.

(h) Was können die Betroffenen tun, um ihre Situation zu verbessern?   **AB**

SPRECHEN 2

1   Sehen Sie sich die Karikatur an.
Schreiben Sie den Dialog weiter.

Er: _Ich bin Buchhändler._

Sie: _____

Er: _____

Sie: _____

... _____

2   Planung einer Buchhandlung

a Stellen Sie sich vor, Sie wollen eine Buchhandlung für junge Leute eröffnen und dazu beitragen, dass junge Leute wieder mehr lesen.

Sammeln Sie zu zweit Ideen und präsentieren Sie sie anschließend in der Klasse.

- Wie soll die Buchhandlung aussehen?
- Was soll es darin außer Büchern zu kaufen geben?
- Wie könnte ein Werbeplakat dafür aussehen?
- Wie könnte man auf die neue Buchhandlung aufmerksam machen?

b Bereiten Sie zu zweit ein Gespräch über diesen Plan vor und diskutieren Sie anschließend in der Klasse.
Nennen Sie zuerst die Schwierigkeiten und suchen Sie anschließend gemeinsam nach Lösungen. Verwenden Sie dabei möglichst viele der folgenden Redemittel.

Schwierigkeiten nennen	Vorschläge machen	auf den Partner eingehen
Problematisch scheint mir vor allem ...	Was hältst du/haltet ihr davon, wenn ...	Das ist eine gute Idee: Zusätzlich könnte man auch ...
Es kann leicht passieren, dass ...	Ich hätte noch einen Vorschlag: ...	Du meinst/Ihr meint also, man sollte ...
Ich sehe Schwierigkeiten eher in (darin, dass) ...	Auf keinen Fall sollte man aber ...	Wenn ich dich/euch richtig verstehe, würdest du/würdet ihr ...
... führt häufig zu Problemen.	Vielleicht könnte man auch einmal ...	

1 Silbenrätsel
Bilden Sie aus den Silben und Wortteilen möglichst viele Begriffe
zum Thema Presse.

zeit   tikel   Maga   Fach   schrift   Schlag   Ar   Spal   Zeich   to
zin   Leser   Fo   nung   zeile   Kino   blatt   richt   Ab   Tages
te   Glos   Kom   Be   Titel   mentar   tage   brief   se   Repor
zeige   An   programm   zeitung   satz

2 Ordnen Sie die Begriffe aus dem Rätsel folgenden
drei Oberbegriffen zu.

Druckmedien	formale Kriterien	inhaltliche Kriterien
Magazin	Spalte	Bericht

3 Welche Zeitungen/Zeitschriften lesen Sie regelmäßig? Warum?
- ☐ Tageszeitungen
- ☐ politische Wochenzeitschriften/Magazine
- ☐ Frauenzeitschriften/Männermagazine
- ☐ Fachzeitschriften (zum Beispiel: Sport, Wissenschaft, Computer ...)
- ☐ Regenbogenpresse
- ☐ andere

4 Kennen Sie die abgebildeten Titel?
Was wissen Sie über diese Zeitschriften bzw. Zeitungen?

5 Sie erhalten von Ihrer Kursleiterin/Ihrem Kursleiter verschiedene
deutschsprachige Zeitungen oder Zeitschriften.
Sehen Sie sich jeweils zu viert eine davon näher an, ergänzen Sie die
Liste unten und berichten Sie anschließend im Plenum.

Eine deutsche Zeitschrift oder Zeitung

Name

Welche Art von Publikation?

Erscheinungsort

Erscheint wie oft?

Layout (schwarz-weiß, farbig, illustriert, Größe der Titel)

Rubriken (Tageszeitung), z.B. Aktuelles, Kommentar, Vermischtes

Themen (Zeitschrift)

Schlagzeilen

Werbung

Sprachstil, Komplexität

Vermutungen über die Leser

Sonstiges

AB

LESEN 3

__1__ In welche Rubrik einer Tageszeitung passt die Schlagzeile unten?

☐ Innenpolitik ☐ Außenpolitik ☐ aktuelle Berichterstattung
☐ Klatsch und gesellschaftliche Ereignisse ☐ Feuilleton/Kultur

---

Reemtsma-Entführung: **Polizei jagt Superhirn**

__2__ Wo stand diese Schlagzeile wohl? Warum?

☐ in einer Boulevardzeitung (Auflage: 4 Millionen Exemplare täglich)
☐ in einer überregionalen Tageszeitung (Auflage: 400 000 Exemplare täglich)

A **Die REEMTSMA-ENTFÜHRER – kann die Polizei sie jemals fassen?**
Der Boss ist ein Superhirn. Selbst der Entführte spricht in einem Interview mit Hochachtung über den Mann, der ihn 33 Tage gepeinigt hat. Das Superhirn hatte das Verbrechen so perfekt geplant und ausgeführt, dass die Polizei auch 10 Tage nach Reemtsmas Freilassung noch nicht einmal das Geisel-Versteck gefunden hat.
Die Tricks des Superhirns: *Ein weiß getünchter Keller, irgendwo in Norddeutschland, gut eine Autostunde von Hamburg entfernt. Für 33 Tage das Geisel-Gefängnis des Hamburger Multimillionärs Jan Philipp Reemtsma (43). Superhirn, der Gangsterboss, hatte alles bis zum kleinsten Detail ausgetüftelt:*
■ **Er fand heraus, wo Reemtsma wohnt.** Gar nicht so einfach. Denn der Zigarettenerbe gibt als Adresse in Hamburg grundsätzlich den Krumdalsweg 17 an. Hier steht aber nur sein Arbeitshaus. In Wahrheit wohnt er im Krumdalsweg 11. Dort sind nur seine Frau und sein Sohn gemeldet – unter dem Namen Scheerer.
■ **Superhirn ließ den Krumdalsweg sechs Wochen lang ausspionieren.** Nicht einfach in einem Millionärsweg (Sackgasse, keine Wendemöglichkeiten), in dem sich jede Familie vor Entführungen fürchtet, auf kleinste Merkwürdigkeiten achtet.
■ **Die Benutzung eines ausländischen Kennzeichens am Entführer-Auto zur Irreführung der Verfolger – genial.** Die Buchstaben- und Zahlenkombinationen sind uns fremd. Auch Reemtsma wurde getäuscht, konnte sich die Buchstabenfolge (VF oder FV) nicht merken.
■ **Der Gangsterboss – er hat Nerven wie Drahtseile.** Auch nach der zweiten gescheiterten Geldübergabe keine Spur von Nervosität. Er erhöhte dreist das Lösegeld von 20 auf 30 Millionen Mark.
■ **Bei der Lösegeldübergabe – nur kein Risiko eingehen.** Um nicht wiedererkannt zu werden, ließ er für jeden Termin ein neues Auto klauen.
■ **Superhirn** – er ließ Reemtsma vor der Fahrt ins Geiselverlies die Uhr abnehmen, damit er nicht sehen konnte, wie lange er unterwegs war.

B Die Entführung des Hamburger Millionenerben Jan Philipp Reemtsma war das Werk einer professionell arbeitenden Verbrecher-Clique. Die Geiselgangster haben ihr Opfer gezielt und lange vorher ausgesucht, Grundstück und Nachbarn wochenlang beobachtet, die Tat bis ins Detail geplant und durchgeführt. Nur durch eine sorgfältig ausgeklügelte Strategie konnte das Lösegeld in Höhe von 30 Millionen Mark beim dritten Versuch übergeben und die dramatische Geiselnahme beendet werden.

In einem Exclusiv-Interview mit der *Süddeutschen Zeitung* hat Jan Philipp Reemtsma erstmals seine eigene Rolle in dem 33 Tage dauernden Entführungsfall erläutert. Er war mit einem der Gangster im ständigen Dialog. Er gewann das Vertrauen der Entführer, empfahl nach vier Wochen Geiselhaft einen Professor und einen Pfarrer als Lösegeldüberbringer, die von seinen Gangstern akzeptiert wurden. Sein Bewacher sei wenigstens nicht sadistisch gewesen, berichtete Reemtsma. In seinem nur schwach beleuchteten Verlies sei er aber zwischenzeitlich so verzweifelt gewesen, dass er einen Abschiedsbrief an seine Frau und seinen Sohn geschrieben habe.

Beim ersten Versuch der Geldübergabe waren der Rechtsanwalt Johannes Schwenn und Ann Kathrin Scheerer, die Ehefrau von Reemtsma, zu spät gekommen; beim zweiten Versuch warf der Anwalt den schweren Sack mit präparierten 20 Millionen Mark verabredungsgemäß über einen Zaun, doch die Beute wurde nicht abgeholt. Erst der dritte Versuch klappte. An der Autobahn bei Krefeld übernahmen die Kidnapper das Geld – diesmal unpräparierte Scheine, die eigens aus Amerika eingeflogen worden waren.

Auf die Frage, was die Zahlung des Lösegelds für ihn bedeute, meinte Reemtsma, allein der Verlust des Geldes sei für ihn nicht „ein besonders schmerzlicher Gedanke. Aber was man damit Vernünftiges hätte machen können, anstatt dass solche Lumpe es irgendwo auf den Bahamas verjuxen". Er hoffe, dass es der Polizei mit Hilfe seiner Beobachtungen gelinge, die Gangster zu fassen. „Ich will diese Leute vor Gericht haben", sagte Reemtsma in einem Interview, „es bedeutet mir viel, denen noch mal in die Augen zu sehen".

135

LESEN 3

_3_ Beantworten Sie die folgenden Fragen zu den beiden Zeitungsartikeln.

ⓐ Wer steht in den beiden Artikeln jeweils im Mittelpunkt
der Berichterstattung?

ⓑ Wie wird der Entführer dargestellt?
Unterstreichen Sie Charakterisierungen in den Texten.

ⓒ Welcher Artikel ist eher neutral, welcher drückt die Meinung
des Reporters aus?　　　　　_B_　　　　　　_A_

ⓓ Welche Inhalte stehen in den beiden Artikeln im Vordergrund?

Artikel A	Artikel B	berichtet über
	✓	■ die Vorbereitung der Geiselnahme
	✓	■ das Verhältnis J. P. Reemtsma – Entführer
✓	✓	■ die Qualitäten des Gangsters
✓		■ die problematische Übergabe des Lösegelds
✓		■ die Tricks der Entführer

ⓔ Welcher Artikel ist aus einer Boulevardzeitung? Woran erkennt man das?

GR S. 144

GR _4_ Unterstreichen Sie die Verbformen der Aussagen von Herrn
Reemtsma in Artikel B.
Welche Verben geben die direkte, welche die indirekte Rede wieder?

GR _5_ Kreuzen Sie die richtigen Aussagen an.

Die indirekte Rede
- ☐ drückt eine Distanz zum Gesagten aus.
- ☐ verwendet nur Formen des Konjunktivs I.
- ☐ gibt die Worte einer anderen Person wieder.
- ☐ benutzt man vor allem in geschriebenen Texten,
  zum Beispiel in der Zeitungssprache.
- ☐ hat vier verschiedene Zeitstufen.

GR _6_ Formen Sie die Sätze um.

ⓐ In die direkte Rede: _Sein Bewacher sei wenigstens nicht sadistisch gewesen, berichtete
Reemtsma. In seinem schwach beleuchteten Verlies sei er aber zwischenzeitlich so verzweifelt gewesen, dass er einen Abschiedsbrief an seine Frau und seinen Sohn geschrieben
habe. (...) Auf die Frage, was die Zahlung des Lösegelds für ihn bedeute, meinte Reemtsma,
allein der Verlust des Geldes sei für ihn nicht „ein besonders schmerzlicher Gedanke."_
Reemtsma berichtete: „Mein Bewacher war wenigstens nicht sadistisch. ..."

ⓑ In die indirekte Rede: _„Ich will diese Leute vor Gericht haben", sagte Reemtsma in einem
Interview, „es bedeutet mir viel, denen noch mal in die Augen zu sehen."_
Reemtsma sagte in einem Interview, er ...

GR _7_ Was wird in folgenden Sätzen aus Artikel A ausgedrückt?

Textstelle	Bedeutung
■ _die Benutzung eines ausländischen Kennzeichens am Entführer-Auto zur Irreführung der Verfolger_	☐ ein Wunsch　　☐ eine Begründung
■ _Um nicht wiedererkannt zu werden, ließ er für jeden Termin ein neues Auto klauen._	☐ eine Absicht, ein Zweck
■ _Superhirn ließ Reemtsma ... die Uhr abnehmen, damit er nicht sehen konnte, wie lange er unterwegs war._	☐ ein Widerspruch

136

<u>8</u>   Lesen Sie nun den Artikel, der drei Wochen später in der Bild-Zeitung erschien, nachdem zwei der Entführer in Südspanien gefasst werden konnten.

Die **6 Fehler** der Entführer

Der hochintelligente Millionär Jan Philipp Reemtsma und die Entführer – ein ungleiches Duell.
Die großen Fehler der Kidnapper:

<u>Das Versteck:</u> Koszics, der in Murcia (Spanien) gefasste Entführer, hatte das Haus bei Bremen, in dem J. P. Reemtsma festgehalten wurde, unter richtigem Namen gemietet. Richter, ein weiteres Mitglied der Gangstergruppe, meldete sich mit Zweitwohnsitz auch dort an.

<u>Die Stimme:</u> Peter Richter (er wurde einige Tage später auch in Südspanien gefasst) hatte bei seinen Anrufen ein Gerät benutzt, das seine Stimme verändern sollte. Das Gerät fiel aus, die Polizei nahm die Originalstimme auf.

<u>Zeitvorsprung:</u> 4 Wochen lang fahndete die Polizei völlig im Dunkeln, die Namen der Gesuchten sind in dieser Zeit unbekannt. Leichtigkeit: einfach wegfliegen, z.B. Südamerika. Die Entführer halten sich in Deutschland und Spanien auf.

<u>Mietwagen:</u> Koszics mietete unter echtem Namen in Neuss den Flucht-Audi. Und: 6 Tage gondelt er damit umher. Er wird zu dieser Zeit schon steckbrieflich gesucht.

<u>Pässe:</u> Berufsverbrecher Koszics (15 Jahre Haft) mit besten Kontakten zu kriminellen Kreisen. Er beschaffte sich dort keinen gefälschten Pass. Er behielt seinen echten.

<u>Fluchtpunkt Spanien:</u> Beide Gangster hatten polizeibekannte Kontakte nach Spanien. Koszics war nach einem Geldtransporter-Überfall dort gefasst worden. Erneuter Fluchtort: Südspanien.

GR S. 142,3/143

<u>GR 9</u>   Verbinden Sie die folgenden Sätze aus dem Artikel mit den in Klammern angegebenen Wörtern.

ⓐ <u>Das Versteck</u> (obwohl, trotzdem)
Obwohl Reemtsma in dem Haus bei Bremen festgehalten wurde, hatte Koszics es unter richtigem Namen gemietet und Richter sich ordnungsgemäß dort angemeldet.

ⓑ <u>Die Stimme</u> (doch, jedoch)
Peter Richter hatte bei seinen Anrufen ein Gerät benutzt, das seine Stimme verändern sollte. Doch das Gerät fiel aus, die Polizei nahm die Originalstimme auf.

ⓒ <u>Zeitvorsprung</u> (stattdessen, anstatt ... zu)
4 Wochen lang fahndete die Polizei völlig im Dunkeln, die Namen der Gesuchten sind in dieser Zeit unbekannt. Es wäre eine Leichtigkeit gewesen, einfach wegzufliegen. Stattdessen halten sich die Entführer in Deutschland und Spanien auf.

ⓓ <u>Mietwagen</u> (obwohl, trotz)

ⓔ <u>Pässe</u> (anstatt ... zu, stattdessen)

ⓕ <u>Fluchtpunkt Spanien</u> (obwohl, dennoch, doch)

AB

HÖREN 2

1 **Sie hören jetzt Radionachrichten.**
Überlegen Sie vorher kurz: Worüber berichten Nachrichten im Radio normalerweise?

2 **Hören Sie die vier Meldungen.**
Ergänzen Sie beim ersten Hören die folgende Übersicht.

	Woher stammt die Nachricht?	Thema
Nachricht 1	Wien	Kriminell
Nachricht 2	Berlin x Wien	Schreiben / Ausbildung
Nachricht 3	Aschaffenburg	Unfall von einer Fabrik
Nachricht 4	München	Bier (Produktion / Preise

3 **Stichworte notieren**
Hören Sie die vier Nachrichten noch einmal. Überprüfen Sie beim Hören jeder Nachricht, ob sie Antworten auf die folgenden Fragen enthält.

	Was ist passiert?	Wer?	Wann?	Wie viel?
Nachricht 1				
Nachricht 2				
Nachricht 3				
Nachricht 4				

4 **Hören Sie die vier Nachrichten einzeln.**

a Ergänzen Sie die Angaben.

Nachricht 1
1 Zwei Männer flohen mit einem gestohlenen Auto vor .... und nahmen
2 Nach dem Schusswechsel: ein Täter ...., die Geisel .... der zweite Täter ....

Nachricht 2
1 Die vier wichtigsten Unterzeichner der Reform: ....
2 Zahl der Regeln zur korrekten Schreibweise: ....
3 Veränderungen bei der Kommasetzung: ....
4 Ab Sommer 1998 sind die Regeln ...., ab 2005 ....

Nachricht 3
1 Was mussten die Leute tun, die nahe bei der Lackfabrik wohnen? ....
2 Größe des Schadens: ....

Nachricht 4
1 Wahrscheinliche Entwicklung der Bierpreise: ....
2 Lieblingsbiersorten in Bayern:
1) .... 2) ....

b Was ist typisch für die Sprache der Nachrichten?

AB

5 **Rekonstruktion der Radionachrichten**
Ergänzen Sie die Titel unten mit Hilfe Ihrer Stichpunkte aus den Aufgaben 2 und 3. Geben Sie dann eine der Nachrichten mit Hilfe Ihrer Stichpunkte mündlich wieder.

Nachricht 1: Schießerei mit der Polizei nach Geiselnahme
Nachricht 2: Reform der deutschen Rechtschreibung
Nachricht 3: Brand in Lackfabrik
Nachricht 4: Bierpreise in Bayern

Erstellen Sie gemeinsam eine Kurszeitung.
Arbeiten Sie in folgenden Schritten.

_1_   **Frage 1: Was?**
Sammeln Sie jeweils
zu viert einige Themen
für Ihre Zeitung.

Was ist alles Bemerkenswertes im Kurs passiert?

Kurszeitung

Wer ist wer im Kurs? Seite mit Fotos der Teilnehmer, Namen, Adressenliste für spätere Korrespondenz

Über unseren Kursort

_2_   **Frage 2: Wie?**
Diskutieren Sie, wie die einzelnen Ideen zu Papier gebracht werden
könnten. Denken Sie zum Beispiel daran,
■ wie lang jeder Beitrag sein soll.
■ ob es eventuell bereits Beiträge gibt.
■ ob Fotos bereits da sind oder gemacht werden sollen.
■ wie das Titelblatt aussehen soll.

_3_   **Frage 3: Wer?**
Verteilen Sie die Aufgaben. Wer schreibt, zeichnet, fotografiert, layou-
tet, besorgt was? Am besten, jeder in der Klasse ist für eine bestimmte
Aufgabe zuständig.

_4_   **Das Konzept**
Die folgende Übersicht ist als Anregung gedacht. Ergänzen Sie sie,
verwenden Sie Teile daraus oder gestalten Sie sie völlig neu.

Seite	Was?	Wie?	Wer?
Titelblatt	Karikatur: unsere Klasse beim Lernen	Zeichnung	
2	Inhaltsverzeichnis	mit Computer	
3	Wer ist wer im Kurs?	Gruppenfoto mit Lehrern	
4	Kleinanzeigen	in Rubriken: *Suche – Biete*	
...			
letzte Seite	Namen- und Adressenliste	alphabetisch	

_5_   **Wählen Sie eines der folgenden Themen und schreiben Sie einen
möglichst unterhaltsamen Beitrag für die Kurszeitung.**
   ☐ Kursnachrichten
   ☐ Ein Tag im Leben des Kursteilnehmers X. – Bildgeschichte mit Text.
   ☐ Montag, erste Stunde Deutsch – eine Glosse
   ☐ Meine allerliebsten Grammatikfehler – oder: Ich lerne es nie.
   ☐ Unsere Lehrerin/Unser Lehrer – das (un-)bekannte Wesen
   ☐ Meine deutsche Gastfamilie
   ☐ Bericht über einen Ausflug
   ☐ Über unseren Kursort: Restaurantkritik
   ☐ Über unseren Kursort: Das Nachtleben in ...
   ☐ Videoclub: Filmkritik

_6_   **Bilden Sie zu zweit ein Redaktionsteam.**
Sie erhalten jeweils zwei Artikel der anderen Teilnehmer. Lesen Sie
diese und machen Sie Vorschläge, wo gekürzt werden soll, worüber
noch geschrieben werden und was korrigiert werden soll.
Nach der Endredaktion bekommen alle Kursteilnehmer ein Exemplar.

__1__ **Was ist Ihnen persönlich beim Deutschsprechen besonders wichtig?**
Wählen Sie eine der folgenden Aussagen aus und begründen Sie Ihre Wahl.

Dass ich möglichst wenige Fehler mache.

Dass ich mich aktiv an einem Gespräch beteiligen kann, egal ob ich dabei Fehler mache.

Dass ich möglichst flüssig spreche, das heißt ohne Stottern und lange Pausen.

Dass man an meiner Aussprache nicht sofort merkt, woher ich komme.

Dass ich mich präzise ausdrücke, d.h. die richtigen Wörter kenne.

__2__

ⓐ Wie gut sprechen Sie Deutsch?

Testen Sie sich selbst. Sprechen Sie über das Bild rechts und nehmen Sie dabei Ihre Stimme auf Kassette auf.

■ Beschreiben Sie zuerst so genau wie möglich, was Sie auf dem Foto sehen.

■ Sagen Sie dann, welche Situation das Bild zeigt.

Sprechen Sie mindestens zwei Minuten.

ⓑ Hören Sie sich die Aufnahme an.
Was fällt Ihnen an Ihrer Aussprache auf?
Welche Wörter oder Laute fallen Ihnen schwer?

ⓒ Beurteilen Sie sich selbst. Geben sie sich für jedes der vier Kriterien eine Einschätzung. *zufrieden+   nicht zufrieden –*

Ausdruck	korrektes Sprechen	flüssiges Sprechen	Aussprache

Woran wollen Sie in Zukunft besonders intensiv arbeiten?

ⓓ Hören Sie jetzt von der Cassette, wie ein Muttersprachler das Bild beschreibt. Vergleichen Sie. Was ist anders?

__3__ **Wie verbessern Sie Ihre Ausdrucksfähigkeit?**
Ausdrucksfähigkeit ist eine Frage des Wortschatzes. Wer viele Wörter beherrscht, kann sich in verschiedenen Situationen angemessen ausdrücken. Wenn einem das passende Wort in einem Gespräch fehlt und man nicht verstummen will, kann man das Wort auch umschreiben, zum Beispiel

■ durch einen Satz, der beschreibt, was gemeint ist, eine so genannte Paraphrase.
■ durch ein Wort mit ähnlichem Sinn, ein so genanntes Synonym.
■ durch ein Wort in der eigenen Muttersprache, dessen Bedeutung man erklärt.

Was man ausdrücken will	fehlendes Wort	Umschreibung
Er hat sich einen neuen Anrufbeantworter gekauft.	Anrufbeantworter	Er hat sich ein neues Gerät gekauft, mit dem man Telefonanrufe aufnehmen kann.
Die Kursteilnehmer schwätzen viel miteinander.	schwätzen	Sie unterhalten sich während des Unterrichts.
Er ist ein attraktiver Mann.	attraktiv	...

4 **Flüssiger Sprechen**

a Es gibt Unterschiede zwischen der geschriebenen und der gesprochenen Sprache. Ordnen Sie folgende Aspekte in die Übersicht:
Fehlstarts – Interpunktion – Zögern – Layout – Wiederholung – Abkürzungen – unterbrochene Sätze – Betonung

geschriebene Sprache	gesprochene Sprache

b In der gesprochenen Sprache braucht man manchmal eine Denkpause. Damit der Faden nicht abreißt, benutzen Muttersprachler in solchen Situationen kurze Füllwörter. Manche von ihnen haben keine Bedeutung, zum Beispiel *äh, hm, ...* Die folgenden Redewendungen sind manchmal hilfreich:

Nun, ich sehe das so ...   Also, es ist (doch) so ...   Wissen Sie, was ich denke, ...
Die Sache ist die, ...   Offen gesagt, ...

5 **Spiel: Moment bitte!**
Das folgende Spiel soll Ihnen helfen, flüssiges Sprechen zu üben. Wählen Sie eines der Themen.

- das deutsche Frühstück
- Haustiere
- Winterschlussverkauf
- die Wohnung der Zukunft

Sprechen Sie eine Minute ohne Pausen über dieses Thema. Die anderen in der Klasse notieren, welche Techniken zur Überbrückung von Denkpausen Sie verwendet haben.

6 **Bessere Aussprache üben**
Ein fremdsprachlicher Akzent macht sich in verschiedener Weise bemerkbar: Einzelne Laute klingen anders, die Betonung einzelner Silben eines Wortes wird anders gesetzt oder Rhythmus und Satzmelodie klingen anders als bei einem Muttersprachler. Hören Sie dazu noch einmal die beiden Aufnahmen zur Bildbeschreibung aus Aufgabe 2.
Spiel: Zungenbrecher
Sprechen Sie jeden Spruch zunächst einmal langsam. Versuchen Sie danach, den Satz mehrmals hintereinander zügig zu sprechen – ohne sich zu versprechen.

Zwischen zwei Zweigen zwitschern Schwalben.

Fischers Fritz fischte frische Fische, frische Fische fischte Fischers Fritz.

Der Mondschein schien schon schön.

Schneiders Schere schneidet scharf.

In Ulm und um Ulm und um Ulm herum.

Rolf rollt rasch runde Rollen.

GRAMMATIK – *Konnektoren und Präpositionen 2*

In dieser Lektion werden temporale, finale, konzessive, adversative und modale Konnektoren und Präpositionen behandelt. Kausale, konsekutive und konditionale Konnektoren und Präpositionen siehe Lektion 5.

1 Temporale Konnektoren und Präpositionen – Zeit

a Gleichzeitigkeit

Konnektor/ Nebensatz	Als/Während ich am Computer arbeiten wollte, brach das Programm zusammen. Während sie sich „Online" unterhalten, vergessen manche Leute die reale Welt um sich herum. Solange man den Computer noch für längere Zeit abschalten kann, ist man noch nicht süchtig.
Konnektor/ Hauptsatz	Ich wollte am Computer arbeiten. Da brach das Programm zusammen. Sie unterhalten sich „Online". Gleichzeitig vergessen manche Leute die reale Welt um sich herum.
Präposition	Bei/Während meiner Arbeit am Computer brach das Programm zusammen.

b Vorzeitigkeit

Konnektor/ Nebensatz	Bevor/Ehe man Briefe am PC korrigieren konnte, hatte man viel Arbeit damit.
Konnektor/ Hauptsatz	Heute korrigiert man Briefe am PC. Zuvor hatte man viel Arbeit damit.
Präposition	Vor den Korrekturmöglichkeiten am PC hatte man viel Arbeit mit Briefen.

c Nachzeitigkeit

Konnektor/ Nebensatz	Nachdem er den PC ausgeschaltet hatte, setzte er sich vor den Fernseher.
Konnektor/ Hauptsatz	Er schaltete den PC aus. Anschließend setzte er sich vor den Fernseher.
Präposition	Nach Ausschalten des Computers setzte er sich vor den Fernseher.

2 Finale Konnektoren und Präpositionen – Zweck

Konnektor/ Nebensatz	Man nahm dem Entführten die Uhr ab, damit er nicht sehen konnte, wie lange er unterwegs war. Um die Verfolger in die Irre zu führen, benutzten die Geiselnehmer ein ausländisches Kennzeichen.
Präposition	Zur Irreführung der Verfolger benutzten die Geiselnehmer ein ausländisches Kennzeichen.

3 Adversative Konnektoren – Gegensatz

Konnektor/ Nebensatz	Während manche Wissenschaftler vor der intensiven Beschäftigung mit elektronischen Medien warnen, sehen andere darin keine Gefahr.
Konnektor/ Hauptsatz	Manche Wissenschaftler warnen vor der intensiven Beschäftigung mit elektronischen Medien, aber/doch andere sehen darin keine Gefahr. Manche Wissenschaftler warnen vor der intensiven Beschäftigung mit elektronischen Medien, andere sehen jedoch darin keine Gefahr.

_4_ **Konzessive Konnektoren und Präpositionen – Einräumung**

Konnektor/ Nebensatz	Obwohl der Entführer steckbrieflich gesucht wird, gondelt er in einem Mietwagen auf seinen Namen umher.
Konnektor/ Hauptsatz	Der Entführer wird steckbrieflich gesucht. Trotzdem gondelt er in einem Mietwagen auf seinen Namen umher.
Präposition	Trotz der steckbrieflichen Suche gondelt der Entführer in einem Mietwagen auf seinen Namen umher.

_5_ **Modale Konnektoren und Präpositionen – Art und Weise**

Konnektor/ Nebensatz	Das Modem hauchte dem seelenlosen Computer Leben ein, indem es ihn via Telefonkabel mit seinen Artgenossen verband. Dadurch, dass sie übermäßig lange am Computer arbeiten, leiden viele an Nervenentzündungen. Ohne ihr Gegenüber wirklich zu sehen, flirten Computerfans mit ihrem Bildschirmgegenüber.
Präposition	Durch übermäßige Arbeit am Computer leiden viele an schmerzhaften Nervenentzündungen. Ohne wirklichen Kontakt flirten Computerfans mit ihrem Bildschirmgegenüber.

_6_ **Konnektoren und Präpositionen auf einen Blick**

Bedeutung	Konnektor + Nebensatz	Konnektor + Hauptsatz		Präposition
		mit Inversion	ohne Inversion	
temporal	als, wenn, immer wenn, sooft während, solange bevor, ehe seit(dem) nachdem	da gleichzeitig vorher, zuvor seitdem dann, danach, anschließend gleich danach	und	bei + Dat. immer bei + Dat. während + Gen., Dat. vor + Dat. seit + Dat. nach + Dat.
	sobald, gleich wenn, gleich nachdem bis, so lange bis			gleich nach + Dat. bis zu + Dat., bis + Akk.
final	damit um ... zu (+ Infinitiv)			zu + Dat. zwecks + Gen.
adversativ	während		aber, doch	
konzessiv	obwohl obgleich	trotzdem dennoch	jedoch	trotz + Gen.
modal	indem dadurch, dass ohne dass ohne ... zu (+Infinitiv) (an)statt dass (an)statt ... zu (+ Infinitiv)	stattdessen		durch + Akk. mit + Dat. ohne + Akk. statt + Gen.

7 Formen der indirekten Rede

ⓐ Indirekte Rede in der Gegenwart: Konjunktiv I/II

	sein	haben	Modalverben	andere Verben
ich	sei	hätte	könne	ginge
du	sei(e)st/wär(e)st	hättest	könntest	ging(e)st
er/sie/es	sei	habe	könne	gehe
wir	seien	hätten	könnten	gingen
ihr	sei(e)t/wär(e)t	hättet	könntet	ginget
sie/Sie	seien	hätten	könnten	gingen

In der Gegenwartsform der indirekten Rede gibt es eine Mischung aus Formen von Konjunktiv I und Konjunktiv II. Die im heutigen Deutsch nicht mehr verwendeten Konjunktiv I-Formen werden durch Konjunktiv II-Formen ersetzt.

ⓑ Indirekte Rede in der Vergangenheit
Im Konjunktiv I gibt es wie im Konjunktiv II nur eine Vergangenheitsform (gegenüber drei Formen im Indikativ). Man bildet sie auf der Basis der Perfektformen.

Indikativ	Indirekte Rede	Indikativ	Indirekte Rede
er versprach er hat versprochen er hatte versprochen	} er habe versprochen	sie reiste sie ist gereist sie war gereist	} sie sei gereist
sie fragten sie haben gefragt sie hatten gefragt	} sie hätten gefragt	sie flogen sie sind geflogen sie waren geflogen	} sie seien geflogen

8 Funktion der indirekten Rede

In der indirekten Rede kann man wiedergeben, was ein anderer gesagt hat. Man benutzt sie vor allem, um in schriftlichen Texten etwas zu zitieren.

Direkte Rede	Indirekte Rede
Der Polizeisprecher sagte gestern: „Wir sind den Entführern auf der Spur und werden sie bald finden."	*Der Polizeisprecher sagte gestern, sie seien den Entführern auf der Spur und würden sie bald finden.*
Herr Reemtsma erklärte: „Ich gewann das Vertrauen der Gangster."	*Herr Reemtsma erklärte, er habe das Vertrauen der Gangster gewonnen.*
Auf die Frage: „Was bedeutet die Bezahlung des Lösegeldes für Sie?", meinte Reemtsma, ...	*Auf die Frage, was die Bezahlung des Lösegeldes für ihn bedeute, meinte Reemtsma ...*
Superhirn sagte zu Reemtsma: „Geben Sie mir Ihre Uhr!"	*Superhirn sagte zu Reemtsma, er solle ihm seine Uhr geben.**

* Der Imperativ wird in der indirekten Rede mit den Verben *sollen* oder *mögen* wiedergegeben.

Auto

1 Was wissen Sie über dieses Auto
und seine Geschichte?

a Von welchem deutschen Automobilhersteller
sind die beiden Wagen?

b Wie nennt man das Modell und woher
hat es wohl seinen Namen?

c Seit wann gibt es dieses Auto?

2 Welche Assoziationen verbinden Sie
mit dem *Käfer?*

3 Berichten Sie aus Ihrem Heimatland.

a Wer ist/war der typische Käfer-Fahrer?

b Welche Leute würden sich für den
neuen Käfer interessieren?

___1___ Woran denken Sie bei folgenden Stichworten?

Musik

Stars

Mode

50er- und 60er- Jahre

wissenschaftliche Entwicklung

Autos zu dieser Zeit

wichtige Ereignisse

___2___ Lesen Sie nun den folgenden Text.

Über den Schatten gesprungen

Der Käfer kommt wieder und springt mit Golf-Technik über seinen eigenen Schatten

Wenn ich an den VW-Käfer denke, könnte mir ja Professor Ferdinand Porsche einfallen, der den Käfer 1934 erfunden hat. Oder solche Dinge wie Heckmotor, Luftkühlung, Brezelfenster oder der 4. März 1950, als bereits der 100 000. Käfer vom Band krabbelte. Mir fallen aber immer ganz andere Dinge ein: etwa Milchbar und Motorroller, Elvis Presley, Partys und Petticoats. Wir tanzten Rock 'n' Roll, trugen die Zigaretten lässig im Mundwinkel wie James Dean, der 1956 mit seinem Porsche verunglückte, und nachts starrten wir zum Himmel, um Sputnik, den ersten Satelliten, zu sehen, der seit 1957 um die Erde kreiste. Als der erste Fernseher bei uns zu Hause stand, freuten sich vor allem die Nachbarn: Die standen dann abends regelmäßig mit Bier und Salzstangen vor der Tür. 1960 traten in Hamburg zum ersten Mal die Beatles auf – in einem Striptease-Lokal. Im gleichen Jahr kam die Anti-Baby-Pille auf und Armin Harry rannte in Rom die 100 m in 10,2 Sekunden. 1961 war Juri Gagarin der erste Mensch im Weltraum. In Berlin wurde die Mauer gebaut. Der VW-Käfer war damals noch ein „Halbstarker", wie die Erwachsenen uns Burschen nannten, war also noch jugendlich und überall dabei, wo was los war. Anfang der 60er Jahre waren schon über fünf Millionen Käfer unterwegs und sie vermehrten sich weiter wie die Kaninchen: 1967 war die 10. Million erreicht und 1972 stellte VW mit über 15 Millionen Exemplaren den bisherigen Produktionsrekord des Ford-T-Modells ein. Zwei Jahre später kam der Golf. Der Käfer musste aus Wolfsburg ausziehen, wurde aber in Emden, Brüssel und Übersee mit täglich 3300 Exemplaren noch munter weitergebaut. 1979 lief der letzte europäische Käfer – ein Cabrio – vom Band. Ein Ende war aber keinesfalls in Sicht, denn in Mexiko läuft und läuft der Käfer noch immer: 1992 wurde in Puebla das 21-millionste Exemplar gepresst.

Importeure bringen den Käfer inzwischen wieder nach Deutschland – was VW-Chef Ferdinand Piëch jedoch gar keine Freude macht. Weil Technik und Sicherheit des Dauerbrenners längst nicht mehr aktuell sind, blickt Piëch lieber auf den Käfer der Zukunft. Der kommt zwar auch wieder aus dem Puebla-Werk, aber unterm Blech steckt dann moderne Technik der nächsten Golf-Generation.

Und dieses Auto, Freunde, ist der Hit! Es sieht so käfermodern aus, wie ein moderner Käfer nur aussehen kann, mit bulliger Spur, großen Rädern, dicken Kotflügeln, einem Porsche-Lächeln im Gesicht und einem so raffinierten Hintern, dass man es nicht glaubt. Motor (vom Golf) und Antrieb sitzen vorn, hinten gibt's eine schöne große Hecktür und einen respektablen Kofferraum plus umklappbare Rückbank. Käfertypisch Nostalgisches ist wirklich toll in modernes Design umgesetzt. Ich sehe Halteschlaufen – und aaah, ich glaube es nicht, eine Blumenvase. Die allein ist ja schon Grund genug, das Auto zu kaufen. 100 000 Käfer pro Jahr sind geplant. 60% davon werden wohl nach USA und 40% nach Europa gehen. Der Käfer biegt in die unendliche Geschichte ein, der Motorroller hat längst sein Comeback gefeiert und die Beatles haben auch eine neue Platte herausgebracht. Fehlen jetzt eigentlich nur noch die Petticoats für die Mädels.

__3__ Die Überschrift des Artikels ist ein idiomatischer Ausdruck.
Was bedeutet *über seinen Schatten springen?* Was bedeutet es in Bezug auf das Auto, um das es hier geht?

__4__ Lesen Sie die erste Hälfte des Textes bis Zeile 57 noch einmal.
Notieren Sie sowohl die Stationen der Entwicklung des Käfers als auch andere wichtige Ereignisse dieser Zeit.

Jahr	Entwicklung des Käfers	Jahr	Ereignisse dieser Zeit.
1934	Erfindung des Käfers durch F. Porsche	1956	James Dean verunglückte tödlich.
1950	100.000 Produziert	1957	der erste Satellizer in Weltraum
1967	10,000,000 produziert	1960	Beatles, Vietnam, Pille
1972	15,000,000 neue Einstellung	1961	Juri Gagarin im Weltraum

__5__ Worum handelt es sich im vierten Textabschnitt (Zeile 71–100)?

☐ um eine sachliche, neutrale Beschreibung der Vor- und Nachteile des Wagens
☐ um eine kritische Analyse der Ausstattung des neuen Modells
☐ um ein Lob auf den neuen Käfer, mit persönlicher Begeisterung geschrieben

__6__ Markieren Sie auf dem Foto auf Seite 145 die Teile des neuen Käfers, die im Text beschrieben werden.

GR S. 166

GR __7__ Unterstreichen Sie im Text alle Passivformen.

GR __8__ Ergänzen Sie die Passivsätze.

a In Berlin	wurde	die Mauer	gebaut.
b 1967			
c Der Käfer			
d 1992			
e Käfertypisch Nostalgisches			
f 100000			

GR __9__ Vergleichen Sie die Passivformen der Sätze oben.

a Welche Sätze haben die gleiche Struktur?
b In welchen Sätzen wird ein Vorgang ausgedrückt?
c In welchen Sätzen wird ein Zustand ausgedrückt?

AB

WORTSCHATZ 1 - *Fortbewegung*

__1__   Ergänzen Sie Wörter zum Wortfeld *Fortbewegung*.

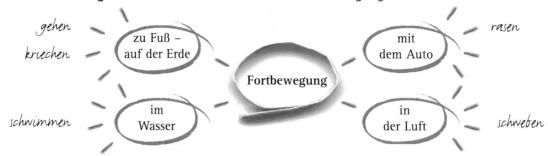

gehen

kriechen

zu Fuß – auf der Erde

Fortbewegung

im Wasser

schwimmen

mit dem Auto

rasen

in der Luft

schweben

__2__   **Hören Sie jetzt eine Geschichte von der Cassette.**
Es geht um eine Reise durch verschiedene Landschaften und Klima-zonen. Sammeln Sie sich in der Mitte des Raumes und machen Sie sich wie in der Geschichte auf den Weg. Drücken Sie pantomimisch verschiedene Arten der Fortbewegung aus.

__3__   **Sehen Sie sich jetzt die Verben der Fortbewegung an.**
Hören Sie die Geschichte noch einmal und ordnen Sie die Verben den Landschaften und Klimazonen zu.

im Schnee	spazieren gehen
	laufen
	rennen
auf der Eisfläche	schlendern
	sich dahinschleppen
	versinken
auf der Blumenwiese	hüpfen
	eilen
	tanzen
auf dem Weg	gleiten
	steigen
	stapfen
im Wald	klettern
	fliegen
	wandern
im Moor	rutschen
	einen Fuß vor den anderen setzen
in den Bergen	sich vorwärts schieben

`AB`

__4__   **Welche Verkehrsmittel gehören in welche Kategorie?**
Auto – Bus – Eisenbahn – Fähre – Fahrrad – Flugzeug – Mofa – Motorrad – Motorroller – S-Bahn – Schwebebahn – Straßenbahn – Taxi – Tram – U-Bahn

öffentliche Verkehrsmittel	Individualverkehr
Bus	*Auto*

5   Was – wofür?

Beurteilen Sie die Verkehrsmittel danach, für welchen Zweck sie sich
besonders eignen. Berücksichtigen Sie dabei Faktoren wie Geschwindigkeit, Preis, Bequemlichkeit, Erreichbarkeit des Ziels usw.

> *Das Flugzeug eignet sich besonders für weite*
> *Urlaubs- oder Geschäftsreisen. Ungünstig ist es*
> *allerdings, wenn das Reiseziel noch sehr weit*
> *vom Flughafen entfernt ist.*

> *Das Auto ...*

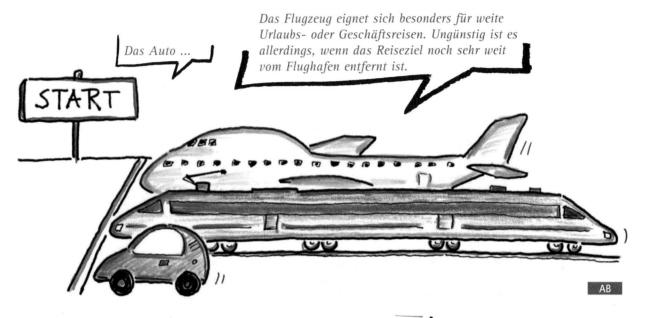

AB

6   Beschreiben Sie Ihr Traumauto.

a Wie müsste es aussehen? (Farbe, Form, Größe)
b Worauf könnten Sie nicht verzichten?

> *Mein Traumauto hat ein ...*
> *Ganz besonders schön finde ich ...*
> *Am liebsten hätte ich einen Wagen mit ...*
> *Auf jeden Fall sollte das Auto ... haben.*
> *Auf ... möchte ich auf keinen Fall verzichten.*
> *... wäre mir sehr wichtig.*

1   Sehen Sie sich den ersten Absatz des folgenden Textes kurz an.
Woher stammt er wohl?

- ☐ aus einer Werbeschrift für Navigationssysteme
- ☐ aus einer Fachzeitschrift für Ingenieure
- ☐ aus dem Wirtschaftsteil einer Tageszeitung

2   Lesen Sie den Text und ergänzen Sie anschließend in der Textzusammenfassung rechts die fehlenden Nomen.

Autonavigation mit Kurs auf den Massenmarkt

Bonn (Reuter) – Ein trüber Novembertag. Auf dem Weg zu einem Geschäftstreffen in Frankfurt steigt der Autofahrer in Köln in seinen Wagen und schaltet den Bordcomputer an. Nachdem der Zielort
5 eingegeben worden ist, nimmt der Computer mit einem Satelliten in 17 700 Kilometer Entfernung zur Erde Verbindung auf und wertet Daten über Staus, Baustellen und Wetterbedingungen aus. Der Tipp des Computers: „Stellen Sie den Wagen zurück
10 in die Garage. Nehmen Sie den Intercity um 8.54 von Köln Hauptbahnhof. Auf dem Kölner Autobahnring sind zwölf Kilometer Stau und im Westerwald herrscht dichter Nebel."

Noch ist das Zukunftsmusik. Doch bereits zum Ende
15 des Jahrtausends gibt es bei zahlreichen Autokonzernen wie BMW, Mercedes-Benz, Ford oder VW selbst für Mittelklassewagen satellitengesteuerte Navigationssysteme.

Die Firma Bosch bietet beispielsweise für 3250 €
20 einen „Travelpiloten" an, der nachträglich eingebaut werden kann. Das Geheimnis dieses Travelpiloten ist eine eingespeicherte digitale Karte mit 560 000 Straßenkilometern und 200 Stadtplänen. Der Computer registriert durch Sensoren am Hinterrad Ge-
25 schwindigkeit und Kurvenradien und weiß mit Hilfe eines Magnetkompasses immer, wo sich das Auto befindet. Über einfache Pfeilsymbole, die auf einem Armaturenbrett erscheinen, oder gesprochene Ansagen wird der Autofahrer von seinem elektronischen
30 Beifahrer durch Deutschland geleitet. Ähnlich arbeitet Carina, das Car-Informations- und Navigationssystem der Philips Car Systems in Wetzlar. Es ist ebenso nachrüstbar für 3750 €. Die Geräte dirigieren den Fahrer bis auf wenige Meter ans Ziel. „Die Route wird berechnet", „Links", „Rechts", „Folgen Sie dieser 35 Straße, bis Sie weitere Anweisungen erhalten" sind bislang die typischen Instruktionen für den orientierungslosen Autofahrer.

Die neuen Systeme lassen sich tatsächlich nur in großen Mengen absetzen, wenn sie noch mehr bieten 40 und billiger werden, sagen Industrieexperten. Nachfrage sehen sie zunächst bei Speditionen, Taxiunternehmen, Vertretern, Autovermietungen und bei den Luxuswagen. „Die meisten Fahrer sind ja immer auf der gleichen Route unterwegs und wissen, wie sie am 45 besten zum Ziel kommen", sagt David Yates von einer Consultingfirma. „Die breite Öffentlichkeit ist nur zu gewinnen, wenn sie nutzvolle Informationen über Verkehrsstaus und Unfälle erhält", fügt er hinzu. Zudem seien die Systeme bei den aktuellen Preisen en 50 gros nur schwer verkäuflich.

Doch die Preise geraten bereits in Bewegung. Grundig in Nürnberg will im nächsten Jahr ein System anbieten, das unter 2000 € kosten wird. Sollte den Navigationssystemen der Durchbruch vom Luxussegment 55 zum Massenmarkt gelingen, könnten die Preise bei steigender Nachfrage rasch sinken. Außer der reinen Routensuche bieten die Systeme teilweise jetzt schon den Weg zu Hotels, Restaurants und Sehenswürdigkeiten an. Ein größerer Kundenkreis ließe sich vor 60 allem auch ansprechen, wenn die Navigationssysteme bei der Diebstahlsicherung einzusetzen wären. Das ist laut Experten durchaus vorstellbar. Falls ein Auto gestohlen wird, könnte es per Satellit bis auf wenige Meter genau geortet werden. 65

LESEN 2

Textzusammenfassung

Zahlreiche Autokonzerne wollen den Autofahrern zukünftig einen –1– anbieten, der sie durch den Verkehr dirigiert. Derzeit sind bereits zwei –2– auf dem Markt, die mit Hilfe von Ansagen oder Symbolen den genauen Weg angeben. Interessant sind diese bisher jedoch hauptsächlich für einen bestimmten Kundenkreis, wie zum Beispiel –3– . Im Moment lassen sich diese Computer noch nicht an –4– verkaufen, weil sie zu teuer sind. Wenn sie preisgünstiger werden und von normalen Autofahrern sinnvoll zu nutzen sind, etwa um über –5– zu informieren oder um den Wagen nach einem –6– wiederzufinden, werden die Travelpiloten in Zukunft Marktchancen haben. Die –7– dieser Geräte werden bereits in nächster Zeit sinken.

1. _Bordcomputer_
2. _Systeme / Modelle_
3. _Speditionen und Taxiunternehmer_
4. _die breite Öffentlichkeit_
5. _Diebstahl_
6. _Verkehrsstaus_
7. _Preise_

_3_ **Schlüsselwörter**
Im Titel stecken die Schlüsselwörter *Autonavigation* und *Massenmarkt*.
Unterstreichen Sie alle Wörter im Text, die die gleiche Bedeutung haben oder inhaltlich eng damit verbunden sind. Ergänzen Sie die Liste.

Autonavigation	Massenmarkt.
Bordcomputer	_in großen Mengen abgesetzt_

GR S. 167/3

_GR 4_ **Unterstreichen Sie im Text alle Konstruktionen, die ausdrücken, dass etwas „gemacht werden kann".**

_GR 5_ **Wie lauten die folgenden Sätze des Textes im Passiv?**
Ergänzen Sie die Übersicht.

Text	Alternativen zum Passiv	Passiv
Es ist ebenso nachrüstbar für 3750 €.	*sein* + Verbstamm + *-bar*	_Es kann ebenso nachgerüstet werden, für 3750 €._
Zudem seien die Systeme bei den aktuellen Preisen en gros nur schwer verkäuflich.	*sein* + Verbstamm + *-lich*	_Die neuen Systeme können nur in großen Mengen ..._
Die neuen Systeme lassen sich tatsächlich nur in großen Mengen absetzen, ...	*sich* + Infinitiv + *lassen*	
Ein größerer Kundenkreis ließe sich vor allem auch ansprechen, ...		
(Die breite Öffentlichkeit ist nur zu gewinnen,) wenn die Navigationssysteme bei der Diebstahlsicherung einzusetzen wären.	*sein* + Infinitiv + *zu*	_Die breite Öffentlichkeit kann nur ..._

AB

_1_ Setzen Sie die Wörter in die nummerierten Textstellen ein.
Das Schaubild kann dabei hilfreich sein.

Flaute überwunden

Die Autoflaute in Deutschland scheint überwunden zu sein. Im Jahr 1995 konnten die –1– ihre –2– gegenüber 1994 um gut sechseinhalb Prozent auf insgesamt 4,36 Millionen steigern. Damit fahren sie zum zweiten Mal seit dem tiefen –3– im Jahr 1993 ein positives –4– ein. Ein Großteil dieser neuen Autos war freilich nicht für den deutschen Markt, sondern für –5– im Ausland bestimmt. Die –6– in Deutschland kauften 1995 zwar auch mehr Autos als 1994; doch die –7– bewegte sich, verglichen mit früheren Jahren nach wie vor auf niedrigem Niveau. Insgesamt wurden 3,31 Millionen PKW und Kombis neu zugelassen. Das war ein –8– von etwas mehr als drei Prozent. Wegen der allgemein relativ schwachen –9– bevorzugten Autokäufer vor allem Modelle der unteren Mittelklasse (1,0 bis 1,5 Liter Hubraum), welche die –10– nicht so arg strapazierten wie die gehobenen Fahrzeugklassen.

🗹 Einbruch
🗹 Nachfrage
🗹 Automobil-
   hersteller
🗹 Abnehmer
🗹 Kunden
🗹 PKW-
   Produktion
🗹 Haushalts-
   kasse
🗹 Ergebnis
🗹 Einkommens-
   entwicklung
🗹 Plus

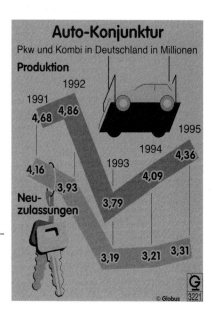

_2_ Welche Begriffe sind gleichbedeutend, welche haben eine komplementäre Bedeutung?
Manchmal gibt es mehrere Möglichkeiten.

Verbraucher – Einkommenssteigerung – Einbruch – Nachfrage – Produktion – Hersteller – Kunde – Aufwind – Einkommenseinbußen – Abnehmer – Angebot – Anbieter – Produzent – Aufschwung – Flaute – negative Einkommensentwicklung

Wort	gleiche Bedeutung	komplementäre Bedeutung
Hersteller	Produzent	Verbraucher

_3_ Mehr oder weniger
Unterstreichen Sie in den beiden folgenden Texten alle Verben (mit Präpositionen), die ausdrücken, dass etwas *mehr wird* bzw. *weniger wird*.

Auf und Ab

Der größte Gewinner auf dem deutschen Automarkt im Jahr 1996 heißt VW. Die Volkswagen AG konnte die Zahl der Neuzulassungen im vergangenen Jahr mit 664 000 Neuzulassungen um 3,2 Prozent steigern. Bei Mercedes-Benz stieg der Absatz im vergangenen Jahr um 14,3 Prozent, das sind 286 000 Neuzulassungen. Opel kam auf 560 000, Ford auf 395 000 Neuzulassungen. Als größter ausländischer Anbieter steht Renault mit 181 000 Zulassungen auf Rang sieben. Das größte Plus verbuchte Fiat: Die Turi-

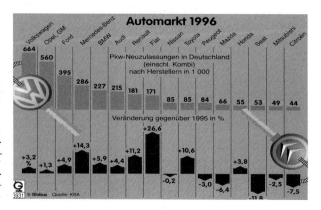

ner Autoschmiede konnte <u>um</u> mehr als ein Viertel <u>zulegen</u>. Bis auf Toyota und Honda, die mit 85 000 bzw. 55 000 Neuzulassungen das Vorjahresergebnis um 10,6 Prozent bzw. 3,8 Prozent <u>übertrafen</u>, <u>verringerte sich</u> bei allen japa-nischen Herstellern die Zahl der Neuzulassungen in Deutschland. Am meisten <u>verlor</u> Mazda auf dem deut-schen Markt. Der Absatz <u>sank</u> gegenüber dem Vorjahr <u>um 6,4 Prozent</u>. Ebenso <u>auf der Verliererseite stehen</u> Mitsubishi und Nissan. Bei Mitsubishi <u>verringerte sich</u> der Absatz im letzten Verkaufsjahr um 2,5 Prozent, bei Nissan <u>sank</u> er <u>um 0,2 Prozent</u>.

USA, Japan, Deutschland

Die USA sind der größte Auto-produzent der Welt, gefolgt von Japan und Deutschland. Weltweit war im Jahr 1995 eine unter-schiedliche Entwicklung zu beob-achten. In Amerika und Japan gingen die Produktionszahlen zu-rück, in Europa und in den asiatischen Ländern, ausgenommen Japan, nahmen sie zu. Von den drei führenden Automobilnationen konnte nur Deutschland seine Produktion <u>erhöhen,</u> und zwar um sieben Prozent. In den neuen Ländern wuchs die Automobilproduktion im innerdeutschen Vergleich mit 14 Prozent überproportional.

Die größten Autoproduzenten 1995
Produktion von Pkw und Lkw weltweit 50,3 Millionen

darunter in Mio.

USA	12,0
Japan	10,2
Deutschland	4,7
Frankreich	3,5
Südkorea	2,6
Kanada	2,4
Spanien	2,3
Großbritannien	1,8
Italien	1,7
Brasilien	1,6
China	1,5
Rußland (1994)	1,0
Mexiko	0,9

4   Ergänzen Sie die Übersicht.

mehr werden	weniger werden
steigern um (+ Akk.)	*sinken um (+ Akk.)*

5   Bilden Sie – wenn möglich – Nomen zu diesen Verben.

6   Sprechen Sie nun über die Graphik „Auto-Deutschland".

ⓐ Was passierte mit der Produktion
■ von 1992 bis 1993?
■ von 1993 bis 1994?
ⓑ Wie entwickelte sich die Zahl der verkauften Neuwagen zwischen 1991 und 1993?
ⓒ In welcher Zeit stagnierte der Absatz von Neuwagen?
ⓓ Beschreiben Sie den Gebraucht-wagenabsatz in den Jahren 1991 bis 1994.

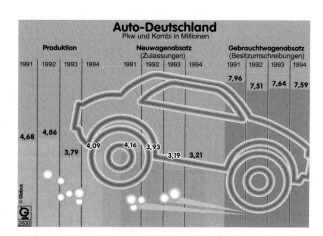

Auto-Deutschland
Pkw und Kombi in Millionen

Produktion 1991 1992 1993 1994: 4,68 4,86 3,79 4,09
Neuwagenabsatz (Zulassungen) 1991 1992 1993 1994: 4,16 3,93 3,19 3,21
Gebrauchtwagenabsatz (Besitzumschreibungen) 1991 1992 1993 1994: 7,96 7,51 7,64 7,59

Das Schaubild informiert/gibt Auskunft darüber, ...
Aus der Statistik/Graphik geht hervor, dass ...
Die Tabelle zeigt, dass ...
Das Schaubild lässt erkennen, dass ...

AB

153

1 **Beschreiben Sie das Foto.**

Was könnte die Zeitung dazu berichtet haben?

Den passenden Zeitungsartikel finden Sie im Arbeitsbuch.

Auf dem Bild sieht man ...
Auf dem Foto sind ... abgebildet, die ...

Das Besondere daran ist, dass ...
Sehr auffällig ist ...

Das Ganze wirkt ...
Man hat den Eindruck, ...

Die Zeitung hat vermutlich berichtet, dass ...
Wahrscheinlich steht in der Zeitung, dass ...
Der Kommentar zu diesem Foto könnte lauten: ...

2 **Spiel: Auf dem Polizeirevier**

Ziel des Spieles ist es, zu erraten, mit welchen Problemen eine
Spielerin/ein Spieler auf ein „Polizeirevier" kommt.
Eine Spielerin/Ein Spieler erhält von der Kursleiterin/dem Kursleiter
eine Anweisung, die die anderen in der Klasse nicht kennen.
Beispiel: *Ich war im Supermarkt beim Einkaufen. Als ich aus dem
Geschäft kam, war mein Fahrrad gestohlen.*
Ohne ein Wort zu sprechen, also ausschließlich mit nonverbalen
Mitteln, spielt die Person ihr Problem in der Klasse vor. Die anderen
versuchen, die Gesten zu deuten und äußern Vermutungen.
Die Spielerin/Der Spieler gibt zu verstehen, welche Vermutungen richtig
sind, und zwar so lange, bis die Klasse erraten hat, was sie/er auf dem
Polizeirevier melden wollte.

HÖREN

_1_ **Sehen Sie sich die Karikatur an.**
Was wissen
Sie über
Elektroautos?

„Manchmal muss man zwischentanken."

_2_ **Sie hören eine Radiosendung zum Thema _Elektroauto_.**
Lesen Sie vorher die folgenden Punkte. Bringen Sie sie nach
dem Hören in die richtige Reihenfolge.

- ☑ Funktionsweise des Motors, Geschwindigkeit und Reichweite
- ☑ Aussehen
- ☑ Bedienung und Verbrauch
- ☑ Fahrgastkapazität
- ☐ Bedenken und Gefahren aus der Sicht von Kritikern
- ☑ Vorteile bei der Nutzung von Elektroautos

_3_ **Hören Sie das Gespräch noch einmal in vier Abschnitten und
versuchen Sie, Einzelheiten zu verstehen.**

A
B
C
D

| Abschnitt 1 | **a** Entscheiden Sie, welches der abgebildeten Autos beschrieben wurde. |

| Abschnitt 2 | **b** Setzen Sie die richtigen Wörter ein. |

- 55 km pro Stunde ist die _____
- Das Auto fährt in der Stadt zwischen _____ und _____ km weit.
- Man kann die Batterie an einer _____ aufladen.
- Das Elektroauto ist sehr energiesparend, weil es _____

| Abschnitt 3 | **c** Nennen Sie drei Vorteile des Elektroautos. |

| Abschnitt 4 | **d** Welche Auswirkung hätte die Nutzung von Elektroautos auf den
Stromverbrauch? |

e Welche Gefahr sieht Herr Stein, wenn sich Elektroautos
im Stadtverkehr durchsetzen?

AB

1   **Diskussion**

Diskutieren Sie zu zweit: Haben Sie ein Auto? Haben Ihre Eltern/
Freunde ein Auto? Wozu benutzen Sie oder Ihre Eltern/Freunde es?
Wie oft benutzen Sie es? Ergänzen Sie die Liste.

Wozu?	Wie oft?
zum Einkaufen im Supermarkt	*einmal wöchentlich*

2   **Umfrage**

Machen Sie eine Umfrage in der Klasse: Was würden Sie machen, wenn
Sie kein Auto mehr hätten?
Beispiel:

- ▬   *Wie würden Sie zum Beispiel die Einkäufe erledigen?*
- ▲   *Ich würde wahrscheinlich jeden Tag in einem Laden um die Ecke
  einkaufen.*

Gehen Sie die Liste aus Aufgabe 1 durch.

3   **Könnten Sie ganz ohne Auto leben?**

Warum? Warum nicht?

4   **Lesen Sie den Bericht einer Familie, die ihr Auto
abgeschafft hat.**

Formulieren Sie für jeden Abschnitt eine passende Überschrift.

Abschied vom Auto
Eine Familie berichtet

Eine Familie und ihre Entscheidung

Um es gleich vorwegzunehmen: Wir sind weder „grüne Ökofreaks" noch
romantische Träumer (wenigstens glauben wir das), wenngleich man
uns in letzter Zeit häufig für verrückt erklärt hat. Wir sind eine Großfa-
milie aus einer Kreisstadt im Sauerland, fünf Kinder zwischen zwei und
neun Jahren, Mutter (Grundschullehrerin a.D.) und Vater (Biologe, Oberstudienrat). Nach fünfzehn Jahren haben wir im März unseren Wagen
abgeschafft.

Die Gründe für diesen einschneidenden Schritt waren: die Umwelt-
zerstörung, besonders die Schäden durch Straßenbau und Straßenverkehr; der persönliche Einsatz im lokalen Naturschutz (so gegen
Straßenneubauten); das endlose Gerede über Katalysator, Tempo 100
und autofreien Sonntag; eine Regierung, die die Umweltbelastung zwar
sieht, aber nur darüber redet; und schließlich unser schlechtes Gewissen, das wir unseren Kindern gegenüber haben. Wir haben – wie wohl
die meisten Deutschen – unseren Wagen nur für die Bequemlichkeit
gebraucht: für den Weg zur Schule, zu den Großeltern, zum Einkaufen,
für Kurzausflüge.

Seit wir ihn nicht mehr haben, sind wir ruhiger geworden. Keine Hektik mehr im Auto, keine schreienden und sich gegenseitig schlagenden Kinder mehr auf dem Rücksitz. Dafür haben wir bei unseren Ausflügen an den Wochenenden sehr häufig einen ganzen Linienbus für uns allein. Leider! Fahrten zur Schule lassen sich dank der hervorragenden Verbindungen gut mit dem Bus erledigen, wobei in der Anfangsphase der Herr Oberstudienrat mit Schlips und Anzug bei den Schülern Aufmerksamkeit erregte. (Ob der seinen Führerschein noch hat?) Während der täglichen Busfahrt erfahre ich inzwischen viele Schulneuigkeiten.

Von Nachbarn und Freunden kamen gespaltene Reaktionen: Unterschwellige Aggressionen fielen uns besonders auf. „Was soll das denn? Ihr seid wohl nicht ganz gescheit! Autos belasten die Umwelt nur ganz minimal. Schuld sind die Kraftwerke und vor allem die Flugzeuge." Andere fanden: „Das ist ja ganz nett, aber für mich kommt es nicht in Frage. Ich brauche das Auto." (Was wir bezweifeln, da keiner von ihnen Vertreter oder Selbständiger ist.) Oder – auch von jungen Leuten: „Einer allein schafft keine Änderung, deshalb fahre ich weiter Auto, obwohl ich weiß, dass es umweltschädigend ist." Entschuldigungen für die eigene Bequemlichkeit und Inkonsequenz, Gewissensberuhigung!

Was mussten wir an unserem Alltag ändern? Wir brauchen mehr Zeit (besonders am Wochenende, wenn die Verbindungen schlecht sind) und kaufen woanders ein. Fahrten zum Großeinkauf beim Aldi-Markt sind nun nicht mehr möglich. Wir besorgen unsere Sachen jetzt am Ort, wobei die älteren Kinder tatkräftig mithelfen. Wir stärken den häufig vernachlässigten Einzelhandel unserer Stadt, dem die mobilen Kunden ja fernbleiben.

Ein Wort zur Wirtschaftlichkeit: Unsere scheckheftgepflegten Autos, die wir im Laufe der Jahre fuhren, waren immer teurer als in den Kostentabellen des Automobilclubs. Alles eingerechnet (Garage, Automobilclub, Haftpflicht, Steuern, Rechtsschutzversicherung, Reparaturen, Wartung, Pflegemittel, Benzin und Wertverlust) lagen wir bei rund 375 € pro Monat. Für Bus- und Bahnfahrten geben wir momentan zirka 125 € pro Monat aus.

Wir sind in den vergangenen Monaten noch kritischer und noch umweltsensibler geworden, nehmen in der Stadt mehr Belastungen wahr als vor unserem Verzicht. Wir sehen die wartenden, stinkenden und lärmenden Autos an den Kreuzungen mit anderen Augen als vorher, sind der Meinung, dass das Auto in der Stadt entbehrlich ist. Wir fragen uns, warum die umwelt- und menschenfreundlichen Bus- und Bahnnetze nicht ausgebaut werden. Es fahren zu wenige mit Bus und Bahn. Erst wenn mehr Menschen umsteigen, wird sich das Angebot verbessern. Die Verkehrsunternehmen sind gefordert, Bus und Bahn attraktiver zu machen (da gibt es viele Möglichkeiten). All die Natur- und Umweltschützer (wer ist das nicht?), die in der Stadt auf ihren Wagen verzichten können, sollten nicht länger zögern, dies auch zu tun. Wir sind froh, dass wir diesen Schritt vollzogen haben, und bereuen unseren Entschluss bis heute nicht.

5 Welche der folgenden Aussagen ist richtig?
Kreuzen Sie an.

ⓐ Die Familie, die ihr Auto abgeschafft hat,
- ☐ sieht sich als romantisch und verträumt.
- ☐ findet bei anderen nicht viel Verständnis für ihre Entscheidung.
- ☐ hat ein schlechtes Gewissen gegenüber den Großeltern.

ⓑ Seit sie kein Auto mehr haben,
- ☐ mieten sie am Wochenende häufig einen Linienbus für sich allein.
- ☐ regen sich die Schüler über ihren Lehrer im Bus auf.
- ☐ weiß der Vater, schon bevor er zur Schule kommt, meist viel Neues.

ⓒ Von ihren Freunden
- ☐ findet keiner die Entscheidung, ohne Auto zu leben, gut.
- ☐ haben alle irgendeine Ausrede, warum sie nicht auf das Auto verzichten können.
- ☐ wollen viele die Kraftwerke und Flugzeuge abschaffen, um die Umwelt zu schonen.

ⓓ Neu ist jetzt für die Familienmitglieder,
- ☐ dass sie zwar mehr Zeit für alles brauchen, aber auch Geld sparen.
- ☐ dass die Kinder durch die Hilfe beim Einkaufen kräftiger geworden sind.
- ☐ dass sie mit dem Bus zu einem anderen Großmarkt zum Einkaufen fahren.

ⓔ In der letzten Zeit
- ☐ sind sie nicht mehr so sicher, ob ihre Entscheidung richtig war.
- ☐ bemerken sie, dass die Umwelt immer stärker belastet wird.
- ☐ wünschen sie sich oft, dass mehr Menschen auf öffentliche Verkehrsmittel umsteigen.

GR S. 167/4,5

GR 6 Unterstreichen Sie im Text alle Partizipien.

GR 7 Ergänzen Sie alle Partizipialkonstruktionen aus dem Text und formen Sie diese zu Relativsätzen um.

Partizip I – Konstruktion	Partizip II – Konstruktion	Relativsatz
keine schreienden und sich gegenseitig schlagenden Kinder		*Kinder, die schreien und sich gegenseitig schlagen*
	die scheckheftgepflegten Autos	*Autos, die per Scheckheft gepflegt werden*

GR 8 Erklären Sie die Unterschiede zwischen den Partizip I- und den Partizip II-Konstruktionen.

ⓐ Welche Partizipien haben eine aktive Bedeutung und bezeichnen eine Handlung, die gleichzeitig oder vorzeitig zum Hauptverb des Satzes stattfindet?

ⓑ Welche Partizipien haben eine passive Bedeutung?

ⓒ Vergleichen Sie die Partizip II-Formen *die scheckheftgepflegten Autos* und *die vergangenen Monate.*
Was trifft auf welche Form zu?

- ■ passiv
- ■ vorzeitig
- ■ gleichzeitig zum Hauptverb des Satzes
- ■ aktiv

AB

Schreiben Sie in kleinen Gruppen eine spannende Liebesgeschichte.
Die Helden der Geschichte, Gräfin Beatrice und Forstrat Berdorf, sehen Sie auf dieser Illustration. Ihre Geschichte sollte auf folgende Fragen eine Antwort geben:

- Woher stammen Beatrice und Dr. Berdorf?
- Seit wann kennen sie sich?
- Wie ist die Beziehung zwischen den beiden?
- Warum können sie sich nicht richtig verstehen?
- Warum ist Beatrice an jenem Tag mit dem Fahrrad unterwegs?
- Was steht dem Glück der beiden im Weg?

So fängt die Geschichte an:

Es war ein wunderbarer Tag im August.
Die Gräfin wollte ...

Sie haben 15 Minuten Zeit, die Geschichte aufzuschreiben.
Die Gruppen lesen ihre Geschichten in der Klasse vor.

_1_ Lesen Sie die erste Seite einer Informationsbroschüre.

> Die Verkehrsdichte in den Städten steigt, und der PKW-Bestand wächst ständig weiter. Es ist zu erwarten, dass bald jeder Erwachsene ein Fahrzeug besitzt. In München sind derzeit 700 000 Autos registriert. Die brauchen viel Platz, nicht nur zum Fahren, sondern auch zum Stehen, denn das tun sie in mehr als 95% ihrer „Lebenszeit". Ist das überhaupt notwendig? Wir denken: Nein! Eine Alternative lautet:
> **Autoteilen – Carsharing – STATTAUTO.**
>
> **Eine verkehrspolitisch sinnvolle und preisgünstige Alternative zum Privatauto**

_2_ **Führen Sie ein Beratungsgespräch.**
Jeweils zwei Teilnehmer bereiten eine Rolle vor.

Runde 1: Information

Interessent	Berater
Sie haben von der Organisation STATTAUTO gehört. Über folgende Fragen möchten Sie etwas erfahren: ■ Funktionsweise und praktische Durchführung ■ Kosten	Sie arbeiten bei der Organisation STATTAUTO. Am Telefon informieren Sie Interessenten über: ■ Funktionsweise und praktische Durchführung ■ Kosten

Überfliegen Sie den Text auf der folgenden Seite und überlegen Sie sich jeweils drei bis vier Fragen, die ein Interessent stellen könnte.

Lesen Sie den Text auf der folgenden Seite aufmerksam, um über die oben genannten Punkte Auskunft geben zu können. Markieren Sie beim Lesen Schlüsselwörter und wichtige Informationen.

Beispiele:
Ich habe von STATTAUTO gehört. Können Sie mir erklären, ...
Und dann würde mich noch interessieren, ...

Beispiele:
Also, das ist folgendermaßen: Sie ...
Unser System funktioniert so: ...

Runde 2: Zweifel – Argumentation

Interessent	Berater
Sie **zweifeln** daran, dass STATTAUTO wirklich so **praktisch** und **günstig** ist. Formulieren Sie Einwände zu ■ Funktionsweise und praktischer Durchführung	Sie versuchen, Interessenten von den **Vorteilen** von STATTAUTO zu überzeugen.

Interessent Beispiele:
Ich finde das alles sehr kompliziert.
Was mache ich, wenn ...
Das klingt ja alles sehr schön,
aber es könnte doch passieren, dass ...
■ Kosten
Beispiel:
Das scheint mir aber ziemlich teuer!
Ein eigenes Auto kostet auch nicht mehr.

Berater Beispiele:
Wer mit STATTAUTO fährt, kann (braucht nicht) ...
Wenn man nicht oft Auto fahren muss, ...
Ich würde Ihnen auf jeden Fall raten, ...

Sie können ja mal nachrechnen.
Sie werden sehen, ...

Wie funktioniert STATTAUTO?

STATTAUTO ist eine Carsharing-Organisation, die einen Fahrzeug-Pool (Miniklasse, Kleinwagen, Kombifahrzeuge, Kleinbusse) für ihre Mitglieder unterhält. STATTAUTO organisiert die Fahrzeugverteilung an verschiedenen Stationen im Stadtgebiet und ist zuständig für Wartung, Pflege und Reparatur der Fahrzeuge.

STATTAUTO-Mitglieder können jederzeit per Telefon in der Buchungszentrale einen Wagen reservieren. Nach unserer bisherigen Erfahrung steht in über 90% aller Fälle ein Auto zur Verfügung.

Zu Fahrtbeginn entnehmen die Mitglieder den Autoschlüssel dem Fahrzeugschlüsseltresor, der sich an jeder Station befindet. Getankt wird bargeldlos mit einer Tankkarte auf Kosten von STATTAUTO. Am Fahrtende wird das Auto zur Station zurückgebracht und ein kurzer Fahrtbericht ausgefüllt, auf dessen Grundlage abgerechnet wird.

STATTAUTO-Mitglieder können auch Fahrzeuge von Carsharing-Organisationen aus circa 45 anderen Städten in Deutschland und einigen anderen europäischen Ländern buchen.

So viel kostet das eigene AUTO

Der Kostenvergleich zwischen STATTAUTO und einem Privatauto ist interessant. Die Nutzungskosten liegen für STATTAUTO-Mitglieder bei circa € 0,28 pro Kilometer (inkl. Benzin, Steuern, Versicherung etc.) für einen Kleinwagen. Wer auf ähnlich günstige Kosten für sein Privatauto kommen will, muss mindestens 15 000 km im Jahr mit dem Auto fahren. Wenn man z.B. für einen Opel Corsa zum Neupreis von rund 9 500,- alle Fixkosten und variablen Kosten berechnet, kommt man auf folgende Kosten pro Kilometer Autofahrt:

km/Jahr	5.000	10.000	15.000	20.000
€/km	0,71	0,40	0,30	0,25

STATTAUTO rentiert sich also schon aus Kostengründen insbesondere für „Wenigfahrer", aber auch für Autofahrer mit durchschnittlicher Jahreskilometerleistung (12 500 km). Es gibt aber noch einen weiteren wichtigen Einsparungseffekt: Sie fahren kostenbewusster Auto, die so genannten überflüssigen Fahrten entfallen völlig. Somit fahren sie im Durchschnitt nur noch ein Drittel bis halb mal so viel wie früher Auto.

So viel kostet STATTAUTO

Wer bei STATTAUTO Mitglied werden will, zahlt eine Kaution von € 500,- (wird bei Austritt zurückgezahlt) und einen monatlichen Beitrag von € 6,-. Die Nutzungskosten bei STATTAUTO berechnen sich aus den Kosten für die gebuchte Zeit (Zeittarif) und den Kosten für die gefahrenen Kilometer (km-Tarif). Hier z.B. die Kosten für einen Kleinwagen (incl. Benzin, Steuern, Versicherung, etc.)

Jede angefangene Stunde	8-24 Uhr	€ 1,50
	0-8 Uhr	€ 0,50
	0-8 Uhr	Frauen gratis
Tagespauschale (24 Std.)		€ 15,-
Wochenpauschale		€ 95,-

Zusätzlich für jeden Kilometer € 0,18
STATTAUTO-Fahrzeuge können stunden-, tage- oder wochenweise gebucht werden. Hier einige Beispiele:

Fahrstrecke	Zeittarif	km-Tarif	Summe
München-Eching (3 Std./50 km)	€ 4,50	€ 8,75	€ 13,75
München-Königssee (2 Tage/240 km)	€ 30,-	€ 42,-	€ 72,-
München-Osttirol (1 Woche/600 km)	€ 95,-	€ 105,-	€ 200,-

Die Vorteile von STATTAUTO

- Die Mitglieder genießen die Vorteile eines Autos, ohne eines besitzen zu müssen und ohne einen Verlust an Mobilität zu verspüren.

- STATTAUTO-Mitglieder fahren kostengünstiger. Die finanziellen Belastungen sind kalkulierbarer. Um Wartung, Reparatur, Versicherung usw. der Fahrzeuge brauchen Sie sich nicht mehr zu kümmern.

- Es stehen verschiedene Fahrzeugtypen zur Auswahl.

- Eine STATTAUTO-Mitgliedschaft fördert umweltbewussteres Verhalten. STATTAUTO-Mitglieder bevorzugen öffentliche Verkehrsmittel, fahren mit dem Fahrrad oder gehen zu Fuß. Sie fahren dann Auto, wenn es notwendig oder zweckmäßig ist.

- Mit STATTAUTO wird der PKW-Bestand verringert (auf ein Auto kommen hier im Durchschnitt 15 bis 20 Nutzer) und auch die Anzahl der Autofahrten pro Person.

AB

__1__ **Lesen Sie die drei Statements.**

In der Zeitschrift des Allgemeinen Deutschen Automobilclubs
ADAC motorwelt standen folgende drei Statements unter der Überschrift:

Was Auto-Mobilität wirklich für unsere Gesellschaft bedeutet

A

„Der Straßenverkehr richtet Millionenschäden an. Wir alle müssen deshalb umdenken."

Alternativen zum motorisierten Individualverkehr müssen vor allem in den Städten gefunden werden.

B

„Jeder hat das Recht auf ein eigenes Auto!"

Mobilität ist ein Zeichen von persönlicher Freiheit und Individualität. Das Auto ist das einzige Fortbewegungsmittel, mit dem jeder Mensch zu jeder Zeit, gemeinsam mit mehreren anderen Menschen, fast jeden Ort nach seinem Fahrplan erreichen kann.

C

„Ökonomie vor Ökologie!"

Wenn weniger Autos gekauft werden, geht es uns in Deutschland allen wirtschaftlich schlechter. Wir müssen deutlich machen, dass die Automobilindustrie eine Schlüsselindustrie ist.

__2__ **Welches Statement ist *pro*, welches ist *contra* Auto?**

Welches gefällt Ihnen am besten? Warum?

__3__ **Nehmen Sie in einem Leserbrief an die Redaktion der Zeitschrift Stellung zu dem Thema.**

Berichten Sie dabei, wie die Menschen in Ihrem Heimatland mit diesem Thema umgehen. Bevor Sie mit dem Schreiben beginnen, führen Sie die folgenden Arbeitsschritte aus:

a Sammeln Sie Ideen zum Thema, die Sie in Ihrem Text verwenden möchten.
Gruppieren Sie inhaltlich zusammengehörende Ideen.
Beispiel: *Statement A*

ⓑ Lesen Sie folgende Redemittel.

Intentionen	Redemittel
den Anlass nennen	*In der letzten Ausgabe Ihres Magazins diskutierten Sie die Frage, ...*
	In Ihrer Zeitschrift las ich unlängst einen Artikel, ...
	In letzter Zeit hört man immer häufiger ...
eine These/Behauptung aufstellen	*Ich bin der Meinung, dass ...*
	Ich möchte dazu folgende These aufstellen: ...
eine Gegenthese formulieren	*Diese Behauptung lässt sich leicht widerlegen. ...*
	Wir müssen uns dagegen wehren, dass ...
Argumente dafür/dagegen anführen	*Einige Gründe sprechen dafür, dass ...*
	Ich möchte (noch) darauf hinweisen, dass ...
	Ein weiterer Gesichtspunkt ist ...
	Andererseits muss man aber bedenken, dass ...
	Zwar ist es richtig, dass ..., aber ...
	Dagegen muss man einwenden, dass ...
abschließend zusammenfassen und ein Fazit ziehen	*Man kann also festhalten, dass ...*
	Man sollte schließlich zu einem Kompromiss kommen: ...

4 ### Schreiben Sie nun Ihren Leserbrief.
Sagen Sie darin,

- warum Sie schreiben.
- welches der Statements A, B oder C Ihnen sympathisch ist.
- warum diese Meinung Ihnen gefällt.
- welches der Statements Sie ablehnen.
- warum diese Meinung Ihnen unsympathisch ist.
- wo Sie Möglichkeiten für einen Kompromiss sehen.

Wählen Sie einige Redemittel aus Aufgabe 3 ⓑ und
schließen Sie Ihren Leserbrief mit einem Gruß.

`AB`

5 ### Lesen Sie Ihren Text noch einmal durch.
Prüfen Sie, ob Ihr Brief folgende Elemente enthält:

- Datum ■ Anrede ■ einleitender Satz

- Stellungnahme ■ Grußformel

6 ### Überprüfen Sie den Aufbau Ihres Textes.
Lesen Sie den Brief dazu einmal laut.

ⓐ Wird deutlich, welche Meinung Sie haben?
ⓑ Schließen die Sätze gut aneinander an?

__1__ **Aus welchen Anlässen schreibt man?**
Ergänzen Sie das Assoziogramm.

wenn man anderen
etwas mitteilen will
(Brief)

als Übung
im Sprachunterricht

Schreiben

wenn man sich etwas merken
will, was man gehört hat
(Notiz; Mitschrift)

__2__ **Worauf man beim Schreiben achten sollte.**
Ordnen Sie die Satzteile zu, so dass sich sechs Tipps für
das Schreiben ergeben.

1	Benutzen Sie zum Schreiben	a	ein Lineal oder einen Radiergummi zu Hilfe.
2	Wenn nötig, nehmen Sie	b	noch ein- bis zweimal durch und korrigieren die Fehler.
3	Schreiben Sie Ihren Text	c	übersichtlich zu gliedern.
4	Versuchen Sie, den Text möglichst	d	schlagen Sie in einer Grammatik, einem Wörterbuch oder Ihrem Lehrbuch nach.
5	Bei sprachlichen Problemen	e	zuerst auf ein Schmierblatt vor.
6	Am Ende lesen Sie Ihren Text	f	ein gut lesbares Schreibgerät.

__3__ **Merkmale verschiedener Textsorten**

a Brief
Zunächst ist es wichtig, zwischen informellen und formellen Briefen zu
unterscheiden. Formelle Briefe werden in der *Sie-Form* geschrieben und
verlangen bestimmte Formen der Höflichkeit. Lesen Sie den folgenden
Brief. Unterstreichen Sie alle Ausdrücke, in denen der
Leser höflich angesprochen wird.

Eberhardt Fink KG · Bahnhofstr. 3 · 83721 Augsburg

Hans Knopf AG
Obere Seestr. 2-5
82234 Weßling

im August 19..

Sehr geehrter Herr Knopf,
in diesem Jahr feiert unsere Firma ihr 75-jähriges Bestehen.
Dies möchten wir auch mit Ihnen gerne feiern. Wir würden uns daher
sehr freuen, Sie zu unserem Empfang am
Montag, 14. September ab 16 Uhr in Augsburg im Hof unseres
Hauses, Bahnhofstr. 3,
begrüßen zu dürfen. Plaudern Sie doch mit uns über alte
und neue Zeiten. Getränke und ein kleiner Imbiss warten auf Sie!
Wir möchten uns natürlich auf den „Ansturm" vorbereiten und bitten
daher um Ihre schriftliche Anmeldung (gerne auch per Fax).
Wir wünschen Ihnen alles Gute.
Mit freundlichem Gruß
Eberhardt Fink KG

Angelika Fink

ⓑ Stellungnahme, Aufsatz und Referat
Egal, ob Sie einen Leserbrief bzw. einen Aufsatz verfassen oder ein Referat schriftlich vorbereiten wollen, sammeln Sie Ihre Ideen zuerst schriftlich und fertigen Sie eine Gliederung an, in der die Inhaltspunkte geordnet werden. Dazu gibt es zwei Arbeitsschritte:

Schritt 1: Ideen sammeln

Schreiben Sie ein Stichwort zu Ihrem Thema in die Mitte eines Blattes und notieren Sie außen herum die Gedanken, die Sie dazu assoziieren. Versuchen Sie, inhaltlich zusammengehörende Ideen zu gruppieren.

Schritt 2: Gliederung erstellen

Ordnen Sie diese Ideen in der Reihenfolge, in der sie im Text stehen sollen. Überlegen Sie sich eine Einleitung und einen Schluss.

4 Sprachliche Struktur von Texten

Ein Text ist mehr als die Aneinanderreihung einzelner Sätze. Mit Hilfe bestimmter „Strukturwörter", wie **Konnektoren**, **Adverbien** oder **Pronomen** bzw. **Pronominaladverbien** wird er zu einem einheitlichen Ganzen.

ⓐ Unterstreichen Sie im folgenden Text alle Strukturwörter.

Was Autofahren kostet

Tankstelle, Versicherung, Finanzamt und Werkstatt – das sind die Posten der Minimalrechnung fürs Autofahren, die insbesondere Anfänger gerne aufmachen. Aber das ist eine „Milchmädchenrechnung". Nicht einmal der sparsamste Autobesitzer, der alles selbst repariert, kommt damit aus. Denn auch er muss seinem fahrbaren Untersatz gelegentlich neue Reifen spendieren. Oder er muss ihn mit Ersatzteilen versorgen. Dies alles sollte bei einer realistischen Aufstellung der Autokosten berücksichtigt werden. Aber den gewichtigsten Posten übersehen häufig auch die ganz akkuraten Rechner – den Wertverlust. Er macht häufig rund ein Drittel der monatlichen Kosten aus.

ⓑ Vergleichen Sie die folgenden beiden Texte.
Welcher stammt von einem Deutschlernenden,
welcher von einem Deutschen? Woran erkennen Sie das?

Übernachten im Heu

A Habt ihr schon mit den Kühen geschlafen? Wir haben es probiert: Am 20. Juli sind wir (elf Mädchen und Jungen) mit unserer Lehrerin Eva zu einem Bauernhof gegangen. Zu Fuß!!! Und unser Ziel war 4 km weit von hier. Der Besitzer des Bauernhofs heißt Hans und seine Frau Elisabeth. Obwohl sie sehr alt sind, arbeiten sie noch jeden Tag und haben viel Spaß. Sie waren sehr freundlich und nett zu uns. In ihrem Bauernhof gab es viele Tiere: 75 Kühe (ein Kalb kostet ungefähr 1150 Euro, drei Katzen, zwei Hunde und die schöne Kunigunde. Wer ist sie? Vielleicht die schöne Dame aus dem berühmten Roman „Candide" von Voltaire? Nein – eine Ziege!
Um zwölf nachts machten wir ein Lagerfeuer. Um ein warmes Feuer herum kochten wir und aßen Kartoffeln. Um halb zwei gingen wir endlich ins Bett. Es war aber kein normales Bett. Wir fanden nur Heu, das nach Kühen roch.

B Haben Sie schon einmal eine Nacht im Stall bei den Kühen verbracht? Nun, wenn nicht, dann haben Sie etwas versäumt. An einem schönen Sommertag im Juli unternahmen wir in einer Gruppe von 11 Mädchen und Jungen, begleitet von unserer Lehrerin Eva, eine Wanderung zu einem nahe gelegenen Bauernhof. Der Besitzer des Hofes, ein älterer Herr mit dem typisch deutschen Vornamen Hans, zeigte uns seine Tiere: Neben 75 Kühen gab es drei Katzen, zwei Hunde und eine Ziege namens Kunigunde.

Richtig romantisch wurde unser Ausflug, als wir am späten Abend um das Lagerfeuer herumsaßen und zum Abendessen selbst gebratene Kartoffeln verspeisten. Um halb zwei schließlich legten wir uns alle schlafen, allerdings nicht in ein kuscheliges Bett: Wir mussten alle im Heu schlafen.

GRAMMATIK - *Passiv*

1 Formen des Passivs

ⓐ Vorgangspassiv

Das **Vorgangspassiv** bildet man aus einer Form des Verbs
werden + Partizip II.

einfache Formen

	Präsens	Präteritum	Perfekt	Plusquamperfekt
ich	werde gefragt	wurde gefragt	bin gefragt worden	war gefragt worden
du	wirst belogen	wurdest belogen	bist belogen worden	warst belogen worden
er/sie/es	wird verkauft	wurde verkauft	ist verkauft worden	war verkauft worden
wir	werden verfolgt	wurden verfolgt	sind verfolgt worden	waren verfolgt worden
ihr	werdet gesehen	wurdet gesehen	seid gesehen worden	wart gesehen worden
sie/Sie	werden aufgefordert	wurden aufgefordert	sind aufgefordert worden	waren aufgefordert worden

mit Modalverb

Präsens	*Dieses Jahr müssen mehr Fahrzeuge verkauft werden.*
Präteritum	*Die Zahlen der vergangenen Jahre konnten nicht erreicht werden.*
Perfekt	*1992 hat das 21-millionste Exemplar des VW-Käfers verkauft werden können.*
Plusquamperfekt	*Die Produktion hatte nach Mexiko verlegt werden müssen.*

ⓑ Zustandspassiv

Man bildet es aus einer **Präsens-** oder **Präteritumform** des Verbs
sein + Partizip II.

Präsens	*Die Berliner Mauer ist abgerissen.*
Präteritum	*Die Stadt war fast drei Jahrzehnte geteilt.*

2 Verwendung von Vorgangs- und Zustandspassiv

Aktiv
Die Geschäftsleitung *verlegt* die Produktion nach Mexiko.
(Vorgang: Blickrichtung auf die handelnden Personen)

Vorgangspassiv
Die Produktion *wird* nach Mexiko *verlegt*.
(Vorgang: Blickrichtung auf den Verlauf der Handlung)

Zustandspassiv
Die Produktion *ist* nach Mexiko *verlegt*.
(Zustand: Blickrichtung auf das Resultat der Handlung)

3 Alternative Formen zum Passiv

Anstelle von **Passivkonstruktionen mit dem Modalverb** *können* sind
alternative Formen möglich. Dafür gibt es drei Varianten.

Passiv	*Der Bordcomputer kann nachträglich eingebaut werden.* *Die Systeme können noch nicht in großen Mengen verkauft werden.*
Alternativen	
ⓐ *sich* + Infinitiv + *lassen*	*Der Bordcomputer lässt sich nachträglich einbauen.* *Die Systeme lassen sich noch nicht in großen Mengen verkaufen.*
ⓑ *sein* + Infinitiv + *zu*	*Der Bordcomputer ist nachträglich einzubauen.* *Die Systeme sind noch nicht in großen Mengen zu verkaufen.*
ⓒ *sein* + Verbstamm + *-bar/-lich*	*Der Bordcomputer ist nachträglich einbaubar.* *Die Systeme sind noch nicht in großen Mengen verkäuflich.*

4 Partizip I und Partizip II in Adjektivfunktion

Partizipien leitet man zwar vom Verb ab, sie haben jedoch häufig die
Funktion von Adjektiven oder Adverbien.
Beispiel: *das schöne, gepflegte Auto*
Steht ein Partizip vor einem Nomen, so hat es die entsprechende
Adjektivendung.

Partizip I	Partizip II
Infinitiv + *d* + Adjektivendung	Partizip II + Adjektivendung
die wartenden Autos *wartende Autos*	*das gepflegte Auto* *mit gepflegten Autos*

5 Partizipialkonstruktionen oder Relativsätze

Relativsätze lassen sich verkürzt in Form von Partizipialkonstruktionen
wiedergeben.
Beispiel: *Der Einzelhandel, der häufig vernachlässigt wird, ...*
          Der häufig vernachlässigte Einzelhandel ...

Bedeutungsunterschiede:

Partizip I-Konstruktion	Partizip II-Konstruktion	
Aktiv - Bedeutung Zustände oder Vorgänge, die gleichzeitig neben der Haupthandlung herlaufen	Passiv – Bedeutung	Aktiv – Bedeutung Vorgang, der schon abgeschlossen ist

Beispiele:

Relativsatz	Aktiv/Passiv	Partizip	Partizipialkonstruktion
das Gerede, das nicht endet	Aktiv – gleichzeitig	Partizip I	*das nicht endende Gerede*
das Kind, das singt			*das singende Kind*
der Zug, der ankommt			*der ankommende Zug*
Aggressionen, die versteckt sind *das Wort, das gesprochen wird*	Passiv	Partizip II	*die versteckten Aggressionen* *das gesprochene Wort*
in den Monaten, die vergangen sind *der Zug, der angekommen ist*	Aktiv – vorzeitig*	Partizip II	*in den vergangenen Monaten* *der angekommene Zug*

* nur bei Verben, die das Perfekt mit *sein* bilden

QUELLENVERZEICHNIS

Seite 9   Foto: Tony Stone Bilderwelten, München/Frank Orel

Seite 11   Foto und Anzeige: Deutsche Bundesbank (Ogilvy & Mather, Werbeagentur, Frankfurt)

Seite 13   Foto unten rechts: Bavaria Bildagentur, Gauting/International SB 32

Seite 17   Abdruck mit freundlicher Genehmigung der Verlage: Philipp Reclam, Ditzingen; Rowohlt Taschenbuch, Reinbek; Christian Brandstätter, Wien; C.H. Beck'sche, München (© Uwe Göbel, Beck'sche Reihe Nr. 4001)

Seite 18/40   Text aus: Kurt Tucholsky, Gesammelte Werke © 1960

Seite 19   Text aus: M. Brauneck, Autorenlexikon deutschsprachiger Literatur des 20. Jahrhunderts © 1991

Seite 20   Text aus: Kurt Tucholsky, Deutsches Tempo © 1985 by Rowohlt Verlag, GmbH, Reinbek

Seite 19/24   Foto: Süddeutscher Verlag, Bilderdienst, München/Röhnert

Seite 23   Abbildung: AKG Photo, Berlin

Seite 24   Abbildung: Rowohlt Verlag, Reinbek

Seite 29   Foto: Ullstein Bilderdienst, Berlin/Aero Picture

Seite 30   Abbildung und Text aus: © 1995 Helga Sittl, Richtig Reisen: Berlin, Dumont Buchverlag, Köln

Seite 34/42   Fotos: Wiener Tourismusverband

Seite 35   Abbildung und Text aus: GEO-Special Nr. 1/1991, Gruner + Jahr, Hamburg

Seite 40   Foto: Ullstein Bilderdienst, Berlin

Seite 41   Plakat: Atlas Picture, München

Seite 43   Foto: Süddeutscher Verlag, Bilderdienst, München/Elsner; Text aus: Baedeker Allianz Reiseführer Wien, 8. Aufl. 1996

Seite 50   Statements aus: abi Berufswahl-Magazin, 4/1996

Seite 53   Pyramide aus: dtv-Atlas zur deutschen Sprache, © 1978 Deutscher Taschenbuch Verlag, München

Seite 60   Chantelle Coleman zitiert aus: SZ 10./11.96; Abbildung und Text unten aus: Elias Canetti, Die gerettete Zunge. Gesammelte Werke Band 6. © 1994 Carl Hanser Verlag, München Wien

Seite 61/72   Fotos: Süddeutscher Verlag, Bilderdienst, München/Horst Tappe

Seite 62   Gedicht: Steffen Köpf zitiert nach Kaminski, Literarische Texte im Unterricht, Märchen, Aufgaben und Übungen, Goethe-Institut 1986

Seite 67/69   Foto: Süddeutscher Verlag, Bilderdienst, München

Seite 68   Text aus: Stern 31/1993 von Petra Schnitt

Seite 72   Text aus: Arthur Schnitzler, Gesammelte Werke. Die dramatischen Werke 1. © Fischer Verlag GmbH Frankfurt/Main 1962

Seite 76/93   Fotos: MHV Archiv/Jens Funke

Seite 77   Text aus: Brigitte Young Miss 6/95, Picture Press, Hamburg

Seite 80   Text aus: Duden - Das Große Wörterbuch in sechs Bänden, Bd. 3, Bibliographisches Institut & F.A. Brockhaus AG, Mannheim

Seite 87   Text aus: abi Berufswahl-Magazin, 11/1995

Seite 91   Text aus: Brigitte Young Miss 6/95

Seite 98   Text aus: SZ vom 28.9.1995/Franz Kotteder

Seite 102   Fotos: MHV Archiv/Dieter Reichler

Seite 105   Foto: Jim Bauer, Mother with Alien Child, American Primitive Gallery, New York/Aarne Anton

Seite 106   Text aus: SZ-Magazin Nr. 21/95/Titus Arnu

Seite 114/115   Abbildung aus: Herbert Rosendorfer, Briefe in die chinesische Vergangenheit. Umschlaggrafik von Celestino Piatti © 1986 Deutscher Taschenbuch Verlag, München. Text aus: © 1983 by Nymphenburger in der F.A. Herbig Verlagsbuchhandlung GmbH München

Seite 123   Foto: CompuServe, München/lithoservice Brodschelm

Seite 124   Abbildungen: essential media München

Seite 125   Text von Marc Pitzke aus: Die Woche 23.8.96

Seite 128   Karikatur: Cartoon-Caricature-Contor, München/Jan Tomaschoff

Seite 129   Grafik „Wechselndes Programm" aus: Spiegel 48/1994, Spiegel-Verlag, Hamburg

Seite 130   Karikatur: CCC, München/Ivan Steiger

Seite 131   Fotos: links/Bajzat, Mitte/Schmitt, dpa; rechts: WDR Köln

Seite 133   Karikatur: CCC, München/Freimut Wössner

Seite 135   Text links aus: Bild 7.5.96; rechts aus: SZ 6.5.96/Hans-Werner Kilz

Seite 137   Text aus: Bild 28.5.96

Seite 145   Fotos: Volkswagen AG, Wolfsburg

Seite 146   Text aus: ADAC-Magazin 2/96

Seite 150   Text: Agentur Reuter 21.11.95

Seite 152/153   Globus Kartendienst, Hamburg

Seite 154   Foto: Keystone Press AG, Zürich

Seite 155   Karikatur: CCC, München/Ernst Hürlimann

Seite 156/157   Text von Jörg Fey, © Susanne Fey, Lüdenscheid

Seite 160/161   Text aus: StattAuto, München

Seite 162   Fotos: MHV Archiv/Dieter Reichler Statements aus: ADAC – Motorwelt 5/95

Alle anderen Fotos auf den Seiten 10, 13 (2x oben) 26, 36, 49, 50, 68, 75, 83, 89, 91, 140: Gerd Pfeiffer, München.

Wir haben uns bemüht, alle Inhaber von Text- und Bildrechten ausfindig zu machen. Sollten Rechteinhaber hier nicht aufgeführt sein, so wäre der Verlag für entsprechende Hinweise dankbar.

Auflösung zu Seite 70

7